Ina von Bernburg

Frankenberg

Ina von Bernburg

Frankenberg

Roman einer Familie

Langen Müller

Schutzumschlagmotiv: Volkert Kraeft und Adele Landauer in der ARD-Fernsehserie »Frankenberg«

Die Fernsehserie »Frankenberg« wurde von der Videoscope Fernseh-Film GmbH im Auftrag des Bayerischen Rundfunks und der ARD Werbung produziert. Der gleichnamige Roman von Ina von Bernburg entstand nach Originaldrehbüchern von Axel Götz.
Herausgeber des Romans »Frankenberg«: Videoscope Fernseh-Film GmbH
Der Original-Soundtrack zur Fernsehserie »Frankenberg« ist im Handel erhältlich.

Umschlaggestaltung: Marianne Specht, München,
unter Verwendung eines Fotos von
Manfred Laemmerer, München
Redaktion und Lektorat:
Literatur-Agentur Axel Poldner, München
Satz: Filmsatz Schröter GmbH, München
Gesetzt auf Apple Macintosh mit 11/15 Wilke Roman
Druck: Jos. C. Huber KG, Dießen
Binden: R. Oldenbourg, München
Printed in Germany
ISBN 3-7844-2525-9

1

Ein wunderbarer Sommermorgen lag über dem Taubertal, tauchte die Hügel, die Wälder, den Fluß und das malerische Städtchen Rothenburg in goldenes Licht und ließ die Felder um das Schloß Frankenberg in sattem Grün und leuchtendem Gelb erstrahlen.
Baron Christian von Frankenberg, Chef des uralten Hauses derer von Frankenberg, Besitzer des Schlosses und der umliegenden Ländereien, machte auch mitten im Schweinestall, in Gummistiefeln, Bluejeans und kariertem Hemd, eine gute Figur. Er warf den Schweinen mit einer Schaufel Futter in den Trog und schaute zufrieden auf die Tiere, die rosig und erstaunlich sauber in dem frisch aufgeschütteten Stroh lagen, nach und nach aufstanden und neugierig zum Trog kamen. Prächtige Tiere, dachte Christian. Er war sicher, daß seine Schweine glücklich waren.
»Der Geyer ist da und will dich sprechen.« Die alte Hanne Sagmeister, Haushälterin und gute Seele des Schlosses, hatte ihr ganzes Leben auf dem Gut verbracht; sie hatte den Baron von klein auf erlebt, hatte ihn als Baby gewickelt, ihm als Buben die aufge-

schürften Knie verpflastert. Sie stand mit ihrer Kittelschürze – seit Jahrzehnten trug sie im Haus immer eine Kittelschürze – in der Stalltür und machte ein nachdenkliches Gesicht.

»Ich komme«, erwiderte Christian knapp, und Hanne ging wieder.

Er lehnte mißmutig die Schaufel ans Gatter und verließ den Stall. Er konnte sich denken, warum Ludwig Geyer gekommen war. Als er durch das Tor in der kleinen Mauer ging, die die Stallungen vom Schloß und vom Gutshof trennte, sah er Geyer schon von weitem. Er stand mit dem Rücken zu ihm und sprach mit Anna, der Tochter seines Gutsverwalters Karl Janda, die oben auf ihrem Trecker saß, den Kopf schüttelte und weiterfuhr. Christian ging über den Rasen zu ihnen und blieb einen Moment hinter Geyer stehen, ohne sich bemerkbar zu machen.

Der kräftig gebaute, untersetzte Futtermittelproduzent und -händler stand in seinem Maßanzug wie aus dem Ei gepellt da, steckte die Hände in die Hosentaschen und ließ seinen Blick interessiert und kritisch über die ockerfarbene Fassade des Schlosses wandern. Die roten Dachziegel leuchteten im Blau des Himmels, die Fensterfronten blitzten im Sonnenlicht, es war einfach ein prächtiger Anblick. Das Schloß selbst war im Gegensatz zu manch anderen Gebäuden des Gutes Frankenberg in hervorragendem Zustand.

Christian gönnte ihm noch einige Sekunden und sprach ihn dann an. »Morgen, Ludwig.«

Geyer drehte sich überrascht um und nahm unbewußt die Hände aus den Taschen. »Hallo, Christian.« Er musterte ihn kurz und fand, daß der Bursche immer noch richtig gut aussah. Das volle, silbergesträhnte Haar und der dichte Schnurrbart standen ihm verdammt gut. Er selbst hatte schon fast eine Glatze, und seine Geheimratsecken waren gerade dabei, sich mit der Tonsur auf dem Hinterkopf zu vereinen.

»Was verschafft mir denn die Ehre?« In Christians von der Landarbeit gebräuntem Gesicht lag ein neutrales Lächeln, das seine Augen aber nicht erreichte.

»Ich muß mal ein ernstes Wort mit dir reden.«

»Dann mußt du mit mir in den Schweinestall kommen«, erwiderte Christian kühl und drehte sich um. Geyer folgte ihm.

Natürlich ging es um die neunzigtausend Mark. Geyer wollte sie zurückhaben. Jetzt. Irgendwann sei mal Schluß. Er sei ja schließlich nicht die Wohlfahrt. Und so weiter.

Christian hörte sich das eine Weile an und fütterte weiter die Schweine. Als die Tiere versorgt waren, legte er die Schaufel in die Schubkarre, ging zu Geyer hinüber und sah ihn genervt an. »Jetzt reg dich ab. Bisher hast du dein Geld doch immer bekommen, oder? Die Umstellung der Schweinezucht hat 'ne Menge gekostet. Und Investitionen zahlen sich nicht gleich am nächsten Tag aus. Als Unternehmer weißt du das doch.«

»Umstellung! Investitionen! Schwachsinn nenn ich das! Früher standen in diesem Stall viermal so viele Schweine!«

»Genau«, sagte Christian grimmig und deutete auf seine Tiere. »Genau! Konnten sich kaum rühren und standen bis zu den Knöcheln in der Gülle. Und jetzt sieh dir meine Tiere an: alle kerngesund, glücklich und zufrieden! Und für Qualität zahlen die Leute gern etwas mehr.« Er beugte sich plötzlich vor, betrachtete ein Ferkel, das sich genüßlich auf dem Rücken wälzte, und kletterte über das Gatter. »Moment!« Er nahm das Ferkel an den Beinen hoch und betrachtete prüfend seinen Bauch.
Geyer machte eine abfällige Geste. »Schwachsinn, sag ich! Am besten stellst du ihnen hier Betten rein, dann küssen sie dich vielleicht, wenn du ihnen morgens das Frühstück bringst! Artgerechte Tierhaltung! Humbug! Rausgeschmissenes Geld!«
Christian setzte das Ferkel auf den Boden zurück und kletterte wieder über das Gatter. »Du ärgerst dich doch nur, weil ich dir dein Giftzeug nicht mehr abkaufe«, erwiderte er und ging zum Ausgang des Stalls.
Auf dem Weg zum Schloß stritten sie weiter. Mit Geyer war nicht zu reden. Christian war es eigentlich egal, ob sein alter Schulfreund die ökologische Landwirtschaft für richtig hielt oder nicht. Was ihn aber wirklich ärgerte, war die Forderung Geyers. Wieso wollte er das Geld gerade jetzt? Er war weiß Gott reich genug, um ihm die läppischen neunzigtausend Mark für die nächsten hundert Jahre leihen zu können. Er hatte es immer bewundert, mit welcher Energie und welchem Geschick Ludwig seine Fabrik aus eigener Kraft aufgebaut hatte. Aber wieso war er

jetzt so kleinkariert? Wieso wollte er das Geld gerade jetzt?
Geyer ging auf die Vorhaltungen, er könne doch unmöglich auf die paar Mark angewiesen sein, er, der Geldmensch, nicht ein und bestand auf der sofortigen Rückzahlung.
»Mensch, Ludwig!« sagte Christian schließlich und blieb im sorgfältig geharkten Kies des Auffahrtrondells vor dem Hauptportal des Schlosses stehen. »Du sollst mir doch nur den Kredit verlängern. Von einem Freund darf man das ja mal verlangen, oder? Morgen ist die Versteigerung des alten Kavaliershauses. Ich will es von der Stadt Rothenburg zurückkaufen. Das weißt du genau. Mein Vater hat es vor vierzig Jahren verkaufen müssen, und ich will es jetzt zurückhaben. Dafür brauch ich das Geld. Es muß wieder zu Frankenberg gehören.«
Geyer schüttelte beharrlich den kantigen Schädel. »Muß es nicht. Du hast doch schon den größten Besitz hier in der Gegend. Wenn auch hoch verschuldet.«
Christian wandte sich abrupt ab und ging über die Terrasse in Richtung des Salons im Parterre.
Geyer sah ihm verärgert nach. Für einen Moment schien ihn schlechtes Gewissen zu plagen, aber er ließ Gefühle, und nichts anderes war das hier, nicht zu. Er ging schnell hinter Christian her, holte ihn ein und erklärte ihm wieder, welch ein Schwachsinn dessen »Ökotrip« sei. Und das bei seinen Schulden. Und das Kavaliershaus auch noch kaufen wollen! Seine Frau müßte im Krankenhaus arbeiten, der Neffe als Automechaniker die Haushaltskasse aufbessern, nur

damit er, der Herr Baron, seinen Besitz erweitern könne!
Christian hatte genug von solchen Vorhaltungen. Er blieb auf der Terrasse stehen, nahm seinen Hut ab, fuhr sich durch die dunkelblonden Haare mit den Silbersträhnen, setzte den Hut entschlossen wieder auf und sah den kleineren Geyer scharf an. »So! Jetzt paß mal auf, mein Lieber! Es geht dich gar nichts an, wenn es Charlotte Spaß macht, nebenbei in ihrem Beruf zu arbeiten. Und Nick braucht hier keinen Pfennig abzuliefern, wenn er nicht will! Und überhaupt mach ich mit meinem Geld, was ich will!«
»Mit meinem Geld!« konterte Geyer. »Mit meinem!«
Sie standen sich für eine Sekunde fast feindselig gegenüber. Dann zog ein feines, sarkastisches Lächeln über Christians Gesicht. »Willst du einen Magenbitter, Ludwig?«
Geyer nickte nach einem Moment des Bedenkens, und sie gingen in den Salon.
Geyer setzte sich an den riesigen Tisch aus polierter Eiche, der in der Mitte des großen Raums unter einem alten Kristallüster stand, und blickte sich um, während Christian den Schnaps aus einem Eichenschrank an der hinteren Wand holte. Es war ein prächtiger, weitläufiger und gleichzeitig gemütlicher Raum mit alten Teppichen und noch viel älteren Möbeln. Dieses Schloß hier war überhaupt ein richtiges Juwel. Ein überschuldetes Juwel.
Christian setzte sich ums Eck an den Tisch, entkorkte die Flasche, schenkte die Gläser voll. Sie stießen schweigend und ernst an und kippten das selbstge-

brannte und bittere Gesöff des Barons von Frankenberg in einem Zug hinunter. Sie stellten die Gläser ab, und Christian füllte sie wieder. Dann lehnte er sich zurück. Er hatte für den Augenblick keine Lust mehr, über das leidige Geld zu reden.

Auch Geyer machte, wie es schien, eine Pause, und er begann auf einmal, fast wehmütig von den alten Zeiten zu sprechen. Wie sie vor vierzig Jahren zusammen auf Frankenberg herumgetobt hatten. Wie sie ihre ersten Knutschereien in dem alten Kavaliershaus hatten. Auch Christian erinnerte sich gut, und sie tranken in der nächsten Viertelstunde noch zwei Schnäpse. Geyer wirkte allmählich etwas entspannter.

»In letzter Zeit sieht man dich ziemlich selten«, sagte Christian schließlich, als die gemeinsamen Erinnerungen wieder verblaßten und die Wirklichkeit des Sommervormittags zurückkehrte.

»Die Geschäfte. Ich hab viel zu tun.« Geyer blickte seinen alten Schulfreund und jetzigen Baron von Frankenberg prüfend an, stand auf und ging, das Interieur kritisch musternd, durch den Salon. »Ich bin ja kein Unmensch. Wenn du im Moment mal wieder etwas klamm bist – vielleicht können wir uns einigen? Euer Schloß ist doch sowieso völlig überfrachtet.« Er blieb vor einer kompletten, silbern schimmernden Ritterrüstung stehen, die auf einem Holzsockel an einer Wand stand.

Christian sah hinüber. »Kein einziges Stück«, sagte er bestimmt. »Das hab ich dir schon x-mal gesagt. Und das Schwert schon gar nicht!«

Geyer zog das antike Schwert, das im Holzsockel der Rüstung steckte, ruckartig heraus und fuchtelte damit herum. »Dieses Schwert hat einmal meinem Vorfahren Florian Geyer gehört! Dem Ritter Florian Geyer!« Geyer schrie fast und war auf einmal sichtlich verärgert.
»Die letzten vierhundertfünfzig Jahre aber ganz sicher nicht«, antwortete Christian seelenruhig und grinste provokant.
Das mit dem Schwert war eine alte Geschichte. Ludwig Geyer ließ keine Gelegenheit aus, seinen Anspruch auf das alte Ritterschwert anzumelden. Seit zwanzig Jahren behauptete er, von dem legendären Führer der Bauernaufstände im sechzehnten Jahrhundert gegen den Feudaladel abzustammen, hatte es aber bis heute nicht beweisen können. Das Schwert war sehr alt und konnte durchaus mal dem Ritter Florian Geyer gehört haben. Aber auch das ließ sich nicht beweisen. Die letzten viereinhalb Jahrhunderte jedenfalls hatte die Waffe dem Hause Frankenberg gehört.
Für Geyer war die Sache fast schon so etwas wie ein Tick. »Ich werde es noch beweisen!« schrie er und fuchtelte mit dem Schwert herum.
Christian ging schnell zu ihm hinüber. »Ja, ja. Beweis mal. Aber falls du es noch nicht begriffen hast: Ich werde Frankenberg erhalten! Und nicht nach und nach verhökern! Ist das klar?« Er riß ihm das Schwert aus der Hand und rammte es wieder in den Holzsockel.
Mit Geyers Geduld war es vorbei. »Bis Montag will

ich das Geld sehen! Oder du setzt dich mit meinem Anwalt auseinander!«
Christian drehte sich wortlos um, ging zum Schreibtisch, schrieb einen Scheck aus und drückte ihn dem wartenden Geyer in die Hand. »Raubritter soll der Florian Geyer ja auch gewesen sein. Vielleicht hast du ja doch recht.« Er warf dem alten Freund einen verächtlichen Blick zu. »Und jetzt hau ab!«
Geyer ging wortlos über die Terrasse zu seinem BMW, einem 750er mit Fax, Telefon und Bar.
Christian dachte an das Kavaliershaus und hastete hinterher. Sein Stolz machte es ihm ziemlich schwer, aber er dachte an seine Tochter und ihren Traum von einem Reiterhof für Kinder. Vor einer Stunde erst hatte sie ihm ihren selbstgezeichneten Plan zur Renovierung des Kavaliershauses gezeigt, und er hatte ihr seine Unterstützung versprochen. Das war, was es ihm möglich machte, Geyer um etwas zu bitten.
»Bitte, Ludwig. Tu mir einen Gefallen und lös den Scheck erst in vierzehn Tagen ein.«
Geyer legte die Hand auf das Dach seines Wagens und lachte nur kurz auf. »Schlag dir das aus dem Kopf.«
»Seit du diese Freundin hast, bist du unausstehlich.« Christian sah ihn düster an und schüttelte mißbilligend den Kopf.
»Neidisch?« erwiderte Geyer süffisant und öffnete die Wagentür.

Nick von Frankenberg donnerte mit seinem Kampftrecker durch die Einfahrt, ließ die mächtige Fanfare

klingen und hielt bei Geyers Wagen. Der Kampftrecker hatte mit einem biederen Bauerntrecker soviel gemein wie ein Lamborghini mit einem Golf.
Christians Neffe war ein erstklassiger Mechaniker. Die feuerrote Kampfmaschine hatte hinten gewaltige Ballonräder und sah mit den vielen Auspüffen und anderen von Nick selbst angebrachten »Extras« eher aus wie ein Fahrzeug, das zukünftige Planetenforscher gebrauchen könnten. Hoch oben saßen neben Nick noch Ottfried Geyer und eine etwas merkwürdig anmutende Gestalt: ein alter Herr, der in seinem braunkarierten, langen Mantel und mit der ebenso braunkarierten, zweischirmigen Kappe auf dem Kopf unwillkürlich an Sherlock Holmes denken ließ. Außerdem hatte er trotz des prächtigen Wetters einen Regenschirm dabei. Er wirkte sehr antiquiert und sehr englisch.
Nick und Ottfried trugen Overalls, Kappen und Rennbrillen. Ottfried war außerdem patschnaß und völlig verdreckt.
Ludwig Geyer musterte seinen Sohn mit finsterer Miene.
»Reg dich ab, Vater. Wir hatten nur 'ne kleine Panne.«
Ottfried Geyer sah seinem Vater nicht sehr ähnlich. Er war ein gutaussehender Bursche Mitte zwanzig und machte einen eher gutmütigen Eindruck. Wahrscheinlich war sein Alter jetzt wieder sauer, daß er nicht in der Firma war und schuftete.
»Wie ein Zwölfjähriger!« fluchte Geyer. »Wirst du denn nie erwachsen?!«

Geyer junior grinste nur, und sein Vater stieg wütend ins Auto.
Nick erklärte seinem Onkel, daß sie ein Treckerrennen gefahren hätten, und der gute Ottfried hätte durch einen Fahrfehler seinen Trecker bis zur Hinterachse in einen schlammigen Tümpel gesetzt. Jetzt bräuchten sie die Abschleppkette, um die Kiste wieder flottzumachen.
Während sich die Männer unterhielten, stieg der seltsame englische Herr vom Kampftrecker und stellte sich schweigend ein paar Schritte seitwärts hin, in der einen Hand seinen Regenschirm, in der anderen eine kleine lederne Reisetasche.
Geyer fuhr mit durchdrehenden Reifen los und hätte in der Einfahrt beinahe das Auto Charlottes, der Gattin Christians, gerammt, die vom Einkaufen in Rothenburg zurückkam. Beide hupten, und Geyers BMW schoß davon.
Ottfried schüttelte grinsend den Kopf. »Eindeutig hormonell überlastet. In seinem Alter. – Fahrn wir!«
Nick trat aufs Gas, und die Maschine dröhnte zum Gutshof hinüber.
Charlotte hielt den Geländewagen auf dem Rondell und stieg aus. Die hintere Tür öffnete sich ebenfalls, und der rote Wuschelkopf des zehnjährigen Justus von Frankenberg erschien.
Charlotte kam lächelnd zu Christian herüber. Sie hatte die Vierzig hinter sich und war immer noch eine sehr schöne Frau. Charlotte von Frankenberg war dieser blonde, nördliche Typus Frau, der auch mit sechzig noch aussieht wie mit fünfundvierzig.

Unter der lässigen, weiten Lederjacke konnte man ihre schlanke Figur nur erahnen, aber niemand wäre auf die Idee gekommen, daß sie die Mutter zweier Töchter, einer erwachsenen und einer pubertären, sowie eines zehnjährigen Sohnes war.
»Was ist denn mit Geyer los?« fragte sie gutgelaunt.
»Der hat hormonelle Störungen.« Christian grinste ironisch und gab seiner Frau einen sanften Kuß auf die Wange.
»Wer ist das eigentlich?« fragte Christian und deutete verstohlen mit dem Kopf auf den Fremden, der immer noch unverrückbar auf dem gleichen Fleck stand und sich freundlich lächelnd verbeugte, als sie zu ihm hinübersahen.
Die Frankenbergs lächelten ebenfalls. Der Fremde sagte kein Wort.
»Der ist mir schon in der Stadt begegnet«, raunte Charlotte. »Hat mir geholfen, die Pakete in den Wagen zu laden. Ein Engländer. Scheint ein komischer Kauz zu sein. Aber ausgesprochen höflich.«
Die Haushälterin kam in ihrer Kittelschürze aus dem Haupteingang des Schlosses, um die Einkäufe hereinzuholen; sie blieb abrupt stehen, als sie den Gentleman sah, ging dann dicht an ihn heran und starrte ihm prüfend ins Gesicht. »Mein Gott – Ludolf!« rief sie nach einigen Sekunden.
»Hanne«, sagte der Fremde ebenso freundlich, nahm seine Kappe ab und umarmte die Haushälterin.
Sie ließen sich wieder los und sahen sich für einen Moment unsicher an.
»Mein Schwager Ludolf!« rief Hanne dann aufgeregt

zu Charlotte. »Der Bruder meines verstorbenen Mannes. – Wo hast du denn all die Jahre gesteckt? Komm!« Sie faßte ihn am Arm und bugsierte ihn die Treppe hinauf ins Schloß.
Der Baron und die Baronin von Frankenberg sahen ihnen verblüfft hinterher, lachten sich dann achselzuckend an und begannen die Einkäufe aus dem Wagen zu räumen.
»Das muß ich gleich dem Helmut erzählen«, rief Justus und rannte zum Verwalterhaus, um seinem gleichaltrigen Freund, dem Sohn des Verwalters, die Neuigkeit zu erzählen. Die Hanne hatte einen Schwager! Justus fand das »obergeil«. Einen englischen Schwager. Hätte er der alten Hanne gar nicht zugetraut.
»Was wollte Geyer denn nun?« fragte Charlotte.
»Nichts Wichtiges«, antwortete Christian ausweichend, »er hat mir ein neues Futtermittel angeboten. – Was kochst du denn heute Feines?«
»Was ganz Edles: entbeinte Barbarie-Ente ›Tour d'Argent‹!«
»Klingt interessant«, sagte Christian wenig überzeugt. Er war froh, daß sie nicht mehr nach Geyer fragte. Außerdem waren Bemerkungen über Charlottes Kochkunst eine schwierige Sache. Deswegen grinste er jetzt freundlich, nahm die Tüten und ging zum Schloßportal.
»Gut, daß du dich jeglicher Bemerkungen enthalten hast!« rief sie ihm schelmisch hinterher. »Dein Sohn hat sich schon während der Herfahrt als Küchenkritiker profiliert!«

Als Charlotte die riesige Küche betrat, in die durch die geöffneten Fenster gleißendes Sonnenlicht fiel, stand Ludolf Sagmeister, der mit Hanne an einem kleinen Eßtisch in der Ecke Kaffee trank, augenblicklich auf, machte eine tiefe Verbeugung und stellte sich sehr förmlich vor. Dabei benutzte er das eine und andere englische Wort und sprach überhaupt mit einem sehr angelsächsischen Akzent. Charlottes Einladung zum Essen lehnte er mit tiefem Bedauern ab, da er noch etwas zu erledigen habe.

Hanne blickte verzweifelt zum Himmel. Was redete Ludolf für ein Zeug? Was sollte er hier zu erledigen haben? Sie nahm ihn freundlich am Arm und komplimentierte ihn aus ihrer Küche hinaus. Konnte dieser Mensch denn nicht normal sprechen? Und wie er sich anstellte: Sprach auch unter vier Augen am Küchentisch von den Frankenbergs nur als vom Herrn Baron, der Frau Baronin. Selbst den frechen Justus nannte er Baron!

Charlotte sah Ludolf amüsiert hinterher. »Ein etwas seltsamer Vogel, dein Schwager. Aber ausgesprochen höflich.«

»Das kann man wohl sagen«, erwiderte die Haushälterin kopfschüttelnd, wobei nicht klar war, ob sie den seltsamen Vogel oder die Höflichkeit meinte.

Hanne packte das Gemüse aus. Charlotte nahm die gerupften und ausgenommenen Enten aus den Tüten und legte sie auf eine Arbeitsfläche. Dann setzte sie sich an den Tisch, an dem Hanne das Gemüse putzte, und studierte nachdenklich ein französisches Kochbuch. Hanne beobachtete sie mit dem Blick

eines Menschen, der sich in sein Schicksal ergeben hatte und den Dingen ihren Lauf ließ. Die liebe Charlotte hatte es sich nun mal vorgenommen, französisch kochen zu lernen. Hanne kannte solche Versuche schon seit zehn Jahren, wobei die verschiedenen Nationalküchen immer wieder wechselten.
Charlotte legte das Kochbuch zur Seite, ging zur Arbeitsfläche und untersuchte eine Ente. Die Knochen waren noch alle drin. Man mußte sie also entbeinen. Sie war sich des Rufs ihrer Kochkünste durchaus bewußt. Besonders ihr Jüngster nahm da kein Blatt vor den Mund. Aber sie hatte es sich in den Kopf gesetzt, eine erlesene Küche zu führen. Und wenn es dann wieder danebenging, dann hatte sie eben Pech gehabt. Außerdem gab es ja noch Hanne, die gut und bodenständig kochen konnte. Aber heute sollte es was Besonderes sein, denn Lissy, ihre Älteste, wurde nach längerer Zeit mal wieder zu Hause erwartet. Das Rezept klang phantastisch, aber allmählich kamen ihr Zweifel an ihrer Professionalität. Entbeinte Barbarie-Ente »Tour d'Argent«? Vielleicht hatte sie sich mit diesem Vogel doch ein wenig übernommen.
Charlotte warf einen zweifelnden Blick zu Hanne hinüber. »Kannst du eine Ente entbeinen?«
Die Haushälterin lächelte verschmitzt. »Nein. Wozu denn auch? Ich habe mein Leben lang Ente mit Knochen gegessen, und sie hat mir ein Leben lang gut geschmeckt. Was soll denn dieses französische Zeug? Bocuse oder wie sie sonst alle heißen, die die Leute verhungern lassen. Viel Trara um nichts. Warum kochst du keine vernünftige Ente?«

Charlotte überhörte das einfach. Hanne kam zu ihr herüber und begann energisch damit, die Ente zu entbeinen, denn natürlich konnte sie das. Charlotte war froh, daß Hanne ihr die Sache abnahm, und ging ihr bei der Arbeit zur Hand.
Während Charlotte Gemüse schälte, erzählte die Haushälterin von ihrem Schwager Ludolf Sagmeister, den sie schon zwanzig Jahre nicht mehr gesehen hatte. Seit elf Jahren war er Butler bei einem Lord in England. Uralter Adel mit einem Riesenschloß bei Dorchester. Lord Mumblestone. Eigentlich war er ja Kellner, aber er hatte in London einen Kurs gemacht und war tatsächlich ein richtiger englischer Butler geworden. Hanne war gebührend beeindruckt. Aber der Lord Mumblestone sei sehr schwierig, anspruchsvoll und extrem geizig, und Ludolf hätte jetzt zum erstenmal in den elf Jahren Urlaub bekommen. Hanne gefiel es ausgezeichnet, plötzlich einen Verwandten zu haben. Der Ludolf redete zwar geschwollen daher, aber er war ihr Schwager, und andere Verwandte hatte sie nicht mehr. Die Frankenbergs waren ihre Familie, und bis auf Charlotte kannte sie alle von Geburt an. Aber so ein richtiger Schwager war auch etwas.
Die entbeinten Enten wirkten ein wenig schlaff und platt. »Sieht doch gut aus!« sagte Charlotte mit etwas bemühter Begeisterung. Hanne enthielt sich eines Kommentars, aber ihre Miene sagte alles. Sie würzten die Vögel und schoben sie ins Rohr.

Christian saß in seinem Büro und befaßte sich mit dem Papierkram, wie er das nannte, aber die Post, die Rechnungen und die auszustellenden Schecks schlugen ihm heute noch mehr aufs Gemüt als sonst. Die Sache mit Geyer ließ ihn nicht los. Ludwig benahm sich weiß Gott nicht wie ein Freund. Er hätte den Kredit leicht ein paar Wochen verlängern können. Dabei hatte er sich, wenigstens bisher, nie als übler Typ erwiesen. Er war immer ein guter Geschäftsmann gewesen, und man konnte auch mit ihm reden. Aber jetzt? Wie auch immer: Das Kavaliershaus als Kinderreithof konnte er jetzt vergessen. Und Katharina würde ein fürchterliches Theater machen.
»Also, was wollte Geyer denn nun wirklich?« Charlotte kam durch die offene Bürotür herein und gab ihrem Mann ein paar Quittungen für die Buchführung.
Christian legte sie achtlos auf seinen Schreibtisch. »Ach, seit der mit dieser Karin zusammenlebt, ist er verdammt komisch geworden. Zwanzig Jahre Altersunterschied! Stell dir das mal vor!«
Charlotte war nur für eine Sekunde erschrocken, als sie erfuhr, daß Geyer einen Scheck über neunzigtausend Mark kassiert hatte. Sie dachte aber praktisch: Wozu brauchten sie denn das Kavaliershaus? Einen Reiterhof? Katharina sollte lieber ihre Schule vernünftig auf die Reihe bringen. Das Kind war eine echte Katastrophe, was die Schule anging. Und im Grunde hatten sie jetzt eigentlich eine Sorge weniger: Sie hatten keine Schulden bei Geyer.
»Es wird Katharina hart treffen«, sagte Christian ver-

drießlich. »Es geht auch um ihre Zukunft. Du weißt, wie schwer sie sich in der Schule tut. Die ist nichts für irgendein Büro. So ein Reiterhof wäre genau das richtige für sie.«

»Wer redet von irgendeinem Büro?« erwiderte Charlotte leicht gereizt, denn sie waren plötzlich bei einem schwierigen Thema angelangt. In Sachen Kindererziehung gingen ihre Ansichten mitunter ziemlich auseinander. »Sie soll ihre Schule zu Ende bringen, und dann kann sie machen, was sie will. Und eines sag ich dir: Wenn sie dieses Jahr sitzenbleibt, kommt sie in ein Internat!«

»Nein! Katharina kann ohne den Hof und die Pferde gar nicht leben. Außerdem soll sie trainieren können. Sie ist eine begabte Turnierreiterin. Das Abitur kriegt sie schon irgendwie, und wenn es ein Jahr länger dauern sollte.«

Irgendwie! Charlotte hatte das schon zu oft gehört. Irgendwie. Christian war manchmal ein richtiger Träumer. Er sollte eigentlich froh sein, daß wenigstens sie mit beiden Beinen auf dem Boden stand. Und Katharina mußte man mit aller Deutlichkeit klarmachen, daß sie nicht einen Reiterhof aufbauen und gleichzeitig das Abitur machen konnte. Justus machte auch nur Scherereien. Ließ seine dressierte Maus Wotan im Klassenzimmer herumlaufen, woraufhin seine Klassenlehrerin, die eine Phobie vor solchen Tieren hatte, prompt in Ohnmacht fiel. Er würde einen Verweis des Direktors bekommen. Der Herr Baron solle doch endlich mal ein ernstes Wort mit seinen beiden schulpflichtigen Kindern reden!

Sie stritten sich noch eine Weile, schlossen dann aber wieder Frieden, denn Christian kam nicht umhin, seiner Frau zuzugestehen, daß eine väterliche Ermahnung an den Nachwuchs wohl nicht schaden könne.
Nachdem Charlotte gegangen war, setzte sich Christian wieder an seinen Schreibtisch. Er blickte lustlos auf die unordentlich verstreuten Zettel, die die ganze Tischfläche bedeckten, lehnte sich zurück und faltete die Hände hinter dem Kopf. Für Charlotte war die Sache mit dem Kavaliershaus einfacher als für ihn. Sie konnte gut auf das Haus verzichten, auch wenn sie Frankenberg liebte, das seit zwanzig Jahren ihr Zuhause war. Aber er liebte Frankenberg nicht nur, er wollte es so erhalten, so restaurieren, wie es war, wie es schon seit über fünfhundert Jahren war. Und dazu gehörte das alte Kavaliershaus, in dem früher die Kutscher und Jäger gewohnt hatten.
Christian stand seufzend auf, ging zum Fenster und blickte hinaus. Drüben, am Gutshof, lag der Verwalter unter einer alten Mähmaschine und hämmerte kräftig daran herum, um sie wieder flott zu kriegen. Karl Janda war ein guter Verwalter. Aber der Maschinenpark war einfach in einem miserablen Zustand, und die Anschaffung auch nur einer einzigen neuen Maschine war völlig illusorisch. Manchmal fragte sich der Baron von Frankenberg, ob er sich nicht wirklich verkalkuliert hatte. Die artgerechte Tierhaltung, das chemiefreie und entsprechend teure Futter, der biologische Landbau mit den entsprechend kleineren Ernten – das alles erforderte einen

langen Atem; die Investitionen würden sich nicht von heute auf morgen auszahlen. Aber schließlich war es ja nicht nur eine Sache der Wirtschaftlichkeit. Es war eine Sache des Charakters, fand Christian, eine Sache der persönlichen Lebenssicht, eine Philosophie, wie man das neuerdings nannte. Der Gedanke an Massentierhaltung, an Hunderte von Kühen, Kälbern und Schweinen, auf engstem Raum zusammengepfercht, bis zu den Knöcheln im eigenen Kot stehend, vollgepumpt mit Chemie und nur einmal in ihrem Leben das Licht der Sonne erblickend, nämlich an dem Tag, an dem sie zum Schlachthof gefahren wurden – dieser Gedanke war Christian zutiefst zuwider. Solche Höfe hatten mit Viehzucht nichts zu tun, das waren Konzentrationslager für Tiere!
Erst gestern, in Rothenburg, beim Stammtisch im Hotel Eisenhut, hatten sie ihn wieder blöd angeredet. Der Bankier Kalb, der Doktor Hauser, der Apotheker Bodenthal, der Bürgermeister Gröbel, einfach keiner glaubte, daß er es schaffen würde, Frankenberg auf ökologischen Landbau umzustellen. Wir brauchen die Natur, hatte er ihnen gesagt, aber die Natur braucht uns nicht. Jaja, hatten sie geantwortet, hoffentlich zahlt die Natur auch deine Rechnungen.
Aber er würde es ihnen zeigen, diesen Ignoranten. Christian schaute zum Himmel hinauf. Das Wetter war prächtig, schon seit Wochen. Wenn jetzt ab und zu noch ein bißchen Regen dazukäme, würde er erstklassiges Getreide in ordentlicher Menge ernten. Und seine Schweinezucht entwickelte sich auch her-

vorragend. Kerngesunde Tiere von allerbester Qualität. Für die konnte er einen sehr guten Preis erzielen. Aber leider erst später. Dann war das Kavaliershaus aber längst in fremder Hand. Und wer konnte schon wissen, was der neue Besitzer für einer war und was er mit dem Haus anstellte? Er, Christian, mußte Frankenberg erhalten. Und dazu mußte seine Landwirtschaft Gewinn abwerfen. Sonst würde dem Verlust des Kavaliershauses ein Feld folgen, dann ein Wald und so weiter. Christian sah plötzlich den Ausverkauf des Gutes Frankenberg so drastisch vor sich, daß er unwillkürlich den Kopf schüttelte. Nein! Er war der letzte Baron von Frankenberg, und es war ein grauenvoller Gedanke, daß unter seinen Händen zerbröckeln sollte, was viele Generationen vor ihm, über Jahrhunderte hinweg, bewahrt hatten. Er konnte den Gedanken nicht ertragen, daß er durch seine betriebswirtschaftliche Unfähigkeit zerstören sollte, was seine Vorfahren durch alle Wirren der Geschichte gerettet hatten. Nein! Das durfte nicht sein. Er mußte es schaffen! Irgendwie.

2

Während Christian von Frankenberg über die Zukunft seines Gutes nachdachte, fuhr ein rotes Porsche-Carrera-Cabriolet langsam über die Straße zu Ludwig Geyers Futtermittelfabrik. Karin Riedel trug ihren Tennisdreß und betrachtete durch die Frontscheibe die Fassade des Hauptgebäudes mit dem großen Namenszug »Futtermittel Geyer« darauf. Bald würde sie auch Geyer heißen. Als sie noch an der Rezeption des Hotels Eisenhut gearbeitet hatte, das Ludwigs Schwester gehörte, konnte sie sich gerade mal einen klapprigen Golf leisten. Von Tennis gar nicht zu reden. Und ihre Kleider durften nicht mehr als zweihundert Mark kosten. Den ganzen Tag war sie an der Rezeption gestanden. Jeden Tag. Trotzdem hatte sie jeden Pfennig umdrehen müssen, und das wollte sie nie wieder tun. Ganz früher war es noch schlimmer gewesen. Ihr Vater war gestorben, als sie sieben war, und manchmal hatten Mama und sie tatsächlich nicht gewußt, was sie am nächsten Tag essen sollten. Das war jetzt alles vorbei. Nie wieder arm, dachte Karin Riedel, gab Gas und fuhr durch das Firmentor.

Sie steuerte den Sportflitzer – viermal soviel, wie sie früher im Jahr verdient hatte, brutto!, hatte der gekostet – direkt in die Lagerhalle, stieg aus, strich sich ihren Tennisdreß glatt und registrierte, wie die Arbeiter aus den Augenwinkeln zu ihr herüberglotzten. Auch Ludwig Geyer, der gerade mit einer Liste einen Bestand überprüfte, sah zu ihr her, legte die Liste achtlos auf einen Sack mit Futtermitteln und ging zu seiner Geliebten.

Karin zog das T-Shirt über ihrem Busen straff, stemmte eine Hand in die Hüfte und ließ ihren Körper sprechen. Sie war zwanzig Jahre jünger als Ludwig, und sie wußte, was ihm Spaß machte. Und Ludwig wußte es zu schätzen, daß sie es wußte.

Geyer trat dicht an sie heran und sah ihr begehrlich in die Augen.

Karin Riedel lächelte aufreizend. »Na, wie war's?«

»Er hat bezahlt. Mit seinen letzten Kröten.« Geyer zog sie noch näher heran, doch Karin wich einen wohlberechneten, kleinen Schritt zurück. »Nicht hier. – Dann bekommen wir also jetzt das Kavaliershaus für einen Appel und ein Ei. Wunderbar.«

»Ja, noch so eine schlechte Ernte, und er kann das Gut nicht mehr halten. Wenn er Pleite macht, übernehmen wir den Laden.«

Karin trat wieder dichter an Geyer heran und sah ihm tief in die Augen. »Ich hab mir gedacht, wenn wir das ganze Schloß haben, dann könnten wir doch versuchen, den Ebeling zu gewinnen. Den Architekten, der das tolle Golfhotel in Innsbruck gebaut hat.«

Geyer schob für einen Moment die Augenbrauen

hoch und blickte skeptisch. »Du legst ja ein ganz schönes Tempo vor.«
Karin trat noch dichter an ihn heran. »Das gehört sich doch auch für eine zukünftige Frau Geyer, oder?«
Geyer sah sich kurz um. Die beiden Arbeiter waren verschwunden. Er griff Karin Riedel unter das Tennisröckchen und vergrub seine Hand in ihren Slip. Sie keuchte kurz auf, und er preßte seine Lippen auf ihren Mund. Nach einigen Sekunden riß sie sich los. »Nicht hier!« flüsterte sie atemlos. »Nicht hier.«
Ludwig Geyer zog seine Hand aus ihrem Slip. Karin öffnete die Tür ihres Porsche und warf ihm einen glühenden Blick zu. »Ich warte zu Hause auf dich.« Sie stieg ein und schoß mit aufheulendem Motor aus der Lagerhalle.
Geyer überlegte einen Moment, ob er jetzt gleich nach Hause fahren sollte oder nicht, entschied sich dann aber doch für die Firma. Um elf hatte er einen Banktermin. Aber dafür würde er am Nachmittag mal für eine Stunde daheim vorbeischauen. Karin legte tatsächlich ein scharfes Tempo vor. Eigentlich erschien ihm ihr Plan, ganz Frankenberg einzukassieren und ein Golfhotel daraus zu machen, ungeheuerlich, aber Christian war ja schließlich selbst schuld. Wenn der Baron von Frankenberg nicht rechnen konnte und durch seine lachhaften Ökoexperimente das Gut ruinierte, warum sollte er dann nicht zugreifen? Das Kavaliershaus war ein guter Anfang. Morgen würde er es tatsächlich für einen Appel und ein Ei bekommen.

Geyer ging in sein Büro zurück, um die Bankunterlagen zu holen, doch in seinen Gedanken war er schon mit Karin Riedel im Bett.

3

Hanne hatte den großen Tisch auf der Terrasse gedeckt; alle Familienmitglieder waren versammelt. Außer Lissy, die wegen einer wichtigen Klausur telefonisch abgesagt hatte. Nick machte ein frustriertes Gesicht, als er das hörte, und Katharinas Frotzelei, daß ihre schöne Schwester wahrscheinlich mal wieder einen neuen Freund hätte, fand er auch nicht besonders witzig, denn er war ein großer Verehrer seiner Cousine. Er würde eben auf den nächsten Samstag warten. Und vielleicht würde er es am nächsten Samstag schaffen, ihr zu sagen, daß er unsterblich in sie verliebt war.

Die entbeinte Barbarie-Ente »Tour d'Argent« mußte von ihrem Erfinder irgendwie anders gemeint gewesen sein, denn was sich auf der Silberplatte darbot, als Charlotte die Porzellanhaube lüftete, sah eher aus wie zwei englische Rugbybälle, aus denen die Luft raus war. Charlotte blickte prüfend in die Runde und konnte in den Gesichtern ihrer Lieben wenig Begeisterung entdecken. Alle starrten etwas betreten auf das, was als Ente angekündigt war. Ludolf, der mit am Tisch saß, versuchte ein möglichst neutrales Gesicht zu machen. Hanne schüttelte nur stumm den Kopf.

»Wer hat die denn überfahren?« kicherte Nick und fing sich einen strafenden Blick von Charlotte ein.
»Es war eine Heidenarbeit«, versuchte Charlotte ihr Produkt zu rechtfertigen.
»Das sieht man.« Ihr Mann grinste süffisant und schenkte ihr ein Glas Wein ein.
»Mama kriegt wie immer das erste Stück!« krähte Katharina fröhlich, die noch nicht wußte, daß ihr Traum vom Reiterhof schon wie eine Seifenblase zerplatzt war. Für sie war klar, daß sie ab morgen das Kavaliershaus renovieren würde. Vater hatte ihr jede Unterstützung versprochen.
Christian nahm das Tranchierbesteck, schnitt ein Stück der kostbaren Ente ab und legte seiner Gattin vor.
»Zu Risiken und Nebenwirkungen fragen Sie Ihren Arzt oder Apotheker«, kicherte Justus.
Ludolf mußte eigentlich über Justus' Bemerkung lachen, kriegte aber gerade noch die Kurve und hüstelte gekünstelt vor sich hin. Hanne musterte ihn mißtrauisch, und der Butler machte wieder sein englisches Gesicht.
Charlotte nahm einen Bissen und kaute.
Niemand hatte das Wort »Menschenversuch« gebraucht, aber alle starrten die Dame des Hauses an, als bestünde die Möglichkeit, daß sie gleich ohnmächtig vom Stuhl sänke oder zumindest einen Schweißausbruch bekäme und wie ein Fisch auf dem Trockenen nach Luft schnappte.
Charlotte kaute noch einige Sekunden mit nachdenklichem Gesicht, schluckte ihr Stück Ente »Tour d'Ar-

gent« hinunter und legte das Besteck zur Seite. »Aber riechen tut sie prima. – Ein vegetarischer Tag in der Woche ist ja auch mal ganz gut.« Sie stülpte die Haube wieder über das Silbertablett.

Die Familie machte sich notgedrungen über das Gemüse und die Kartoffeln her. Katharina hatte natürlich ihren Plan für den Umbau des Kavaliershauses wieder dabei, doch Christian konnte sie abwimmeln, weil er sich gerade mit Ludolf unterhielt und ihn fragte, in welchem Hotel er denn abgestiegen sei.

Ludolf Sagmeister war die Frage etwas peinlich, denn er hatte noch gar kein Hotel und konnte sich eigentlich auch gar keines suchen, doch Hanne hatte schon mit Charlotte geredet. Sie lud Ludolf ein, während seines Urlaubs im Schloß zu wohnen, denn Hanne und er hätten sich sicher viel zu erzählen.

Der Butler des Lord Mumblestone bedankte sich bei der Baronin von Frankenberg mit einer förmlichen Verbeugung und teilte mit, daß er sich nicht in der Lage sähe, dieses freundliche Angebot anzunehmen. Seine Schwägerin Hanne verdrehte die Augen. Ludolf wand sich noch eine Weile in komplizierten Formulierungen, nahm dann aber das Angebot an.

Katharina nutzte das allgemeine Aufatmen, um wieder von ihrem Reiterhof anzufangen, doch Christian meinte, sie würden später darüber sprechen. Charlotte sah ihren Mann fragend an, aber der schüttelte den Kopf. Er hatte es ihr also noch nicht gesagt. Doch es mußte sein. Also würde die Eröffnung an

ihr hängenbleiben. Aber vielleicht nicht gerade jetzt bei Tisch.
Das erwies sich als vernünftige Überlegung, denn als sie nach dem Essen allein mit Katharina sprachen, wurde diese fuchsteufelswild und so verstockt, wie es nur ein siebzehnjähriges Mädchen sein kann. Völlig ohne jedes Verständnis nannte sie ihre Mutter einen kalten Steinbrocken, und ihren Vater nannte sie einen Feigling, der ihr was versprach, aber dann nicht hielt. Sie brachte auch nicht für ein einziges Argument ihrer Eltern das mindeste Verständnis auf. Und als Charlotte auch noch über die Schule sprach und ihr das Internat androhte, falls sie nicht richtig fürs Abitur büffeln würde, war es zuviel. Katharina sprang auf und rannte davon.
Christian war traurig. Er war wahrscheinlich der einzige, der wirklich nachfühlen konnte, was Katharina ihre Pferde und der Hof bedeuteten. Charlotte hatte mit der Schule zwar recht, aber trotzdem. Außerdem gehörte das Kavaliershaus zu Frankenberg. Das würde auch Charlotte verstehen. Doch als er sie fragte, ob sie bei ihrem Vater, der ja nun nicht unvermögend war, hunderttausend Mark für das Kavaliershaus borgen könnte, hatte er wohl den falschen Moment erwischt. Charlotte lehnte kategorisch ab. Sie denke gar nicht daran, die pubertären Träumereien ihrer Tochter zu unterstützen. Sie hätten sich schon öfter Geld bei ihrem Vater geliehen, und allmählich frage sie sich, ob der Chef des Hauses Frankenberg überhaupt wirtschaften könne.
Nun rannte auch Christian wütend vom Tisch weg.

Charlotte sah ihm kopfschüttelnd hinterher. Für heute war das Familienleben wohl hinüber. Und wenn Christian erst erfahren würde, daß sie mit dem Gedanken spielte, eine Ganztagsstelle in der Klinik anzunehmen, würde der Haussegen noch schiefer hängen. Aber sie war schließlich Ärztin und hatte doch nicht studiert, um dreimal in der Woche einen Kollegen in der Klinik zu vertreten und ein paar Rezepte auszustellen. Sie dachte darüber nach und war sich plötzlich unsicher. In seinen Vorstellungen von einer intakten Familie war wohl sehr wenig Platz für eine Frau und Mutter, die den ganzen Tag in der Klinik arbeitete. Christian von Frankenberg war weiß Gott ein fortschrittlich denkender und liberaler Mensch. Aber er war auch ein verdammter Dickschädel. Und Katharina hatte ihren Dickschädel hundertprozentig von ihrem Vater. Sie war so eine richtige Bilderbuch-Frankenberg. Bei ihr drehte sich alles nur um das Gut und vor allem um die Pferde. Lissy war da eher nach ihr geschlagen. Sie studierte in München Jura.
Charlotte stand auf und ging mit ihrer Ente »Tour d'Argent« in die Küche zurück. Vielleicht wußte ja Erich ihre Kochkünste zu schätzen. Sie hatte Glück. Der Hund Erich schien keinerlei Vorurteile gegen entbeinte französische Barbarie-Enten zu haben. Das weißzottelige Ungetüm, Liebling ihres Sohnes, fraß auf der Stelle einen ganzen Vogel und behielt sich den zweiten fürs Abendessen auf.

Es war nicht nur der Ärger über Charlottes Weigerung, bei ihrem Vater das Geld für den Rückkauf des

Kavaliershauses zu organisieren, der Christian zum Verwalterhaus hinübertrieb, es war auch der Hunger, und die Jandas hatten sicher etwas Vernünftiges zu essen. Das hatten sich wohl auch Nick und Justus gedacht, denn sie belagerten schon den Grill, auf dem die Jandas vor dem Haus jede Menge köstliche Schaschliks brieten. Justus palaverte mit seinem Freund Helmut, und Anna saß mit Katharina auf den Treppenstufen. Anna hatte sich heute besonders schick gemacht, wahrscheinlich für ein Rendezvous mit Ottfried. Christian fragte sich, was wohl Ludwig Geyer davon hielt, daß sein Sohn hinter der Tochter seines Verwalters her war. Immerhin war er der einzige Erbe des Geyerschen Vermögens.
Als Katharina ihren Vater herankommen sah, sprang sie auf und lief zu den Stallungen hinüber, ohne Christian eines Blickes zu würdigen.
»O, das sieht ja toll aus!« lachte Christian und schaute gierig auf den Tisch, an dem Karl und Eva Janda vor ihren Fleischspießen saßen und Landwein tranken.
Eva lud ihn herzlich zum Essen ein, und Christian ließ sich das nicht zweimal sagen. Er langte tüchtig zu. Karl aß sein Schaschlik auf, nahm einen Schluck Wein und sah seinen schlingenden Arbeitgeber nachdenklich an. »Einige Ferkel vom letzten Wurf sind krank. Das gefällt mir überhaupt nicht.«
Christian kaute noch einen Moment, schluckte den Bissen hinunter und stand auf. »Dann laß uns mal gleich rüberschauen.« Er ging mit dem Schaschlik in der Hand zum Schweinestall hinüber.

Janda hatte recht. Als er das Thermometer ablas, mit dem er die Temperatur der Ferkel gemessen hatte, zeigten sich bei drei Tieren erhöhte Werte.
»Na, die Schweinepest wird's ja nicht gleich sein.« Christian hob eines der Ferkel hoch und begutachtete es. Zu sehen war nichts. Und die Tiere hatten alles bekommen, was sie brauchten. Eiseninjektion, die Impfung gegen Rotlauf und erstklassiges, chemiefreies Futter. Eigentlich sollten sie putzmunter sein. Er legte das Ferkel wieder ins Stroh. »Wir geben ihnen jetzt mehr Sojamehl und das vitaminisierte Eiweiß. Das wird sie wieder aufpäppeln.«
Janda nahm kurz den Hut ab und kratzte sich an seiner Stirnglatze. »Aber wenn bis morgen keine Besserung zu erkennen ist, sollten wir die kranken Ferkel von der Sau trennen.«
»Und vor allem den Tierarzt kommen lassen«, pflichtete Christian bei und betrachtete nachdenklich die Ferkel, die lustlos und apathisch im Koben herumlagen.
Als sie den Stall verließen, fuhr Anna gerade mit Ottfried Geyer in seinem himmelblauen amerikanischen Straßenkreuzer vom Hof. Der Verwalter blieb abrupt stehen und blickte dem Wagen grimmig hinterher. Dieser reiche Pinkel schwänzelte dauernd um seine Tochter herum, und das gefiel ihm nicht. Und es war auch nicht richtig. Was wollte einer wie der denn mit so einem einfachen Mädel wie seiner Anna? Heiraten würde er sie bestimmt nicht. Aber mit ihr ins Bett gehen, das wollte er sicher. Wie oft hatte er seine Tochter schon vor diesem Kerl gewarnt, aber es

nützte nichts. Wehe, dachte er, wehe, wenn da was passiert!
Karl Janda war ein einfacher Mensch, der auch sehr einfach dachte. Und er war sehr katholisch.

Wie recht Charlotte mit dem Frankenbergschen Dickschädel hatte, erfuhr sie am Abend dieses Tages. Katharina war den ganzen Nachmittag verschwunden und erschien auch zum Abendessen nicht. Als sie endlich, gegen neun, auftauchte, verschwand sie kommentarlos in ihrem Zimmer. Charlotte versuchte noch einmal, mit ihrer jüngsten Tochter zu reden, aber es war völlig sinnlos. Katharina wurde regelrecht frech. »Du verstehst das nicht!« schrie sie schließlich und starrte ihre Mutter mit dem ganzen Haß einer pubertären, siebzehnjährigen Tochter an. »Du bist ja auch keine Frankenberg!«
Charlotte war tief getroffen. Nicht, weil sie keine geborene Frankenberg war. Dieser Vorwurf war ihr zu absurd. Was sie wirklich betroffen machte, war die Verzweiflung ihrer Tochter, die so tief sein mußte, daß sie wie ein verwundetes Raubtier um sich biß. Wie sehr mußte ihr Herz an diesem Reiterhof hängen! Aber es ging einfach nicht, es war einfach unmöglich. Das Gut Frankenberg stand wirtschaftlich auf der Kippe, und sie konnten sich keine weiteren Schulden mehr leisten. Und damit basta! Charlotte drehte sich um und ging wortlos zur Tür.
»Ich hasse dich!« schrie Katharina und war trotz ihrer Wut erschrocken, als sie sah, wie ihre Mutter

zusammenzuckte, stehenblieb und erst nach einer Sekunde des Zögerns hinausging, ohne sich umzudrehen. Das hätte sie vielleicht nicht sagen sollen. Aber sie war immer noch viel zu wütend, um sich bei ihrer Mutter zu entschuldigen.

Als Christian am nächsten Morgen zum Frühstück auf der Terrasse erschien, glaubte er, seinen Augen nicht trauen zu können. Ludolf Sagmeister hatte seine Butlerlivree angelegt und bediente den ganzen Tisch mit einer Noblesse und Würde, wie sie nur ein englischer Butler auszudrücken vermag. Selbst sein blasierter Gesichtsausdruck war perfekt. Er hatte sogar den Tisch mit dem uralten Familiensilber gedeckt, das das ganze Jahr über in einer Küchenschublade ein vernachlässigtes Dasein fristete. Christian setzte sich kopfschüttelnd zu den anderen und ließ sich ebenfalls bedienen. Hanne erklärte ihm, daß Ludolf Kost und Logis abarbeiten wolle. Christian fand das ausgesprochen albern, hatte aber keine Lust, sich gleich am frühen Morgen mit seinem neuen Butler anzulegen. Außerdem ließ Ludolfs Miene keinerlei Widerspruch zu.
Katharina tauchte auf, und ihr Gesicht ließ ahnen, daß sie ihren Eltern immer noch nicht verziehen hatte. Sie nahm ein Glas Milch vom Tisch, stürzte es im Stehen hinunter und wollte gleich wieder weg. Charlotte faßte sie am Ärmel und zog sie mit sanfter Gewalt auf einen Stuhl. Sie hatte der Familie etwas Wichtiges mitzuteilen, doch sie kam nicht dazu, denn Ludolf erschien mit dem schnurlosen Telefon

und servierte es mit einer knappen Verbeugung seinem Herrn. »Für Sie, Herr Baron.«
Charlottes Vater war am Apparat. »Du, Christian, wir müssen jetzt doch endlich die Forellenzucht aufmachen! Es war ja schon immer meine Idee. Du glaubst nicht, wie ich mich freue, daß ihr endlich begriffen habt, wie wunderbar es ist, Forellen im eigenen Weiher zu ziehen und zu fischen.«
Christian verstand überhaupt nichts; er sah seine Frau fragend an, aber Charlotte zuckte nur die Achseln. Als sein Schwiegervater ihn schließlich fragte, auf welches ihrer Konten er denn die hunderttausend Mark für die Forellenzucht überweisen solle, gingen im Kopf des Barons von Frankenberg alle Lichter an. Hunderttausend Mark! Der Alte wollte ihnen hunderttausend Mark überweisen! Christian gab ihm sein Geschäftskonto an, sie tauschten noch ein paar höfliche Phrasen aus und beendeten dann das Gespräch.
Die ganze Familie hatte schweigend zugehört und sah ihr Oberhaupt nun fragend an. Charlotte setzte eine Miene auf, die jeden Unschuldsengel neidisch gemacht hätte.
»Er findet es gut, daß wir eine Forellenzucht aufmachen«, teilte Christian immer noch etwas verwirrt mit, »und er will uns einhunderttausend Mark dafür geben.«
»Donnerwetter!« sagte Charlotte anerkennend. »Aber was sollen wir denn mit einer Forellenzucht?« fügte sie nach einem Moment scheinheilig hinzu. »Na, vielleicht hast du ja eine sinnvollere Verwendung für das

Geld.« Sie sah ihren Gatten auffordernd an, aber der Baron von Frankenberg begriff immer noch nicht, was sich hier gerade abspielte.

Katharina schaltete schneller als ihr Vater und versuchte, die Gelegenheit beim Schopf zu packen. »Könnten wir von dem Geld nicht doch das Kavaliershaus …« Sie wagte nicht, den Satz zu Ende zu sprechen, denn ihr fiel siedend heiß ein, daß sie ihren Vater gestern einen Feigling genannt und ihrer Mutter ihren ganzen Haß ins Gesicht geschleudert hatte.

Christian begriff erst, als seine Frau ihm unter dem Tisch kräftig auf den Fuß trat. »Tja, das könnten wir schon machen«, sagte er gedehnt, so, als müsse er sich die Angelegenheit noch gründlich überlegen.

Katharina sprang auf, lief um den Tisch herum, bedankte sich zuerst bei ihrer Mutter und erst dann bei ihrem Vater, denn sie wußte genau, wer ihr die Erfüllung ihres Herzenswunsches ermöglicht hatte. Sie entschuldigte sich für ihr gestriges Verhalten, und da ihr die Gelegenheit günstig erschien, gestand sie auch, was sie schon zwei Tage mit sich herumschleppte. Die Mathematikarbeit, die sie angeblich erst nächste Woche zurückbekommen sollte, hatte sie schon vorgestern erhalten, und es war ausnahmsweise mal kein Fünfer. Es war ein Sechser.

Christian schaute ein wenig pikiert drein, denn er hatte mit seiner Tochter wochenlang Mathematik gebüffelt. Und jetzt das.

Die alte Hanne bemerkte spitz, daß das ja eigentlich kein Wunder sei, der Herr Vater sei ja selbst nie über eine Fünf in Mathematik hinausgekommen. Im Rechnen wären die Frankenbergs noch nie besonders gut gewesen.

Justus hielt es für geboten, schleunigst zu verschwinden, bevor sich die Aufmerksamkeit auf seine schulischen Leistungen richtete. Eigentlich wollte er seinem Vater klarmachen, daß er endlich eine richtige professionelle Angel bräuchte, eine Sportangel, aber der Moment war wohl nicht günstig für ein solches Vorhaben. »Das ist ja echt ätzend, was ihr da redet«, murmelte er und stürmte davon, um mit Hund Erich und Freund Helmut einen weiteren Versuch zu starten, den alten Methusalem endlich zu fangen. Der riesige Hecht fraß schon seit Jahren die Karpfenbrut im Schloßteich auf, und keinem war es bisher gelungen, ihn zu überlisten.

Katharina versprach hoch und heilig Besserung, doch das war mehr ein Lippenbekenntnis, denn ihre Gedanken kreisten nur noch um das Kavaliershaus. »Wann ist denn die Versteigerung?«

»Um elf«, antwortete ihr Vater und sah sie mit gespielter Strenge an.

Katharina setzte ein komplizenhaftes Grinsen auf und lief schnell vom Tisch weg. Angeblich, um Mathematikaufgaben zu machen, aber sie verließ das Schloß wieder durch einen Hintereingang und stahl sich zu den Pferdekoppeln. Für sie war es entschieden sinnvoller, mit dem Springpferd »Halunke« für das Turnier in Ansbach zu trainieren, als Gleichungen mit mehreren Unbekannten zu lösen, die ihrer Ansicht nach ruhig unbekannt bleiben durften. Sie

wollte Springreiterin werden und keine Mathematiklehrerin.
Hanne bemerkte den Blick, mit dem Christian seine Frau betrachtete, und zog sich dezent in die Schloßküche zurück, um das Mittagessen vorzubereiten. Ludolf servierte den Herrschaften eine Glocke auf einem Silbertablett mit der Anweisung, einfach zu läuten, wenn sie irgend etwas bräuchten.
»Mal sehen, ob es funktioniert«, meinte Christian, nachdem er eine Zeitlang weg war. Er läutete. Augenblicklich erschien Ludolf und fragte nach ihren Wünschen. Der Baron von Frankenberg bestellte eine Flasche Champagner, die der Butler kurz darauf formvollendet servierte. Allerdings nicht, ohne anzumerken, daß der Champagnervorrat des Hauses Frankenberg damit erschöpft sei.
Charlotte und Christian stießen an, sahen sich in die Augen und tranken. Aller Streit um Kindererziehung und die Bewirtschaftung des Gutes war für den Moment vergessen, war so weit entfernt, als hätte es ihn nie gegeben. Christian war glücklich, und er war stolz auf seine Frau. Es war ihr sicher nicht leichtgefallen, ihren Vater mal wieder um Geld anzupumpen. Aber sie hatte es getan. Für ihn, für Katharina und für Frankenberg. Er fragte sich, wie er sich für eine Liebesgabe dieser Größe jemals bei ihr revanchieren könnte.
Er beugte sich vor und küßte sie. Charlotte erwiderte seinen Kuß mit einer Intensität, die niemanden hätte vermuten lassen, daß dieses Paar schon zwanzig Jahre verheiratet war.

Das reine, ungetrübte Glück des Ehepaars von Frankenberg war jedoch nur von kurzer Dauer, denn das profane Leben erschien in Form von Karl Janda, der mit unheilverkündender Miene an den Tisch herantrat. »Der ganze Wurf ist über Nacht erkrankt. Sie müssen sich das unbedingt ansehen.«
Christian stand seufzend auf, warf seiner Frau noch eine Kußhand zu und folgte seinem Verwalter in den Schweinestall.
Alle acht Ferkel des Wurfs lagen apathisch im Stroh und hoben nicht einmal die Köpfe, als Christian über das Gatter stieg und die Tiere begutachtete. Alle hatten beträchtlich erhöhte Temperatur und lauter rote Punkte auf dem Bauch. Er nahm ein Ferkel auf den Arm und untersuchte die Flecken. »Das könnten Flohstiche sein.«
»Na, hoffentlich«, erwiderte der Verwalter skeptisch, »jedenfalls habe ich Dr. Heimann schon angerufen.«
»Ob der Tierarzt am Sonntag kommt?«
»Er will nachher vorbeischauen.«
Christian legte das Ferkel wieder ins Stroh. »Ich verstehe das nicht. Wir hatten immer die gesündesten Tiere weit und breit.«
Karl Janda zuckte nur die Achseln, und sie verließen den Stall. Es waren nur noch zwei Stunden bis zur Versteigerung des Kavaliershauses.

4

Der junge Rechtsanwalt Manfred Bissinger aus Frankfurt hielt seinen Wagen vor der Villa Geyer, stieg aus und betrachtete prüfend das Anwesen, bevor er an dem schmiedeeisernen Gartentor klingelte. Es war ein modernes, sehr großzügig gebautes weißes Haus, das sicher einige Millionen gekostet hatte. Und wenn Frau Riedel ihn korrekt über Herrn Geyers finanzielle Situation informiert hatte, dann gab es da noch einige Millionen mehr. Vor der Garageneinfahrt standen ein rotes Porsche-Cabriolet und ein großer, dunkler BMW. Bissinger liebte Klienten mit viel Geld. Er könnte hier ein fettes Honorar einstreichen, wenn alles richtig lief. Hatte Frau Riedel gesagt.

Die zukünftige Frau Geyer empfing den Rechtsanwalt in einem weitläufigen Wohnraum, der mit teuren Möbeln und Gemälden ausgestattet war. Das Interieur war durchaus nicht geschmacklos, doch der Raum wirkte trotz seiner Größe vollgestopft.

»Herr Geyer bittet noch um einen Moment Geduld«, lächelte Karin und bot ihrem Gast einen Sessel an. Sie trug ein schlichtes weißes Kleid, und obwohl sie schon perfekt geschminkt war, machte sie den Ein-

druck, als sei sie gerade etwas überhastet aus dem Bett gestiegen.
»Ich habe Zeit«, antwortete der Rechtsanwalt, setzte sich und schwieg.
»Nein, nein«, sagte Karin schnell, »wir können schon anfangen. Sie sind ja instruiert, aber ich möchte es noch einmal betonen: Die ganze Sache muß absolut unter uns bleiben. Das ist sehr wichtig.«
Das sei kein Problem, meinte Bissinger, und Karin erklärte ihm noch einmal, daß er das Kavaliershaus der Frankenbergs um jeden Preis ersteigern müsse.
Bevor der Rechtsanwalt antworten konnte, kam Ludwig Geyer die Treppe aus dem ersten Stock herunter, wie immer in Anzug und Krawatte.
Bissinger erhob sich, und die Männer schüttelten sich die Hände. Geyer sah den Rechtsanwalt, den seine zukünftige Frau engagiert hatte, zum erstenmal. Er hatte die letzten Sätze Karins mitgehört, und er war, was den Preis betraf, nicht unbedingt ganz ihrer Ansicht. Aber das würde er mit dem Anwalt unter vier Augen regeln.
Geyer setzte sich auf eine Couch und fixierte den jungen Mann. »Auf keinen Fall darf man erfahren, daß ich es bin, der das Kavaliershaus ersteigern will.«
»Ihre Verlobte hat mich bereits instruiert«, erwiderte Bissinger neutral.
»Ach, wissen Sie«, sagte Karin schnell, »es ist halt alles sehr provinziell hier. Es wird viel gequatscht. Und wenn man Geld hat, hat man auch sofort Neider.«

Da keiner der Männer gleich antwortete, redete Karin Riedel weiter, und was sie sagte, kam schnell und heftig und schien aus ihrem tiefsten Inneren hervorzubrechen. »Man gönnt es mir einfach nicht, daß ich Frau Geyer werde. Nur, weil ich bis vor ein paar Monaten noch an einer Hotelrezeption gestanden bin! Und darum, verstehen Sie, darum muß ich Frankenberg haben! Äh, ich meine natürlich das Kavaliershaus. Das ist der erste Stein, den wir herausbrechen! Koste es, was es wolle!«
Die letzten Worte hatte sie immer heftiger herausgestoßen; plötzlich brach sie ab und starrte abwesend ins Leere.
Der Rechtsanwalt Bissinger sah Geyer etwas betreten an, sagte aber nichts. Geyer sagte auch nichts, weil er nicht wußte, wie er diese Vorstellung seiner Verlobten kommentieren sollte, und so lastete für lange Sekunden ein peinliches Schweigen im Raum.
Karin Riedel schien das nicht wahrzunehmen. Sie starrte immer noch mit verkrampftem Gesicht vor sich hin, und mit ihrem inneren Auge sah sie sich wieder an der Rezeption stehen, sah, wie sie sich vor Leuten verneigte, denen sie am liebsten an die Kehle gesprungen wäre. All diese Leute, die sich ein Hotel leisten konnten, in dem sie arbeiten mußte und auch noch froh darüber sein sollte, daß sie überhaupt einen Job hatte! Nie wieder, dachte Karin. Nie wieder wollte sie abhängig sein. Auch nicht von Ludwig Geyer. Und deswegen mußte sie Frankenberg haben! Wenn es ihr gelänge, aus dem Schloß ein Golfhotel zu machen, dann wäre sie jemand, und nie, nie wie-

der würde sie sich vor irgendeinem anderen verneigen müssen!
»Ja, äh, möchten Sie etwas trinken?« fragte Geyer den Anwalt schließlich, nur, um etwas zu sagen, denn das Schweigen im Raum wurde unerträglich. »Kaffee vielleicht?«
Bissinger nickte.
»Karin, bist du mal so lieb? Ich hätte auch gern eine Tasse.«
Karin Riedel reagierte nicht. Sie schien immer noch tief in Gedanken versunken.
»Karin.« Geyer stieß seine Verlobte sanft an.
Karin schreckte hoch. »Ja. Ja, natürlich. Kaffee.« Sie stand auf und ging in die Küche.
Geyer blickte ihr nach, bis er sicher war, daß sie außer Hörweite war. Dann wandte er sich an den Anwalt. »Sie können bis einhundertzwanzigtausend Mark gehen. Und keinen Pfennig mehr. Mehr ist die Bruchbude nämlich nicht wert. Ist das klar?« Er sah den jungen Juristen durchdringend an.
»Sie sind der Boß«, sagte Bissinger und erwiderte Geyers Blick.

5

Christian hatte einige Bänke und einen Tisch für den Auktionator vor dem Kavaliershaus aufstellen lassen. Viele Leute waren nicht erschienen, und das war auch kein Wunder. Wer sollte schon Interesse an dem heruntergekommenen Gebäude haben? Die Leute, die auf den Bänken saßen, waren wohl eher Kiebitze, die sich die Zeit damit vertrieben, bei der Auktion zuzusehen. Wahrscheinlich waren es die gleichen Leute, die auch regelmäßig zu Gerichtsverhandlungen gingen, um gegen ihre Langeweile anzukämpfen. Und weil Sonntag war und folglich auch keine Gerichtsverhandlung, waren sie eben zur Versteigerung gekommen. Vielleicht wollten sie auch nur sehen, ob der Baron finanziell in der Lage war, das Haus zurückzukaufen.

Der Auktionator und seine Assistentin setzten sich an den Tisch, und die Versteigerung begann. »Wir kommen nun zur Versteigerung des sogenannten Kavaliershauses, das sich im Besitz der Stadt Rothenburg befindet. Der Schätzpreis beträgt 105 000 Mark. – Bietet jemand 105 000 Mark?«

Niemand hob die Hand. Auch als er auf 100 000 Mark runterging, rührte sich kein Finger. Er wartete

noch einige Sekunden, ließ den Blick prüfend über das Publikum wandern, aber es reagierte immer noch niemand.
»85 000 Mark! Das ist das Mindestgebot, meine Damen und Herren! Wer bietet 85 000?«
Charlotte, die mit Katharina neben ihrem Mann auf der Bank saß, sah ihn strahlend an. Es lief bestens. Niemand bot.
Christian hob die Hand.
»85 000 zum ersten, zum zweiten und zum ...«
»90 000!« sagte eine ruhige Stimme.
Die Frankenbergs drehten sich um. Der Bieter war ein junger Mann in einem eleganten Geschäftsanzug. Sie hatten den Mann noch nie gesehen, weder auf dem Schloß noch in Rothenburg.
»95 000!« Christian hoffte, daß das reichte, denn er hatte nur noch einen Spielraum von fünftausend Mark.
»100 000!« rief Bissinger.
Charlotte sah ihren Mann beschwörend an, denn sie hatte Angst, daß der verdammte Dickschädel einfach weiterbot.
Christian ignorierte ihren Blick. »105 000!«
Charlotte schüttelte wütend den Kopf und rückte ein Stück von ihm weg. Jetzt hatte sie ihm schon hunderttausend Mark besorgt – und was machte er? Bot einfach weiter. Mit Geld, das sie überhaupt nicht hatten.
»110 000!«
»115 000!«
»120 000!« Bissinger nahm seine Sonnenbrille ab,

stand auf und ging langsam zum Tisch des Auktionators vor. Er wunderte sich, daß Frankenberg überhaupt bot, denn nach den Angaben Geyers sollte er eigentlich überhaupt kein Geld für die Versteigerung haben.

»120 000 zum ersten, zum zweiten und …«

»125 000!« sagte Christian laut und deutlich, ging ebenfalls nach vorn und blieb neben dem Fremden stehen.

Charlotte hörte nicht mehr zu. Sie hatte den Kopf gesenkt und wollte überhaupt nicht mehr wissen, wie weit ihr närrischer Gatte noch gehen würde. Auch Hanne blickte betreten zu Boden.

»125 000 zum ersten, zum zweiten … und zum dritten! – Das Objekt geht an Herrn Baron von Frankenberg!«

»Glückwunsch«, murmelte der Fremde, nickte Christian zu und ging zu seinem Wagen.

Katharina sprang mit einem Schrei auf und umarmte ihren Vater.

Charlotte kam langsam heran und sah ihren Mann kopfschüttelnd an.

»Nur die Ruhe«, sagte Christian und nahm seine Frau in die Arme. »Irgendwie kriegen wir das schon wieder auf die Reihe.«

Charlotte kapitulierte und lehnte ihren Kopf seufzend an Christians Schulter. »Irgendwie«. Mit diesem Wort würde sie wohl leben müssen, irgendwie.

Christian ging zum Auktionator und besprach gerade die restlichen Formalitäten, als Anna aufgeregt von den Schweineställen herüberlief. »Herr von Franken-

berg, bitte kommen Sie sofort in den Stall! Der Tierarzt ist da! Es ist sehr wichtig!«
Als Christian den Stall betrat, kniete der Veterinär mit Karl Janda im Schweinekoben. Er trug einen grünen Schutzanzug und hob gerade ein totes Ferkel hoch. Ein weiteres lag leblos im Stroh.
»Schweinepest?« Die Frage war unausweichlich, und der Baron von Frankenberg hatte eine höllische Angst vor der Antwort.
»Vermutlich«, antwortete Dr. Heimann.
Christian riß sich den Hut vom Kopf und zerknüllte ihn. »Nein!« knirschte er zwischen den Zähnen hervor. »Bloß das nicht. Nicht jetzt!«
Dr. Heimann hielt ihm das Ferkel hin. »Sehen Sie sich doch mal die bläuliche Färbung der Ohren an, die roten Punkte auf der Haut. Ich bin mir fast sicher.«
»Fast«, sagte der Verwalter. »Fast. Wir müssen erst das Gutachten abwarten. Ob sich der Verdacht auch bestätigt.«
Der Veterinär legte das Ferkel wieder ins Stroh. »Das ist richtig. Aber ich muß jetzt gleich das Veterinäramt verständigen und das Landratsamt. Und eine Stallsperre muß ich jetzt schon verhängen.« Er nahm einen Sack und stopfte das tote Tier hinein.
Christian stand wie betäubt am Gatter. »Wenn der Befund positiv ist – wissen Sie, was das für mich bedeutet?«
Der Tierarzt nickte. »Tut mir leid für Sie, Herr von Frankenberg. Gerade für Sie tut es mir leid.«
Christian ging wieder zum Schloß hinüber, und er

ging sehr langsam, den zerknüllten Hut in der Hand. Charlotte, Katharina, Hanne und Ludolf saßen auf der Terrasse um den großen Tisch und sahen ihm gespannt entgegen.

Christian blieb am Tisch stehen. »Wenn es tatsächlich die Schweinepest ist«, murmelte er gepreßt, »wißt ihr, was das bedeutet? Unser ganzer Bestand muß zum Abdecker. Fast dreihundert Schweine und Ferkel. Und das Kavaliershaus können wir gleich wieder verkaufen. Mit Verlust. Kinder, jetzt wird's wirklich eng.«

Für lange Sekunden herrschte bedrücktes Schweigen.

»Scheiß auf die alte Hütte!« rief Katharina spontan. »Unser Hof ist viel wichtiger.« Sie lächelte ihren Vater an. »Wie sagst du doch immer: Irgendwie kriegen wir das schon wieder auf die Reihe.«

Charlotte hatte den letzten Satz ihrer Tochter laut mitgesprochen, doch der Aufmunterungsversuch verfehlte seine Wirkung. Christian starrte nur düster zu den Ställen hinüber.

»He! Schaut mal, was ich hier habe!« Justus kam über den Rasen gelaufen und schleppte einen großen Karpfen in einem Netz. »Den hab ich selbst gefangen. Ludolf hat uns gezeigt, wie's geht. Und wenn ich eine richtige professionelle Angel hätte, dann ...« Der Junge spürte instinktiv, daß etwas nicht stimmte, und brach ab. »Was macht denn ihr für Gesichter? Ist was passiert?«

Christian sah das Glück in den Augen seines Sohnes und gab sich einen Ruck. »Was soll einem schon passieren, wenn man einen Sohn hat, der für das Essen sorgt!« lachte er, ging zu Justus hinüber, legte den Arm um ihn und sah zu den anderen hinüber. »Kopf hoch, Frankenbergs!« rief er mit gespielter Fröhlichkeit.

Charlotte nahm den Faden auf. »Genau!« rief sie lachend. »Heute gibt's Fisch! Und keine Angst – Hanne wird kochen! Katharina, du kümmerst dich um den Salat! Ludolf, Sie decken heute besonders festlich!«

6

Es war eine gespenstische Szene: Die große Baggerschaufel raffte einige Schweine aus dem Kadaverberg vor dem Stall zusammen, hievte sie hoch und ließ sie auf einen Anhänger fallen. Die toten Tiere klatschten mit einem häßlichen Geräusch auf die Ladefläche. An die Stalltür war ein grellrotes Schild genagelt, auf dem das Wort stand, das vielleicht den Untergang für Frankenberg bedeutete: *Schweinepest.*

Katharina beobachtete, wie der Bagger wieder eine Schaufel voll toter Schweine griff, und die Tränen liefen ihr übers Gesicht.

Hanne hatte die Hände in die Taschen ihrer Kittelschürze gesteckt und sah ebenfalls zu. Die letzte Schweinepest auf Frankenberg hatte sie vor dem Krieg erlebt, vor sechzig Jahren. Und was jetzt passierte, verstand sie nicht. So, wie Christian seine Tiere hielt, war es eigentlich unmöglich, daß sie die Seuche bekommen konnten.

Und sie verstand noch etwas anderes nicht. Sie hatte gebetet, hatte Gott inbrünstig angefleht, die Pest von Frankenberg fernzuhalten. Aber Gott hatte sie nicht erhört.

Die nächste Schaufel Schweineleichen klatschte auf die Ladefläche.
Hanne drehte sich wortlos um und ging ins Schloß zurück. Bisher war nur ein Stall verseucht, und das Gut hatte drei Ställe. Wenn die anderen auch noch befallen wären, dann war es wohl vorbei mit Frankenberg. Zumindest würde Christian einen großen Teil der Ländereien verkaufen müssen, denn von dem Erlös aus der Schweinezucht wollte er seine Hypothekenzinsen bezahlen. Hanne beschloß, augenblicklich für die Tiere in den restlichen Ställen zu beten. Vielleicht hatte Gott ja ein Einsehen. Immerhin kannte er sie seit siebzig Jahren und wußte, daß sie sich noch nie wegen irgendwelcher Kleinigkeiten an ihn gewandt hatte.
Christian wollte sich den Abtransport der Kadaver überhaupt nicht ansehen. Er hatte es nur ein paar Minuten ausgehalten, dann war er mit seinem Verwalter zu den anderen Ställen gegangen, und sie fütterten dort die Tiere. Beide trugen grüne Schutzanzüge, wie es Vorschrift war. Zu leicht konnte die Seuche von einem Stall in den anderen geschleppt werden. Der positive Befund hatte Christian wie eine Keule getroffen. Er verwendete nur das beste Futter, er ließ seine Tiere regelmäßig vom Veterinär kontrollieren, er gab ihnen alle nötigen Impfungen, er hielt seine Ställe peinlich sauber – und das Resultat? Als einziger Züchter im ganzen Landkreis hatte er die Pest in den Ställen. In *einem* Stall, verbesserte er sich in Gedanken. Aber er hatte den Mut verloren, sah vor seinem inneren Auge die rosigen und munteren

Tiere, die sich vor ihm um den Trog drängten, schon im Todeskampf liegen, mit Schaum vorm Maul und zuckenden Beinen.

»Heute füttern wir sie noch«, sagte der Verwalter, als hätte er seine Gedanken gelesen, »und übermorgen sind sie vielleicht schon tot.«

Christian hatte Angst vor dem Anruf des Tierarztes. Wenn der Befund für die restlichen Ställe auch positiv war, dann war seine Umstellung auf artgerechte Tierhaltung gescheitert, und das Geld für einen neuen Versuch hatte er nicht.

»Christian!« Hanne stand atemlos in der Stalltür, denn sie war trotz ihrer siebzig Jahre wie ein junges Mädchen zu den Ställen hinübergerannt. »Dr. Heimann ist am Telefon! Dringend!«

Christian ließ die Schaufel fallen und rannte zum Schloß hinüber. Das war die Stunde der Wahrheit.

Als er in den Salon stürmte, war der Hörer aufgelegt. Charlotte stand beim Telefon und notierte etwas auf einen Zettel.

»Was ist los?« rief Christian aufgeregt. »Ich dachte, Dr. Heimann wollte mich dringend sprechen!«

»Er hat mir alles gesagt«, antwortete seine Frau.

»Und? Hat er schon den Befund?«

»Schrei doch nicht so«, erwiderte Charlotte ruhig. »Den Befund hat er noch nicht. Aber eine interessante Neuigkeit.« Sie blickte auf den Zettel. »Kennst du einen Bauern Grosser?«

»Ja, klar. Der hat einen Hof in der Nähe von Crailsheim. Warum?«

»Der hat auch die Schweinepest im Stall.«

Christian schlug mit der Faust auf den Tisch. »Verdammter Mist! Seit Jahren ist in der ganzen Region nichts mehr gewesen! Und jetzt auf einmal zwei Fälle! Ich muß mit Grosser reden. Ich fahr sofort zu ihm rüber.«
»Du kannst ihn doch auch anrufen.«
»Nee, nee, Charlotte, das muß ich sehen.« Christian drehte sich auf dem Absatz um und lief zur Tür.
»Ich müßte noch etwas mit dir besprechen«, rief Charlotte ihm hinterher, »es ist wichtig.«
Ihr Mann drehte sich entnervt um. »Mein Gott, du siehst doch, daß ich jetzt nicht den Kopf dafür habe. Was gibt's denn so Wichtiges?«
»Schon gut«, murmelte Charlotte, »wir reden, wenn du zurückkommst.«
Christian stürmte hinaus. Nach einem Moment hörte Charlotte das Aufheulen eines Motors und das Geräusch durchdrehender Reifen auf dem Kies der Auffahrt.
Im Moment war wohl wirklich nicht der richtige Zeitpunkt, um mit Christian zu reden. Aber sie mußte mit ihm sprechen. So bald wie möglich. Am Vormittag war sie in Rothenburg gewesen und hatte mit Sigrid Ebrach über ihr Problem mit der Ganztagsstelle in der Klinik geredet. Sigrid war Ludwig Geyers Schwester, und ihr gehörte das berühmte Hotel Eisenhut in Rothenburg. Sie kannte Sigrid schon seit zwanzig Jahren, und daß sie heute ihre beste Freundin war, das war eigentlich ein Wunder. Denn als sie sich kennenlernten, hieß Sigrid mit Nachnamen noch Geyer und war Christian von Frankenbergs Braut.

Dann war sie aufgetaucht, und Christian hatte Sigrid verlassen. Als Christian und sie sich zum erstenmal gesehen hatten, war es wie eine Offenbarung, und Sigrid hatte vor der Macht der großen Liebe, die es nur einmal gibt, kapituliert. Sie hatte erstaunliches Format bewiesen, und manchmal fragte sich Charlotte, ob sie denn selbst mit fünfundzwanzig Jahren in der Lage gewesen wäre, so ungeheure menschliche Größe zu zeigen. Später hatte sie dann Harald Ebrach geheiratet und wieder Pech gehabt. Sie hatten keine Kinder bekommen, und vor acht Jahren, mit nicht einmal Vierzig, war ihr Mann an einem Schlaganfall gestorben. Sigrid Ebrach war immer noch eine schöne Frau, aber heute kümmerte sie sich nur noch um ihr Hotel.

Als sie ihr erzählte, daß sie eine Ganztagsstelle als Ärztin in der Klinik bekommen könnte, hatte sie sofort geraten, die Stelle anzunehmen. Man lebt nur einmal, hatte Sigrid gesagt, und ich weiß, wie gern du Ärztin bist.

Es war wirklich ihr Traum. Eigene Patienten, deren Diagnose sie selbst erstellen und die sie nach ihren eigenen Erkenntnissen bis zur Genesung behandeln konnte. Sie war keine Anhängerin der Pillentherapie und der Apparatemedizin. Sie hatte völlig andere Vorstellungen davon, wie ein Arzt den Hippokratischen Eid einzulösen hatte und wie er Menschen behandeln sollte. Ein Arzt war schließlich kein Mechaniker. Sie haßte das Wort »Krankengut«, das zu viele ihrer Kollegen zu oft im Mund führten, wenn es kein Patient hören konnte. Der Chefarzt in der Klinik war dafür, daß sie die offene Stelle bekam. Die letzte Entscheidung fällte allerdings der Verwaltungsrat, doch in dem hatte der Chefarzt eine gewichtige Stimme. Das große Problem war Christian. Der würde an die Decke gehen, wenn er erfuhr, daß seine Frau jeden Tag in die Klinik wollte. Sie hörte schon, wie er ihr vorwarf, daß sie wohl die Kinder völlig verwildern lassen wolle. Aber vielleicht gab es eine Möglichkeit, Christian zu überzeugen. Charlotte schämte sich fast für diesen Gedanken, aber er entsprach der Wahrheit, und in ihrer Ehe war sie der Partner, der mit beiden Beinen auf dem Boden stand und die Dinge so betrachtete, wie sie wirklich waren. Und eine unleugbare Tatsache war, daß Frankenberg auf der Kippe stand. Alles war mit Hypotheken belastet, die Ernteerträge waren nach der Umstellung auf ökologischen Landbau lächerlich gering – und jetzt noch die Schweinepest. Arzt ist ein krisensicherer Beruf, ganz im Gegensatz zum Landwirt, denn an schlechtem Wetter und Krankheiten verdient ein Arzt. Eigentlich müßte selbst Christian verstehen, daß es nur gut für Frankenberg sein konnte, wenn sie den Job annahm.

Charlotte ging nachdenklich in die Küche. Hanne bereitete das Mittagessen vor. Von Ludolf war nichts zu sehen.

»Wo ist denn Ludolf?« fragte Charlotte.

»Keine Ahnung«, antwortete Hanne und schälte weiter Kartoffeln. »Er ist plötzlich so seltsam geworden. Schleicht deprimiert herum, redet kaum noch und hat fürchterliche Laune. Vorhin hat er gesagt, daß er Frankenberg jetzt verlassen muß.«

»Das gibt sich wieder, Hanne. Vielleicht hat er einfach nur Sehnsucht nach seinem Lord Mumblestone.«
»Das glaube ich nicht. Er fühlt sich eigentlich sehr wohl auf Frankenberg.«
»Sag mal, Hanne – was würdest du davon halten, wenn ich ganztags in der Klinik arbeiten würde?«
»Gar nichts«, brummte die Haushälterin.
Charlotte verließ die Küche mit sehr gemischten Gefühlen. Wie es aussah, stand sie ganz allein auf verlorenem Posten. In diesem Haus würde sie wohl niemanden finden, der irgendwie Verständnis für ihren großen Traum aufbrachte.

Hanne machte sich mehr Sorgen um ihren Schwager, als sie es jemals zugegeben hätte. Nach außen hin machte sie sich eher über seine englischen Manieren und sein vornehmes Gerede lustig, aber in Wirklichkeit hatte sie Ludolf ins Herz geschlossen. Und wenn Hanne Sagmeister jemanden ins Herz geschlossen hatte, dann kümmerte sie sich auch um ihn. Sie legte das Schälmesser weg, wischte sich die Hände an der Kittelschürze ab und ging los, um mit ihrem Schwager zu reden.
Aber Ludolf war verschwunden. Er war nicht in seinem Zimmer. Er war auch im ganzen Schloß nicht zu finden, und die Jandas hatten ihn auch nicht gesehen. Also klapperte Hanne die ganze Umgebung des Schlosses ab.
Sie fand ihn schließlich am Schloßteich auf einer Bank sitzend. Hanne blieb einen Moment in der

Deckung der Sträucher stehen und beobachtete ihn. Ludolf starrte reglos und verdrießlich auf den Teich und warf plötzlich einen kleinen Stein, den er in der Hand gehalten hatte, ins Wasser. Dabei murmelte er etwas vor sich hin, und wenn er nicht der Butler des Lord Mumblestone gewesen wäre, hätte Hanne geglaubt, das Wort »Scheiße« gehört zu haben. Irgend etwas stimmte nicht mit ihrem Schwager. Vor drei Tagen hatte er ihr erzählt, daß er in England angerufen und erfahren hatte, daß Lord Mumblestone krank sei und in Kur gehen müsse. Ob er denn noch weitere vierzehn Tage auf Frankenberg bleiben könnte, hatte er sie gefragt. Sie hatte ihm versprochen, die Sache zu regeln, und sie hatte sie geregelt. Es war überhaupt kein Problem, denn alle Frankenbergs mochten Ludolf. Ihm hatte sie allerdings erzählt, daß sie schwierige Gespräche mit der Herrschaft geführt hätte. Und auf einmal, nur einen Tag später, sagte er, daß er jetzt sofort Frankenberg verlassen müßte. Da war etwas faul, und Hanne Sagmeister hatte beschlossen, herauszufinden, was da faul war.
Sie ging zu der Bank hinüber. Ludolf bemerkte sie nicht, er war anscheinend völlig in Gedanken versunken.
»So! Und nun erzählst du mir, was mit dir los ist!«
Ludolf fuhr herum und blickte seine Schwägerin erschrocken an.
Hanne setzte sich zu ihm auf die Bank. »Also los, Ludolf.«
Der Butler schwieg und warf wieder einen Stein ins Wasser. »Es ist nichts«, murmelte er ungemütlich.

»Keine Ausflüchte, Ludolf!«

Ludolf betrachtete die kleinen Steine in seiner linken Hand, verzichtete aber darauf, einen ins Wasser zu werfen. »Lord Mumblestone ist tot«, sagte er plötzlich unvermittelt.

»Ach je, wann ist denn das passiert? Gestern?«

»Vor acht Jahren.«

»Wie bitte?« Hanne glaubte, sich verhört zu haben.

»Vor acht Jahren«, wiederholte Ludolf und warf die Steine neben die Bank auf den Boden. »Das war der Beginn meines Abstiegs. Danach habe ich keinen richtigen Job mehr gefunden. Ist ja in meinem Alter auch nicht verwunderlich. Und wer braucht denn heute noch einen Butler? Ich bin dann wieder nach Deutschland.«

»Vor acht Jahren?« sagte Hanne leise, und der Vorwurf in ihrer Stimme war nicht zu überhören. Acht Jahre war ihr Schwager schon in Deutschland, und erst jetzt hatte er den Weg zu ihr gefunden.

»Ich habe alles mögliche versucht«, sagte Ludolf Sagmeister bitter. »Meist war ich Kellner in Bahnhofsrestaurants. Zuletzt in Brebach-Fechingen. Ein Butler als Bahnhofskellner! Kannst du dir das vorstellen?«

»Na und? Das ist doch nichts Ehrenrühriges. Und deshalb das ganze Theater?«

»Aber die Herrschaft!« rief der ehemalige Butler des Lord Mumblestone konsterniert. »Ich habe mich hier eingeschlichen wie ein Dieb. Diese Schande überlebe ich nicht.«

Hanne sah ihn von der Seite an. Was ihr Schwager da sagte, kam aus tiefstem Herzen. Sie kannte diesen

Mann weiß Gott nicht gut, aber Hanne erkannte sofort, ob einer ein guter Mensch war oder nicht. Darin hatte sie siebzig Jahre Übung. »Bist du rausgeflogen da in ...«

»Brebach-Fechingen. Ja. Ich war denen zu alt.«

»Und dann?«

»Ich stand fast zwei Stunden auf einer Eisenbahnbrücke. Aber ich war zu feige.«

Zwei Stunden auf einer Brücke zu stehen und darüber nachzudenken, ob man jetzt springt oder nicht, das mußte die Hölle sein. Hanne war erschüttert, aber sie zeigte es nicht. Das war einfach nicht ihre Art. »Und dann ist dir endlich eingefallen, daß es mich noch gibt, du Knallkopp. Nach acht Jahren. Du bleibst natürlich hier.«

»Ja, aber das geht doch nicht!«

»Laß mich nur machen.«

Ludolf Sagmeister hatte die ganze Zeit jeden Blickkontakt mit seiner Schwägerin vermieden. Jetzt sah er ihr direkt ins Gesicht. »Aber kein Wort über ...«

»Bebrach-Dingsbums. Ich weiß«, unterbrach Hanne und stand abrupt auf.

Ludolf schien den Tränen nah. »Danke«, würgte er hervor.

»Schon gut, Ludolf.« Hanne ging zum Schloß zurück. Ihr plötzlicher Abgang kam nicht von ungefähr. Als sie einige Meter entfernt war, liefen ihr zwei große Tränen über die Wangen. Sie hatte vergessen, wann sie das letzte Mal geweint hatte, und sie wollte auch nicht, daß irgend jemand sie weinen sah. Dafür bin ich schließlich viel zu alt, dachte Hanne.

Den Bauern Grosser hatte es noch schlimmer erwischt als das Gut Frankenberg. Die Schweinepest hatte seinen gesamten Bestand befallen. Das Seltsame daran war, daß auch Grosser artgerechte Tierhaltung betrieb.

»Wieso passiert gerade uns das?« dachte Christian laut nach, als sie aus den Ställen wieder herauskamen. »Wir sind die einzigen, die ökologischen Landbau betreiben. Und wir sind die einzigen, die die Pest haben.«

Grosser zuckte die Schultern. »Wahrscheinlich haben wir einfach Pech gehabt. Oder glaubst du, daß uns hier jemand sabotieren will?«

»Wer sollte denn ein Interesse daran haben?«

Sie gingen zu Christians Auto hinüber, das er vor einer Scheune geparkt hatte. »Aber auffällig ist es schon«, fügte Christian nachdenklich hinzu. »Ich kann einfach nicht glauben, daß es purer Zufall ist.«

Der junge Bauer, dessen Existenz durch die Schweinepest völlig ruiniert war, antwortete nicht. Er deutete kopfschüttelnd durch das offene Scheunentor auf einen Haufen Futtersäcke. »Hier, sieh dir das an. Ich habe meine Tiere mit dem besten Kraftfutter gefüttert, das es gibt. Ich versteh das einfach nicht.«

Christian warf einen kurzen Blick auf die Säcke und wollte in seinen Wagen steigen.

»Aber das ist ja jetzt auch egal«, murmelte Grosser dumpf, »ich bin ruiniert.«

»Moment.« Christian ging in die Scheune und blieb vor den Säcken stehen. »PNC 90. Von Geyer. Das verwende ich auch. Bist du damit zufrieden?«

»Das beste Futter auf dem Markt. Optimale Zusammensetzung. Du kannst es mir ja abkaufen. Ich habe jetzt keine Verwendung mehr dafür.«
»Hast du das in allen Ställen verfüttert?«
»Natürlich. Auf meinem Hof gibt es keine Standesunterschiede, Herr Baron«, antwortete der Bauer mit einem letzten Rest von Humor.
Christian lächelte dünn. »Bei mir schon. Ich habe das Futter erst in einem Stall getestet. Und genau der ist befallen. In den anderen Ställen benutze ich Standardfutter. Und da ist die Krankheit bisher noch nicht ausgebrochen.«
»Zufall.«
»Glaub ich nicht. Ich nehm mal eine Probe von deinem Futter und lasse es zusammen mit meinem vom Veterinäramt analysieren.«
Bauer Grosser nickte gottergeben. Ihm war jetzt alles egal.
Nachdem Christian beide Futterproben im Veterinäramt abgeliefert hatte, beschloß er, seinem guten, alten Freund Ludwig Geyer einen Besuch abzustatten.

Geyer saß in seinem Büro und empfing ihn mit einem breiten Grinsen. »Ich kann mir schon denken, warum du kommst. Ich geb dir hunderttausend für das Kavaliershaus. Ich weiß zwar nicht, was ich mit dieser Bruchbude soll, aber einem Freund muß man ja helfen.«
»Vielen Dank, aber so weit ist es noch nicht. – Sag mal, dieses kanadische Kraftfutter, das ich seit eini-

ger Zeit von dir beziehe, PNC 90 – geht das eigentlich gut?«

»Könnte besser gehen. Den meisten ist es wohl zu teuer.«

»Und wer außer mir bezieht es noch?«

Geyer machte sich an seinem Computer zu schaffen und stellte fest, daß außer Frankenberg nur noch der Bauer Grosser dieses Futter kaufte.

Christian stand auf und ging zur Tür. »Danke. Du hast mir sehr geholfen. Du bist ein echter Freund, Ludwig.«

»Jetzt sag mir wenigstens, wozu du das wissen wolltest.«

Christian blieb stehen und lächelte maliziös. »Weil Grosser auch das Virus im Stall hat. Oder besser: hatte. Sein ganzer Schweinebestand ist inzwischen beim Abdecker.«

Geyer stand auf, und sein zuvor so freundliches Gesicht gerann zu einer verärgerten Maske. »Willst du mir etwa unterstellen, daß mein Futter …«

»Unterstellen will ich gar nichts. Aber beweisen kann ich es hoffentlich. Und dann will ich eine Entschädigung. Hundertprozentig. Auf den Tisch des Hauses. Oder es gibt einen Skandal, den deine Firma nicht überleben wird.« Er hob grüßend die Hand und ließ einen nachdenklichen Geyer in seinem Büro zurück.

7

Nachdem Christian gegangen war, verließ Ludwig Geyer das Büro, und seine Laune war nicht die beste, als er die Silohalle betrat und seinen Sohn Ottfried sah, der gerade seinen Arbeitskittel auszog. Wahrscheinlich wollte er sich wieder verdrücken, um mit dieser Anna herumzupoussieren. Der Junge spurte nicht richtig, und es war wohl mal an der Zeit, ihm Beine zu machen. Der Vertrieb in Ostdeutschland ließ einiges zu wünschen übrig.

Er ging zu seinem Filius hinüber und baute sich gebieterisch vor ihm auf. »Ottfried! Du lungerst mir in letzter Zeit zuviel in der Gegend herum! Ich hab dir zigmal gesagt, daß du dich mehr um das Vertriebsnetz in den neuen Ländern kümmern sollst! Die Konkurrenz gräbt uns dort das Wasser ab!«

Einige Arbeiter, die Futter in Säcke abfüllten, blickten grinsend herüber.

Ottfried war durchaus nicht bereit, sich von seinem Vater vor der Belegschaft abkanzeln zu lassen, und er brüllte im gleichen Tonfall zurück. »Und ich hab dir zigmal gesagt, daß wir dafür mehr Vertreter brauchen! Das Gebiet ist viel zu groß für die drei Hanseln, die du eingestellt hast!«

»Quatsch! Das liegt nur daran, weil heute keiner mehr arbeiten will!« Der Rotzlöffel wagte es also, ihm vor versammelter Mannschaft zu widersprechen. »Und wenn du ...«
Ottfried fuhr ihm knallhart in die Parade. »Paß mal gut auf! Wenn ich meine Arbeit in sechs Stunden erledige, sehe ich nicht ein, wieso ich den ganzen Tag hier herumhängen soll!«
Ludwig Geyer war inzwischen so wütend, daß er den nächsten Schlag unter der Gürtellinie plazierte. »Mir paßt es nicht, daß du ständig um diese Stallmagd herumscharwenzelst! Was sollen die Leute denken?!«
Ottfried trat dicht an seinen Vater heran. Er sprach jetzt leiser, und seine Stimme war kalt und scharf wie Stahl. »Es ist mir scheißegal, was die Leute denken! Und Anna ist keine Stallmagd, sondern die Tochter eines Gutsverwalters! Merk dir das!«
Geyer merkte, daß er jetzt an Boden verlor, und auch er senkte seine Stimme. »Jedenfalls ist sie kein Umgang für einen Geyer. Karin paßt das auch nicht.«
»Ach ja?« Ottfrieds Stimme troff vor Sarkasmus. »Redet meine zukünftige Stiefmutter jetzt auch schon mit? Soll ich dir mal sagen, wie das hier laufen wird? So von Mann zu Mann?«
»Ich höre.« Ludwig Geyer war jetzt etwas verunsichert, aber er ließ sich nichts anmerken.
»Erst heiratest du sie. Dann schwängerst du sie. Und ich kann mich dann mit dem Pflichtteil zufriedengeben. So wird das laufen.«
»So denkst du von mir?«

»Dazu hab ich ja wohl allen Grund.« Ottfried drehte sich auf dem Absatz um und verließ die Halle.
Geyer wagte nicht, ihn aufzuhalten. Vielleicht hätte er das mit der Stallmagd nicht sagen sollen. Seine zukünftige Frau hatte ja auch mal bei seiner Schwester an der Rezeption gearbeitet.
Ottfried war stinksauer. Er war in Anna Janda verliebt, und deswegen hatte ihn das mit der Stallmagd viel mehr geärgert, als er vor seinem Vater zeigen wollte. Er warf sich in seinen Straßenkreuzer und fuhr vom Firmengelände. Er hatte nicht die geringste Ahnung, wohin er eigentlich fahren wollte, deshalb drehte er einfach ein paar Runden in Rothenburg, setzte sich dann in ein Straßencafé und bestellte sich einen Gin Tonic. Anna eine Stallmagd! Der Alte sollte sich mal lieber um sich selbst kümmern. Diese Karin Riedel machte langsam aber sicher einen Hampelmann aus ihm. Die versuchte doch tatsächlich, im Hause Geyer das Kommando zu übernehmen. Sagenhaft!
Nach dem zweiten Gin Tonic verflog sein Zorn allmählich, und er dachte an Angenehmeres, er dachte an Anna Janda. Er dachte daran, wie sie zusammen im Heuboden des Frankenbergschen Gutshofes gelegen hatten. Sie hatten nicht miteinander geschlafen. Leider. Anna wollte nicht. Manchmal hatte er das Gefühl, daß sie ihn liebte, manchmal war er sich völlig unsicher darüber. Mehr als ein Kuß war nie drin gewesen. Als sie im Heu lagen, war der alte Janda plötzlich unten in die Scheune gekommen. Ihm war beinah das Herz stehengeblieben. Aber Janda hatte

nichts bemerkt. Anna hatte danach Minuten gebraucht, bis das Zittern ihrer Hände aufhörte.

Während Ottfried an Anna Janda dachte, fuhr sein Vater zu einem kleinen Sportflugfeld und wartete darauf, daß seine zukünftige Frau mit dem Stararchitekten Ebeling landete. Sie hatten einen Rundflug über Gut Frankenberg gemacht.
Das kleine Sportflugzeug landete und rollte aus. Karin Riedel war völlig begeistert, und auch der Architekt, ein aufgeblasener und eitler Mann Mitte dreißig, meinte, daß Frankenberg ideal für ein Golfhotel sei. Er erklärte sich bereit, das Projekt zu übernehmen, und empfahl, das Schloß zu entkernen, also nur die Außenmauern stehenzulassen. Dadurch könnte man mehr Zimmer hineinbauen, und mehr Zimmer bedeute, mehr Gäste, und mehr Gäste bedeute mehr Geld.
Geyer wollte sich die Angelegenheit noch überlegen. Karin Riedel war sicher, daß sie Ludwig leicht von diesem Projekt überzeugen konnte. Bisher war er immer ein bißchen halbherzig gewesen, wenn es darum ging, ganz Frankenberg einzukassieren, aber vielleicht würde er schon heute nacht hoch und heilig versprechen, alles daran zu setzen, aus Frankenberg ein Golfhotel zu machen.

8

Das Veterinäramt war eine ausgesprochen lahme Behörde, doch diesmal hatte es ungewöhnlich schnell gearbeitet, und schon am nächsten Vormittag rief Dr. Heimann an. Als Christian nach dem Telefonat den Hörer auflegte, waren ihm zwei Steine vom Herzen gefallen. Seine beiden restlichen Ställe waren pestfrei – und im Kraftfutter der Firma Geyer war der Erreger der Schweinepest entdeckt worden.
Baron von Frankenberg lachte laut auf, und seine Frau, die gerade den Salon betrat, blieb irritiert stehen, als sie ihren Gatten völlig allein im Raum stehen und lachen sah. Christian nahm ihren Kopf in beide Hände, gab ihr einen lauten Kuß, hakte sie unter und nahm sie mit in die Orangerie, wo er gerade mit Pflanzarbeiten beschäftigt war. »Der Geyer wird uns höchstwahrscheinlich den ganzen Schaden ersetzen müssen. Verstehst du? Alles! Zuchtkosten, Futter und so weiter. Vielleicht macht er Schwierigkeiten. Aber er wird mir nicht auskommen!«
Auch Charlotte war zutiefst erleichtert – und sie beschloß, die Gunst der Stunde zu nutzen, und sprach Christian wegen ihres Ganztagsjobs in der Klinik an. Trotz seiner strahlenden Laune war Christians Reaktion so, wie sie es eigentlich erwartet oder besser:

befürchtet hatte. Ihr ehrenwerter Gemahl war entschieden anderer Ansicht als sie. Und besonders einsichtig war er auch nicht. Er setzte seinen Frankenbergschen Dickschädel auf und ließ ihre Argumente daran abprallen. Wenn sie schon glaube, daß ihre Kinder keine Mutter mehr bräuchten, dann müsse sie doch zumindest einsehen, daß der Mann an ihrer Seite eine Frau brauche. Er schreckte selbst vor den kindischsten Einwänden nicht zurück, um sich gegen ihre Entscheidung zu wehren. Als Charlotte auf ihrem Recht bestand, ihren Lebenstraum zu verwirklichen, verstieg er sich völlig: »Na wunderbar! Dann können wir ja demnächst die Scheidung einreichen!« Er warf die Schaufel in die Schubkarre und verließ wütend die Orangerie.

Nick von Frankenberg hatte sich besonders fein gemacht und sich Ottfrieds himmelblauen Straßenkreuzer ausgeliehen. Er stand frisch gewaschen und mit einem großen Blumenstrauß auf dem Bahnsteig, als der Zug aus München einlief. Es stiegen nur wenige Leute aus, und keiner von ihnen war seine Cousine. Der Bahnangestellte hinter dem Fahrkartenschalter teilte ihm mit, daß der nächste Zug aus dieser Richtung erst in einer Stunde käme. Nick beschloß zu warten, setzte sich in Ottfrieds Auto und hörte Musik.
Lissy war ein tolles Mädchen. Aber seit sie in München studierte, hatte sie sich irgendwie verändert. Früher waren sie zusammen durch die Diskos gezogen, doch wenn sie jetzt mal am Wochenende kam,

hatte sie eigentlich kaum mehr Zeit für ihn. Heute würde er versuchen, mit ihr darüber zu reden.

Der nächste Zug aus München lief ein und verließ den Bahnhof wieder, ohne daß Lissy von Frankenberg ausgestiegen wäre. Nick drückte den Blumenstrauß einer völlig verdutzten alten Dame in die Hand und fuhr wütend wieder nach Hause.

Vor dem Schloßportal stand ein roter Testarossa mit Münchner Kennzeichen. Als Nick den Salon betrat, war Lissy schon da und erzählte der versammelten Familie gerade begeistert, wie sie von Paris aus nach Amsterdam gefahren seien und wie phantastisch die ganze Reise gewesen sei. Neben ihr saß ein gutaussehender junger Mann in einem eleganten Anzug, der Justus gerade erklärte, wieviel PS sein Schlitten hätte und wie schnell er beschleunigte und so weiter. Der Autoexperte Justus war ziemlich beeindruckt.

Als Lissy ihren Cousin bemerkte, sprang sie auf, nahm ein in Papier eingewickeltes Päckchen vom Tisch, küßte Nick kameradschaftlich auf die Wange und drückte ihm das Geschenk in die Hand.

Nick wickelte das Päckchen aus. Es war ein Buch: »Amerikanische Traumautos«. Er bedankte sich nur halbherzig, denn Lissys kameradschaftliches Gehabe gefiel ihm überhaupt nicht. Und der geschniegelte Affe, den sie ihm vorstellte, war genau das, was er befürchtet hatte: Lissys neuer Freund, Harald Steiner, ein Immobilienmakler. Und dem Wagen nach zu urteilen ein verdammt erfolgreicher. Fuhr mal eben übers Wochenende nach Paris und Amsterdam und sonstwohin.

Unter dem für einen Samstagnachmittag lächerlichen Vorwand, einen schweren Tag hinter sich zu haben, verließ er den Salon, ging in sein Zimmer im ersten Stock, schmiß die »Amerikanischen Traumautos« an die Wand und war beleidigt. Paris! Amsterdam! Ja, Scheiße!

Katharina fragte ihre Schwester anzüglich, ob sie denn bei ihren Auslandsreisen überhaupt noch zum Studieren käme, und Lissy konterte damit, daß sie gerade erst eine Eins in Scheidungsrecht geschrieben hätte.

Christian, der die ganze Zeit ein muffiges Schweigen um sich verbreitet hatte, sagte jetzt zum erstenmal etwas. »Scheidungsrecht? Interessant. Kann nicht schaden, jemanden in der Familie zu haben, der sich damit auskennt.«

Lissy interpretierte die sarkastische Bemerkung ihres Vaters durchaus richtig und blickte irritiert zwischen ihren Eltern hin und her, doch weder Charlotte noch Christian ließen sich zu einem weiteren Kommentar herbei.

Später, in der Küche, als sie das schmutzige Geschirr in die Spülmaschine räumten, erzählte Charlotte ihrer Ältesten, worum es bei dem Streit zwischen ihr und Christian ging. Lissy war sofort auf ihrer Seite, und Charlotte war froh, wenigstens eine Verbündete zu haben, denn auch Katharina war wie Hanne dagegen, daß sie den Job in der Klinik annahm.

Christian lud den neuen Freund seiner Tochter zu einem Spaziergang durch den Park ein und unterzog

ihn einer dezenten Prüfung, denn schließlich wollte er wissen, mit wem seine Tochter ihre Tage und allem Anschein nach auch ihre Nächte verbrachte. Wenigstens ein Elternteil mußte sich um die Kinder kümmern. Seine ehrgeizige Frau zog ja eine Karriere als Ärztin ihrer Familie vor.
Harald Steiner war exakt das, wofür er ihn vom ersten Blick an gehalten hatte: ein Yuppie, der außer Geldverdienen und -ausgeben nicht viel im Kopf zu haben schien. Spekulierte mit Immobilien in den neuen Bundesländern und machte irrsinnig Kohle. Ein Immobilienhai, dachte Christian und wunderte sich über den Geschmack seiner ältesten Tochter.

Am Schloßteich trafen sie Justus und Helmut, die wieder mal Jagd auf ihren Methusalem machten. Justus druckste einen Moment herum und startete dann einen Frontalangriff. Er zog einen Angelprospekt aus der Tasche und erklärte seinem Vater eindringlich, daß er jetzt unbedingt eine Sportangel bräuchte. Mit dem blöden Stock und der Schnur würden sie das Monster nie fangen.
Christian machte die vage Versprechung, ihm die Angel zu seinem nächsten Geburtstag zu kaufen. Auch Justus' Einwand, daß sein Geburtstag erst im nächsten Jahr sei und der Hecht bis dahin den ganzen Teich leergefressen hätte, verfing bei ihm nicht. Dann solle er sich eben die Angel in den Sommerferien selbst verdienen. Justus schien wenig begeistert, doch bevor er zu einer neuen Attacke ansetzen konnte, verdrückte sich Christian mit dem recht we-

nig zum Schloß Frankenberg passenden Freund seiner ältesten Tochter.

Nick hielt es nicht in seinem Zimmer aus; er lungerte im Schloß herum, legte sich schließlich in der Halle auf die Lauer und hatte Glück. Er erwischte seine Cousine allein. Er lud sie zum Essen in Rothenburg ein, aber er holte sich eine freundliche Abfuhr. Sie müsse sich um Harald kümmern, erklärte Lissy und ignorierte seinen schmachtenden Blick. »Und falls du es noch nicht bemerkt haben solltest«, fügte sie lächelnd hinzu, »ich bin mit Harald befreundet.«
Das war im Moment zuviel für den jungen Frankenberg. »War ja nicht zu übersehen!« knurrte er. »Entschuldige, daß ich mich auf dich gefreut habe! Entschuldige, daß ich dich vom Bahnhof abholen wollte und wie ein Idiot dort herumgestanden bin! Und jetzt muß ich auch noch das ganze Wochenende diesen Lackaffen ertragen!«
»Keine Panik«, erwiderte Lissy kühl. »Mein Lackaffe und ich müssen heute abend sowieso wieder zurück.« Dann umarmte sie ihn freundschaftlich. »Sei nicht kindisch, Nick. Beim nächsten Mal komm ich wieder allein. Und dann ziehen wir so richtig los, so wie früher.«
»Wer's glaubt, wird selig«, brummte Nick und machte sich unwillig aus ihrer Umarmung frei. Er drehte sich abrupt um, verließ die Halle und ging zu Ottfrieds Auto. Er wollte jetzt mit Ottfried reden. Ein Gespräch unter Männern. Über Weiber.

Am Abend dieses nicht für alle Frankenbergs erfreulichen Tages saß Charlotte allein im Musikzimmer und hörte sich eine CD mit dem Bariton Markus Wildenstein an. Charlotte liebte klassische Musik, und dieser Wildenstein war ein begnadeter Sänger, der auch noch phantastisch aussah. Zumindest auf dem Foto der CD. Lissy war schon wieder abgereist, und Charlotte dachte ein wenig wehmütig daran, daß alle Kinder irgendwann erwachsen werden und das Haus verlassen.

Hanne klopfte und trat ein, ohne die Tür hinter sich zu schließen. Die Haushälterin hatte es sich lange überlegt und war dann zu dem Schluß gekommen, mit Charlotte über Ludolf zu reden. Ihr Schwager hatte sie zwar ausdrücklich gebeten, mit niemandem über seinen Abstieg vom Butler des Lord Mumblestone zum entlassenen Bahnhofskellner von Brebach-Fechingen zu reden, aber Charlotte war nicht nur die Baronin von Frankenberg, Charlotte war auch ihre Freundin, und sie konnte ihrer Verschwiegenheit sicher sein.

So war es auch. Charlotte war sofort dafür, daß Ludolf auf Frankenberg blieb, und sie versprach, niemandem etwas über Brebach-Fechingen zu erzählen. Beide hatten die offenstehende Tür vergessen, und so war es eigentlich nur ein dummer Zufall, daß Nick, der gerade nach Hause kam, ihrem Gespräch mehr oder minder unfreiwillig zuhörte.

Beim Frühstück war die allgemeine Stimmung nicht gerade überschäumend fröhlich, denn Christian war immer noch verärgert über die Ambitionen seiner

Frau, und an ihrer Miene erkannte er, daß sie wohl nicht bereit war, klein beizugeben.

Nick verströmte geballte schlechte Laune, die noch finsterer wurde, als er feststellte, daß Lissy mit ihrem »Lackaffen« tatsächlich abgereist war, ohne sich von ihm zu verabschieden. Er war derart grüblerisch und abwesend, daß er seine Kaffeetasse so voll goß, daß sie überlief, was der Butler Ludolf sehr ungnädig zur Kenntnis nahm. Als er ihm auch noch kommentarlos und mit indignierter Miene den silbernen Kaffeelöffel, mit dem er gerade sein Ei essen wollte, aus der Hand nahm und ihm statt dessen einen Eierlöffel aus Perlmutt hinhielt, explodierte der junge Frankenberg. Er sprang auf und brüllte los. »Verdammte Scheiße! Muß ich mich jetzt auch noch von so 'nem runtergekommenen Bahnhofskellner schikanieren lassen?«

Hanne unterdrückte einen Aufschrei und schlug die Hände vors Gesicht.

Für lange Sekunden herrschte betroffenes Schweigen am Tisch. Alle starrten Nick fassungslos an. Charlotte fand als erste die Sprache wieder. »Wie kommst du dazu, Ludolf so zu beleidigen?« zischte sie mit einer für sie außergewöhnlichen Schärfe.

»Beleidigen? Soll doch der feine Herr Ludolf mal die Hosen runterlassen und sagen, was er so am Stecken hat!«

Hanne wagte nicht, ihren Schwager anzusehen, und starrte zutiefst unglücklich auf ihren Frühstücksteller.

In Charlotte stieg eine heiße, rote Wut hoch. »Nick! Du verschwindest jetzt auf der Stelle!«

»Mit Vergnügen!« fauchte ihr Neffe, schnappte sich

eine Semmel vom Tisch und stürmte aus dem Eßzimmer. Katharina lief ihm hinterher, denn er sollte sie mit nach Rothenburg in die Schule nehmen.
Christian hatte die seltsame Vorstellung staunend verfolgt und blickte nun fragend auf Ludolf.
Der Exbutler des Lord Mumblestone war zur Salzsäule erstarrt. Er stand in seiner Livree dicht am Tisch, die Kaffeekanne noch in der Hand. Seine Miene war wie eingefroren und spiegelte keinerlei innerliche Regung. Er setzte die Kanne mit einer eleganten Bewegung auf dem Tisch ab. »Die Herrschaften werden wohl Verständnis dafür haben, daß ich mich jetzt zurückziehe«, sagte er leise, drehte sich um und verließ das Eßzimmer. Beim Gehen zog er sich mit präzisen Bewegungen seine weißen Butlerhandschuhe aus.
»Mein Gott! Der arme Ludolf«, murmelte Hanne und war den Tränen nah. Sie stand auf und ging ihrem Schwager nach.
»Ja, kann mir denn mal einer sagen, was hier los ist?« fragte Christian und sah seine Frau forschend an.
Charlotte klärte ihn auf.
»Na, und?« fragte Christian verständnislos. »Wo ist das Problem? Bahnhofskellner ist doch ein ehrenwerter Beruf. Warum stellt er sich deswegen so an?«
»Vielleicht ist er genauso dickköpfig wie andere Leute«, bemerkte Charlotte anzüglich.
Christian verstand die Spitze. Und als ihn seine Frau nur überlegen ansah, fühlte er sich gar nicht mehr wohl in seiner Haut.

Charlotte spürte, wie es in ihm arbeitete, und sie ließ ihm seine Zeit. Der Baron von Frankenberg glotzte ungemütlich vor sich hin, griff sich ein Hörnchen und das Buttermesser, legte aber beides nach einem Moment wieder auf den Tisch.

Charlotte wartete und untersagte sich jedes Grinsen. Sie kannte ihren Mann sehr gut; sie wußte, daß sie im Moment nicht mehr zu tun brauchte, als einfach nur da zu sein.

»Also, weißt du, Charlotte«, begann Christian schließlich, ohne sie anzusehen, »ich möchte alles andere, als dir weh tun. Ich weiß, daß ich mich in dieser Sache wahrscheinlich nicht richtig verhalten habe. Aber man kann manchmal einfach nicht über seinen Schatten springen. Die Wünsche und Sehnsüchte eines anderen zu begreifen, sie zu teilen – vielleicht ist das die wahre Liebe. Vielleicht kann ich auf diesem Gebiet noch viel lernen ... von dir.« Er hob den Kopf und blickte seine Frau ziemlich geknickt an.

»Das hast du jetzt aber sehr lieb gesagt«, antwortete Charlotte mit feinem Sarkasmus. »Fehlen nur noch die Geigen.«

»Verzeihst du mir?«

»Bis zum nächstenmal.« Charlotte stand auf, ging um den Tisch herum und küßte ihn zärtlich auf die Wange.

»Wann entscheidet sich das mit dem Krankenhaus?« Christian stand die Erleichterung ins Gesicht geschrieben. In den letzten zwei Nächten hatte er schlecht geschlafen und jede Menge Zeit zum Grü-

beln gehabt. Und da war er sich ziemlich dämlich vorgekommen.
»Ende der Woche ist die Sitzung.«
»Ich drück dir die Daumen. Ehrlich.«
Charlotte sah ihn liebevoll an. Aber sie hatte ihre Zweifel daran, wie ehrlich er es meinte. Wie ehrlich er es überhaupt meinen konnte. Der Frankenbergsche Dickschädel hatte seine eigene Dynamik, und vielleicht dachte Christian morgen schon wieder ganz anders. Vielleicht mußte sie sich dann schon wieder anhören, daß sie für ihre Karriere, die sich genausogut als Luftschloß entpuppen konnte, bereit sei, ihre Kinder verwildern zu lassen.

Ludolf Sagmeister packte seine wenigen Habseligkeiten in seine alte, lederne Reisetasche.
Hanne stand verloren im Zimmer und zerknüllte nervös ihr Taschentuch. »Ludolf, du mußt mir glauben. Ich habe nur mit Charlotte darüber geredet.«
Ihr Schwager unterbrach sein Packen und sah sie mit unendlicher Trauer an. »Du hattest mir versprochen, es niemandem zu erzählen. Ich wäre so gerne auf Frankenberg geblieben. Aber nicht so. Ohne Ehre.«
Hanne schniefte. »Mein Gott, Ludolf. Alle mögen dich. Alle wollen, daß du bleibst.«
Ludolf verstaute als letztes eine unangebrochene Flasche Whisky, verschloß die Tasche und zog sich mit energischen Bewegungen seinen Mantel an. »Aber ich will es nicht mehr!« Er packte seine Tasche, nahm

seinen Regenschirm, sah sich noch einmal wehmütig im Zimmer um und ging zur Tür.

Hanne setzte alles auf eine Karte. »Ich verbiete dir zu gehen!« schrie sie.

»Leb wohl«, sagte Ludolf Sagmeister ruhig und ließ die Tür hinter sich ins Schloß fallen.

»Leb wohl, Ludolf«, murmelte Hanne, nachdem seine Schritte auf dem Korridor verklungen waren. Sie setzte sich auf sein Bett und schluckte krampfhaft, denn sie hatte da etwas in der Kehle, was ihr das Atmen schwermachte. Es dauerte nur ein paar Sekunden, und sie konnte wieder frei schnaufen. Dann weinte die alte Hanne mit zuckenden Schultern, ohne daß irgendein Ton zu hören war.

Der Exbutler des Lord Mumblestone wanderte über die einsame Landstraße nach Rothenburg. Wegen der Hitze hatte er seinen Mantel ausgezogen und trug ihn über dem Arm. In der Rechten trug er seine Reisetasche, und sie wurde ihm trotz der paar Habseligkeiten, die sie enthielt, immer schwerer. Er war weiß Gott nicht mehr der Jüngste und hätte es eigentlich vorgezogen, mit dem Auto zu fahren, aber erstens besaß er keines, und zweitens hätte er die Frankenbergs niemals gebeten, ihn zum Bahnhof zu fahren. Was ihm aber noch größere Probleme bereitete als der Fußmarsch, das war sein Ziel. Ludolf Sagmeister hatte nicht die geringste Vorstellung davon, wohin er eigentlich unterwegs war. Einen Job würde er in seinem Alter nie wieder finden. Nicht mal als Bahnhofskellner in irgendeinem Kaff. Hanne

war der einzige Mensch, den er in Deutschland noch kannte. Von den Frankenbergs mal abgesehen, aber dort konnte er sich nicht mehr blicken lassen. Welche Schande! Wenn er nur an den Augenblick dachte, als der junge Herr Nick ihn vor dem Baron und der Baronin bloßgestellt hatte – er wäre am liebsten im Boden versunken. Tja, Frankenberg. Er hatte tatsächlich schon geglaubt, auf seine alten Tage ein Zuhause gefunden zu haben. Und was für eins! Aber das war vorbei, vorbei für immer und ewig, und am Ende würde ihm wohl nichts anderes mehr bleiben als eine Eisenbahnbrücke. Diesmal würde er den Mut haben und springen, denn es gab keinen Platz mehr auf dieser Welt, zu dem er sich hätte flüchten können.
Ludolf war so in Gedanken versunken, daß er kaum das schwere Motorrad bemerkte, das ihm entgegenkam. Es dröhnte an ihm vorbei, wendete und fuhr zurück. Nick stellte den Motor ab und rollerte neben Ludolf her, indem er sich mit den Füßen von der Straße abstieß.
Ludolf ignorierte den Motorradfahrer, bis Nick ihn freundlich ansprach. »Kann ich Sie ein Stück mitnehmen?«
»Nein danke, Herr von Frankenberg«, antwortete Ludolf freundlich, ohne den Kopf zu wenden. »Bewegung tut mir gut.«
Nick registrierte erst jetzt die Reisetasche. »Wo wollen Sie denn hin?«
»Zur nächsten Bahnhofswirtschaft.« Das war nicht mehr so freundlich, es war bitter.
»Ich möchte mich bei Ihnen entschuldigen.«

»Nicht nötig.« Ludolf ging unentwegt weiter und hatte den jungen Frankenberg bisher nicht ein einziges Mal angesehen. Plötzlich blieb er stehen und sah ihn direkt an. »Ich habe diese Lektion verdient, denn ich habe Ihre Familie hintergangen. Dafür schäme ich mich und muß die Konsequenzen tragen.« Er wandte sich wieder ab und ging weiter.
Nick verdrehte die Augen und nahm seinen Helm ab. »Ludolf! Bitte! Muß ich Sie auf Knien um Verzeihung bitten?«
Der Butler antwortete nicht, sondern ging zu einer Bank, die ein paar Meter vom Straßenrand entfernt in der Wiese stand. Er setzte sich erschöpft hin, ohne Nick eines weiteren Blickes zu würdigen.
Nick stellte sein Motorrad ab, ging hinüber und setzte sich neben den alten Mann auf die Bank. Von der Hügelkuppe aus hatte man einen wunderbaren Blick über das blühende Land. Beide schwiegen.
Dann öffnete Ludolf seine Reisetasche und holte die Flasche Whisky heraus. »Scotch. Single Malt. Vierundzwanzig Jahre alt. Bekam ich von Lord Mumblestone. Zum Fünfzigsten.« Er öffnete die Flasche und hielt sie Nick hin.
Nick nahm einen Schluck und gab ihm die Flasche zurück. Auch Ludolf trank einen kleinen Schluck, verschloß die Flasche wieder und verstaute sie sorgfältig in seiner Tasche.
»Das war gestern einfach zuviel für mich«, sagte Nick nach einer Weile. »Die Enttäuschung mit Lissy. Und dieser Lackaffe aus München.«
Ludolf sah ihn wissend an. »Das mit Ihrer Cousine

und dem Sportwagenfritzen, das geht nicht lange gut. Geld ist nicht alles, wenn's da drin nicht stimmt.« Er klopfte sich auf die Brust.
»Sagen Sie das nicht«, antwortete Nick nachdenklich. »Innere Werte sind heute nicht mehr so gefragt. Und andere hab ich leider nicht. Keine Kohle. Kein Studium. Und keinen Vater.«
Ludolf warf ihm einen fragenden Blick zu.
»Ja. Unehelich. Stellen Sie sich mal vor: Ich weiß nicht mal, wer mein Vater ist.«
»Und deswegen schämen Sie sich.«
»Sie schämen sich ja auch, weil Sie mal Bahnhofskellner waren.«
Ludolf antwortete nicht. Er blickte versonnen über die im Sonnenlicht glühende Landschaft und zog dann die Flasche Whisky wieder aus der Reisetasche, öffnete sie und bot sie Nick an.
Die beiden so unterschiedlichen Männer saßen noch lange auf der Bank. Ludolf erzählte Nick aus seinem Leben, erzählte von seiner langen und schwierigen Reise durch dieses Leben, die ihn in ein altes englisches Schloß in Dorchester geführt hatte und von dort in die Bahnhofswirtschaft von Brebach-Fechingen. Er erzählte ihm auch von der Eisenbahnbrücke, auf der er zwei Stunden gestanden hatte, ohne den Mut zum Sprung aufzubringen. Und er erzählte ihm, daß auch er seinen Vater nie gekannt hatte.
Als sich nach diesem sonnigen Nachmittag die Nacht über Frankenberg senkte, schoben zwei Freunde mühsam und torkelnd Nicks schweres Motorrad über den Kies der Auffahrt und waren alles andere als lei-

se. Ludolf lallte lautstark, daß man leise sein müsse, weil sein Ruf sonst völlig hinüber wäre, und Nick erklärte grölend, daß das alles schon völlig in Ordnung sei. Sie schafften es, das Motorrad abzustellen, ohne unter ihm begraben zu werden, und enterten untergehakt und taumelnd das Schloß.
Charlotte, Christian und Hanne waren einigermaßen erstaunt, als sie die beiden in der Halle entdeckten. Und sie waren alle heilfroh, daß Nick Ludolf nach Hause gebracht hatte, denn für sie gehörte er inzwischen genauso zu Frankenberg wie die alte Hanne. Sie hatten ihn wirklich vermißt.
»Excuse me, Baron«, lallte der Exbutler des Lord Mumblestone und versuchte, so etwas wie Haltung anzunehmen, »ich bin untröstlich, aber ich glaube, mir ist das Mißgeschick passiert, einen Schluck zuviel genossen zu haben. Es ist sonst nicht meine Art, in geistigen Getränken Trost zu suchen.« Während dieser Ansprache schwankte er wie das sprichwörtliche Rohr im Wind, und wenn der Baron von Frankenberg ihn nicht aufgefangen hätte, wäre er der Länge nach auf den Boden geschlagen.
Der vierzig Jahre jüngere Nick war von etwas besserer Kondition, wenn auch nur physisch, und er half seinem Onkel, Ludolf die Treppe hinaufzuschleppen und zu Bett zu bringen.
Hanne strahlte vor Glück. Sie umarmte spontan ihre Freundin, die Baronin von Frankenberg.
»Gott sei Dank!« sagte Charlotte erleichtert. »Er ist wieder da.«
So spontan hatte sie die alte Hanne noch nie erlebt.

9

Ludwig Geyer machte erstaunlicherweise überhaupt keine Schwierigkeiten. Christian hatte fast den Eindruck, daß er den Scheck über sechsundsiebzigtausend Mark, mit dem er ihn für die Schweinepest entschädigte, gern ausstellte. Geyer fragte ihn sogar, ob er nicht seinen Trauzeugen machen möchte. In drei Wochen würde er nämlich heiraten. Christian sagte zu.

Als Karin Riedel am Abend erfuhr, daß Geyer den Baron von Frankenberg entschädigt hatte, war sie außer sich. Erst dachte sie, ihr zukünftiger Mann hätte einen Witz gemacht, doch als er allen Ernstes wiederholte, daß er Christian einen Scheck ausgestellt hatte, faßte sie sich an den Kopf. Sie konnte sich gerade noch so weit beherrschen, ihn nicht einen Vollidioten zu nennen. Die Schweinepest hätte Frankenberg endgültig ruiniert, und was machte er? Er half diesem adeligen Pack wieder auf die Beine!

»Das Virus ist durch mein Futtermittel in seinen Stall gekommen. Außerdem bezahlt den ganzen Schaden meine Versicherung.«

Karin hatte sich einen Cognac eingeschenkt und rannte mit dem Glas in der Hand wütend im Salon

der Villa Geyer auf und ab. »Ja, ich glaub, ich spinne! Hast du denn überhaupt keine Ahnung von Strategie?! Anstatt ihn endgültig zu ruinieren, hilfst du ihm!«
Geyer musterte sie skeptisch. Ihre Besessenheit war ihm manchmal fast unheimlich. »Wie hätte denn deine Strategie ausgesehen?« fragte er ruhig.
»Ich hätte es auf einen Prozeß ankommen lassen! Man weiß doch, daß sich so was über Jahre hinziehen kann. Bis der Gegner finanziell am Ende ist.«
»Es gibt auch noch so etwas wie Anstand.«
Karin Riedel lachte bitter auf. »Anstand! Wenn ich das schon höre! Mit Anstand allein kommt man zu nichts! Meinst du, ich habe Lust, erst als Greisin ein Hotel zu haben? Du hast mir versprochen, daß Frankenberg noch vor Ende des Jahres uns gehört!«
Geyer lenkte ein. »Das Jahr ist noch lang. Du kriegst dein Hotel. Ich tu doch alles für dich, Karin.«
Besonders wohl fühlte er sich aber nicht in seiner Haut, wenn er sich vorstellte, wie er seinen alten Schulfreund ruinierte. Wenn Christian seinen Besitz durch seine Dummheit selbst verschleuderte, war das eine andere Sache. Aber ihn bösartig und hinterhältig fertigzumachen? Ludwig Geyer fragte sich an diesem Abend, wo der knallharte Geschäftsmann aufhört und der Gangster beginnt.
Trotzdem fuhr er mit seiner zukünftigen Frau nach München zur Firma Grobecker & Co., Investment. Das Geld, um das gesamte Anwesen Frankenberg zu kaufen, hatte er. Aber der Umbau aller Gebäude und die Anlage der Golfplätze überstiegen seine finanzi-

ellen Mittel. Da waren nicht fünf oder sechs Millionen erforderlich, das kostete zig Millionen.

»Nun mach doch nicht so ein Gesicht«, sagte Karin Riedel, als sie das luxuriöse Bürohaus betraten.

»Sehr wohl ist mir nicht dabei«, murmelte Geyer mißmutig.

»Heute werden Geschäfte eben anders gemacht, Ludwig«, sagte sie bestimmt. »Man muß Grobecker nur ein Angebot machen, das er nicht ablehnen kann. Dieser Finanzierungshai will Profit machen. Der Rest interessiert ihn nicht. Und bei dem Hotelprojekt kann er eine Menge machen.« Das hatte der Rechtsanwalt Bissinger gesagt, der ihr den Kontakt zu Grobecker vermittelt hatte. Bissinger hatte auch gemeint, daß Ludwig nicht so richtig hinter der Sache stünde. Aber sie hatte ihn im Griff, und Ludwig würde letztlich das tun, was sie wollte. Da war sie sich sicher, da hatte sie probate Mittelchen.

Bissinger wartete schon im Büro, und sie kamen gleich zur Sache. Grobecker interessierte es tatsächlich nicht im geringsten, ob und warum der Besitzer von Frankenberg sein Anwesen verkaufen wollte. Und der Finanzierungsplan, den Bissinger vorgelegt hatte, war in Ordnung. Da ließ sich eine Menge Geld scheffeln. Und als der Rechtsanwalt erklärte, daß sie ganz Frankenberg für etwa drei Millionen einkassieren könnten, weil das Anwesen durch ganze Berge von Hypotheken belastet sei, interessierte ihn die Sache immer mehr, denn allein das Schloß war mindestens das Doppelte wert. Bissinger hatte auch schon einen Plan entwickelt, wie sie diesen Baron zum Verkauf bewegen konnten, und der Plan war sehr gut. Wenn der Besitzer nicht gleich auf ihr Angebot eingehen würde, bot er Mittel und Wege, ihn zum Verkauf zu zwingen, und zwar auf ganz legale Art und Weise.

Ludwig Geyer fühlte sich sehr unwohl bei der ganzen Angelegenheit. Aber er schwieg.

10

Am nächsten Tag erhielt Christian einen Anruf von einer Anlageberatungsfirma, die ihm ein lukratives Geschäft vorschlug. Der Herr wollte sich am Telefon nicht näher äußern, und so machten sie einen Termin im Restaurant Baumeisterhaus in Rothenburg aus. Er könnte sich das ja mal anhören, dachte Christian. Und ein gutes Geschäft zu machen, wäre ihm durchaus recht. Vielleicht käme er so von seinen Schulden herunter. Frankenberg schuldenfrei, das wär's!

Sie fuhren mit dem Geländewagen in die Stadt, und Christian setzte Charlotte vor dem Hotel Eisenhut ab. Sie wollte sich bei Sigrid ausweinen. Dabei flossen wahrscheinlich keine Tränen, aber ein Gespräch mit der besten Freundin war das mindeste, was sie brauchte. Sie hatte den Job in der Klinik nicht bekommen. Ein junger Kollege mit Familie hatte ihn ergattert. Aus sozialen Gründen. Wie auch immer, es war sehr enttäuschend, denn insgeheim hatte sie fest damit gerechnet.

Sie gaben sich einen sanften Kuß, und Christian fuhr zum Restaurant. Er hatte Charlotte zwar getröstet, so gut er konnte, aber vor sich selbst mußte er zugeben, daß er nicht sonderlich unglücklich darüber war. Hanne hatte ihm das auch gleich unter vier Augen ins Gesicht gesagt: Alter Heuchler!

Als er das Restaurant betrat, erhob sich ein junger, sehr korrekt gekleideter Mann und bat ihn an seinen Tisch. »Herr Baron von Frankenberg? – Gestatten, Bissinger. Danke, daß Sie gekommen sind. Bitte nehmen Sie doch Platz.«

Christian setzte sich. »Sagen Sie mal – kennen wir uns nicht?«

»Nicht, daß ich wüßte«, antwortete Bissinger leichthin.

»Ich glaube, wir haben uns irgendwo schon mal gesehen.« Christian musterte ihn nachdenklich und versuchte sich zu erinnern, woher er diesen jungen Anwalt kannte.

Bissinger ließ sich nicht verunsichern. »Das passiert mir öfter. Ich scheine ein Durchschnittsgesicht zu haben«, lächelte er ölig.

»Also, was gibt's denn so Wichtiges? Ihre Sekretärin hat ja getan, als wollten sie mir den Stein der Weisen schenken.«

Bissinger überreichte ihm seine Karte. »Es handelt sich in der Tat um ein hochinteressantes Geschäft.«

Christian setzte seine Lesebrille auf, warf einen kurzen Blick darauf, verzog das Gesicht und nahm die Brille wieder ab. »Hm, Anlageberatung. Ich kann mir gar nicht denken, wer Sie an mich verwiesen hat. Aber ich bin sicherlich nicht der geeignete Klient für Sie.«

»Das sehe ich ein bißchen anders. Wissen Sie, Herr von Frankenberg, ich vertrete eine internationale Hotelgruppe und möchte mit Ihnen über den Verkauf Ihres Anwesens reden.«

Christian brauchte einen Moment, um das zu verstehen. »Wie bitte? Frankenberg verkaufen? Wer hat Ihnen denn so was erzählt? Wenn es darum geht, können wir unser Gespräch gleich beenden, Herr …«

»Bissinger.« Der Anwalt ließ sich von Christians scharfem Ton nicht beeindrucken und blieb kühl, sachlich und überlegen. »Ich fürchte aber, über kurz oder lang werden Sie verkaufen müssen. Dann doch lieber gleich, wo Sie noch einen anständigen Preis für Ihre Immobilie erzielen können.«

»Ich habe nicht die geringste Absicht, mich von Frankenberg zu trennen!« Der Baron stand abrupt auf, warf Bissinger einen verächtlichen Blick zu und ging.

»Trotz Ihrer finanziellen Probleme?« Das kam etwas lauter, denn Christian hatte sich schon ein paar Schritte vom Tisch entfernt.

Christian fuhr herum. »Wie kommen Sie …«, fauchte er, sah sich dann kurz um und trat wieder an den Tisch heran. Ein paar Gäste blickten neugierig zu ihnen herüber. »Wie kommen Sie denn auf die Idee, ich hätte finanzielle Probleme?«

Bissinger sprach jetzt wieder ganz ernst und ruhig. »Wenn Ihnen einskommavier Millionen Mark Hypotheken keine finanziellen Probleme bereiten, dann kann ich Sie nur bewundern, Herr Baron.«

Dieser Scheißkerl! »Ich wäre Ihnen dankbar, wenn Sie mir sagen würden, woher Sie Ihre Informationen haben. Beziehungsweise: Wer steckt hinter dieser unglaublichen Sauerei?«

»Was heißt hier Sauerei? Ich will Ihnen ein seriöses Geschäft vorschlagen. Bitte, beruhigen Sie sich und hören Sie mir mal ein paar Minuten zu.« Der Rechtsanwalt machte eine einladende Geste. Er war sich ziemlich sicher, die Sache im Griff zu haben.
Christian drehte sich auf dem Absatz um und verließ das Restaurant.

Er holte Charlotte im »Eisenhut« ab. Sie war wieder relativ guter Laune und erzählte ihm, daß Dr. Hauser seine Praxis aufgeben wolle. Man müßte sich vielleicht mal überlegen, ob sie mit ihm reden sollte. Christian ging im Moment nicht weiter darauf ein, denn er war mit seinen Gedanken bei diesem Bissinger. Er erzählte Charlotte von der Riesensauerei, die da irgendwo im Verborgenen ablief. Er fragte sich immer noch, woher er diesen Burschen kannte, doch es fiel ihm nicht ein.
Auf dem Marktplatz sahen sie Justus und Helmut, die anscheinend nur so herumlungerten, denn sie spähten durch die Scheibe eines Antiquitätenladens. Sie hatten heute einen Schulausflug ins Rothenburger Kriminalmuseum gemacht, und jetzt wollten sie wohl noch einen Nachmittag in der Stadt dranhängen. Christian hupte, die Jungs bemerkten sie, kamen zum Wagen und nahmen das Angebot, mit nach Hause zu fahren, erstaunlicherweise sofort an. Der Museumsbesuch schien ihnen nicht gut bekommen zu sein, denn sie waren auf der Fahrt zum Schloß ausgesprochen schweigsam.
»Bissinger!« rief Christian plötzlich. »Der war bei der

Versteigerung des Kavaliershauses! Der hat gegen uns geboten! So ein Mistkerl! Der ist also schon länger hinter Frankenberg her! Ich möchte verdammt noch mal wissen, wer dahintersteckt!«
»Das sind irgendwelche Immobilienhaie«, sagte Charlotte. »Die gibt's doch überall.«
Christian grübelte den ganzen Nachmittag. Da wollte irgendwer Frankenberg in die Finger kriegen, und das war eine schlimme Sache. Die Leute hatten anscheinend Geld und waren gut informiert. Aber solange er in der Lage war, seine Raten für die Hypotheken zu bezahlen, würde er ihnen was husten.

Daß es neben finanziellen Sorgen, so bedrückend sie auch sein mochten, noch viel schlimmere Probleme geben kann, erfuhren die Frankenbergs am Abend dieses Tages.
Beim Abendessen fehlte Justus. Erst dachte man sich weiter nichts dabei. Wahrscheinlich wüßte er, daß seine Mutter gekocht hat, witzelte Katharina, deswegen esse er wohl bei den Jandas. Als das Essen dem Ende zuging und der Junge immer noch nicht da war, wurde Charlotte unruhig.
Ludolf erbot sich, bei den Jandas nachzusehen.
Dort war er nicht. Sein Freund Helmut hatte auch nicht die geringste Ahnung, wo er stecken könnte.
Die ganze Familie schwärmte aus und suchte alles ab: das Schloß, den Gutshof, das Verwalterhaus, die Ställe und Scheunen, die Geräteschuppen, den Park, die Ufer des Schloßteichs, sie suchten jeden Winkel

Frankenbergs ab. Justus war verschwunden. Und der Hund Erich ebenfalls.
Hanne entdeckte schließlich, daß in der Küche eine große Wurst und ein Stück Brot fehlten. Auch sein Rucksack und ein paar von seinen Kleidungsstücken waren weg.

Der junge Baron von Frankenberg hatte in der Weisheit seiner zehn Lebensjahre die Konsequenz aus seinem »Fehltritt« gezogen, die einzige, die ihm seiner Ansicht nach möglich war: Er wanderte aus. Natürlich hatte er lange hin und her überlegt, ob es noch eine andere Möglichkeit gäbe, er hatte sogar Katharina danach gefragt, was man denn machen könne, wenn man etwas verbrochen hat. Er hatte ihr vorgeflunkert, er müßte einen Aufsatz zum Thema Schuld schreiben. Katharina hatte gar nicht so richtig aufgepaßt, weil sie gerade Musik hören wollte, aber dann hatte sie gesagt, daß es da nur zwei Möglichkeiten gäbe: Hosen runter oder Fersengeld geben. Geständnis oder Flucht also. Und irgendwie, fand Justus, sei er eigentlich viel eher ein Abenteurer, ein Typ, der nach England reiste und von dort dann um die ganze Welt. Das war letztlich besser, als ein Geständiger zu sein, der eine ordentliche Tracht Prügel und Hausarrest bekam. Und auch viel spannender. Und als Schiffsjunge konnte man sicher ein paar Mark verdienen. Erich könnte die Ratten auf dem Schiff jagen. Und wenn er dann irgendwann als reicher Mann nach Frankenberg zurückkehrte, würden sie ganz schön Augen machen.

Justus hörte ein entferntes Motorengeräusch und blieb am Rand der schmalen Landstraße stehen. Ein Trecker mit Anhänger kam in einiger Entfernung auf sie zu. Viele Autos waren hier nicht unterwegs, und auf einem Trecker zu fahren war immer noch besser, als die ganze Zeit den Rucksack zu schleppen.
Der Hund Erich drehte ebenfalls den zottigen Kopf und blickte zurück. Justus kraulte ihn hinter den Ohren und erklärte ihm, daß dort ein Trecker käme, der sie bestimmt mitnehmen würde. Er behielt recht. Sie durften auf dem Anhänger mitfahren. Als Justus seinen Blick über die Wiesen und Felder schweifen ließ, die langsam an ihnen vorbeizogen, wurde ihm doch ein bißchen wehmütig ums Herz.
Aber eigentlich war ja sein Vater schuld. Hätte der ihm die professionelle Angel gekauft, dann hätte er auch nicht das antike Buch aus der Schloßbibliothek klauen müssen. Und der Antiquitätenhändler war auch schuld. Hätte der ihm keine fünfhundert Mark für das alte Buch geboten, dann hätte er es vielleicht sogar wieder in die Bibliothek zurückgestellt. Helmut war dagegen gewesen, das Buch zu klauen, und er hatte recht behalten. Der blöde Antiquitätenhändler hatte die alte Schwarte am nächsten Tag in sein Schaufenster gestellt. Da war es ja nur noch eine Frage der Zeit, bis seine Eltern sie dort entdeckten. Außerdem hatte der Typ ihn auch noch beschissen: Im Schaufenster kostete das Ding auf einmal 1200 Mark! So ein Betrug! Und plötzlich wollte der auch noch die beiden anderen Bücher, denn es war eine dreibändige Ausgabe, hatte er ge-

sagt. Wenn Justus nicht auch noch die anderen Bücher für ihn klauen würde, wollte er seinem Vater Bescheid sagen.
Justus seufzte tief auf, legte seinen Kopf auf Erichs Flanke und starrte gedankenverloren in den Himmel. Wenn wenigstens die Sonne schiene. Aber es sah aus, als würde es bald regnen.
»Endstation!« rief der Bauer am Steuer des Treckers und hielt an einem abzweigenden Wirtschaftsweg. »Ich biege hier ab!«
Justus bedankte sich, warf seinen Rucksack vom Anhänger und sprang mit Erich hinunter. Der Trecker bog in den Wirtschaftsweg ein. Bald sah er nur noch aus wie ein Spielzeugtrecker, und sein Dröhnen verlor sich in der Landschaft.
Justus blickte wieder zum Himmel hinauf. Es zogen immer dunklere Wolken auf. Und in einer Stunde würde es Nacht werden.
Weit und breit kein Auto zu sehen. Also marschierten sie weiter. Einmal kam ein Wagen, aber als der Fahrer den Hund gesehen hatte, wollte er sie nicht mehr mitnehmen. So einen Bettvorleger wollte er nicht transportieren. Dann kamen noch zwei Autos, aber keines hielt an.
Kurz nach Einbruch der Nacht kam das Unwetter. Eine drückende Schwüle lag über dem dunklen Land, und als die Grillen aufhörten zu zirpen, herrschte eine gespenstische Stille. Dann zischte der erste Blitz vom Himmel und riß die Landschaft für Sekundenbruchteile aus der Schwärze. Unmittelbar darauf folgte, nein, kein Donnern, sondern ein so

ungeheures Krachen, als würde der Himmel zerbersten. Das Gewitter war direkt über ihnen.
Justus machte das einzig Vernünftige: Er legte sich flach auf den Boden und zog auch Erich in die Horizontale.
Wieder zischten Blitze in den Boden, und jedem folgte das wahnsinnige Krachen. Justus preßte sich die Hände auf die Ohren. Erich duckte sich ganz tief auf den Boden und winselte nach jedem Donnerschlag.
Dann kam der Regen. Sintflutartig. Er fiel so dicht, daß sich die Ackerfurche, in der sie lagen, augenblicklich in einen kleinen Sturzbach verwandelte.
Justus sprang fluchend auf und kramte in der nassen Dunkelheit seine Taschenlampe aus dem Rucksack. Wären sie doch gleich in den Heuschober gegangen! Er schaltete die Lampe ein und stolperte über eine Wiese in Richtung der Scheune, die etwa einen Kilometer entfernt stand. Das wußte er aber nur, weil er sie vorhin im Hellen gesehen hatte. Der Regen reflektierte den Strahl der Lampe wie eine bewegliche, silberne Wand, und er konnte kaum die nächste Umgebung erkennen. Erich hatte schon lange die Übersicht verloren. Er trottete neben ihm her, ein Bild des Jammers, ein nasser Flokati auf vier spindeldürren Beinen.
Nach viel zu langer Zeit, wie es Justus schien, tauchte die Bretterwand der Scheune so plötzlich und unerwartet aus der Dunkelheit auf, daß er erschrak.
Justus öffnete das Tor, zog es hinter sich zu, blieb stehen und ließ den Lichtstrahl durch die Scheune

wandern. Es waren nur die üblichen Gerätschaften zu sehen. Gott sei Dank. Man konnte nie so genau wissen, ob da nicht doch irgend jemand oder vielleicht sogar irgend etwas war. Aber hier war alles ganz normal. Er setzte sich erschöpft ins Stroh und atmete durch. Der Regen auf dem Dach verursachte ein lautes Prasseln. Er öffnete den Rucksack und überprüfte seine Ausrüstung: ein paar Klamotten, ein Handtuch, eine Wurst, ein nasses Brot, ein Schweizermesser, ein Kompaß, ein Comic und eine trockene Silvesterrakete samt Streichhölzern, die er vorsorglich in eine Plastiktüte eingewickelt hatte. Helmut hatte gemeint, so eine Rakete sei immer gut. Man könnte auf so einer Reise nie wissen, was man mal so alles brauchen kann. Er selbst war aber lieber zu Hause geblieben. Konnte er ja auch gut. Er hatte das Buch ja nicht geklaut. Aber er hatte ihm seine dreißig Mark geschenkt, die er sich gespart hatte. Justus hatte ihm versprochen, sich zu melden, wenn er in England war. Deckname Mad Max.
Er rubbelte erst sich und dann Erich mit dem Handtuch ab, machte es sich im Stroh so bequem, wie es die nassen Sachen zuließen, und begann, im Licht der Taschenlampe in dem Comic zu lesen. Der Regen ließ jetzt nach; es wurde ruhiger in der Scheune. Dann hörte er ganz auf. Aber ein Donnerschlag ab und zu machte deutlich, daß das Unwetter wohl noch nicht ganz vorüber war.
Der Hund lag wie ein riesiger nasser Mop neben ihm. Erich und er waren wie Brüder. Sie waren ungefähr zur gleichen Zeit geboren und waren zusam-

men aufgewachsen. Justus war froh, daß er Erich dabeihatte. Und daß sein Buch ein Gruselcomic war, »Das Gespenst von Lacoste«, machte diese Begleitung nur noch wertvoller, denn Justus hatte Angst. Nach dem Inferno des Unwetters war die Nacht auf einmal totenstill. Unnatürlich still fast.
Justus war schon auf Seite fünfzehn, als ein lautes Knacken die Stille zerriß. Er schreckte hoch. Auch Erich sprang auf. Sie waren ganz allein hier. Und trotzdem hatte es laut geknackt. Oben auf dem Heuboden.
Justus kletterte langsam die Leiter zum Heuboden hoch, in einer Hand die Taschenlampe, das Schweizermesser in der anderen. Oben ging er vorsichtig über die knarzenden Bretter und ließ den Lichtstrahl durch die Schwärze wandern. Nichts außer Heu, in dem sich auch nichts bewegte.
Ein zweites lautes Knacken. Die Bretter gaben nach, splitterten, und plötzlich brach die ganze morsche Konstruktion mit lautem Krachen zusammen. Justus fiel mit den Balken und splitternden Holzteilen auf Erich, der witternd unter dem Heuboden gestanden hatte.

»Ja. Danke, Herr Wachtmeister. Irgendwer ist hier immer zu erreichen.« Christian legte das Telefon zur Seite. Die Polizei war verständigt und würde die Augen aufhalten. Charlotte stand neben ihm und knetete nervös ihre Finger.
Ludolf führte Karl Janda und seinen Sohn Helmut in den Salon. In der einen Hand trug der Verwalter eine

nagelneue Sportangel, mit der anderen hatte er seinen Sohn beim Wickel. »Sehen Sie mal, was ich hier gefunden habe! Die war in der Schmiede. – Los! Erzähl.« Er schob Helmut, der sich am liebsten irgendwo verkrochen hätte, nach vorn.

Der Junge war den Tränen nah, wollte nicht so recht, aber ein Blick seines strengen Vaters brachte ihn zum Reden: Justus hatte ein Buch aus der Schloßbibliothek geklaut und es beim Antiquitätenhändler versetzt, um sich eine Sportangel zu kaufen. Und jetzt sei er unterwegs nach England. Er wollte nach Würzburg trampen und dann mit dem Güterzug weiter.

Ludolf schmunzelte und konnte sich trotz des Ernstes der Situation eine anerkennende Geste nicht verkneifen. England. Gute Wahl. Hanne warf ihm einen strafenden Blick zu. Ludolf setzte wieder sein Butlergesicht auf.

Die Frankenbergs liefen zu ihren Autos und starteten in die Nacht. Vielleicht konnten sie ihn ja finden, bevor noch irgendwas passierte.

Christian und Charlotte fuhren im Geländewagen. Ein heftiger Regen hatte eingesetzt, es goß wie aus Kübeln. Beide starrten angespannt durch die rudernden Scheibenwischer in den hellen Kegel, den die Scheinwerfer aus der Dunkelheit schnitten. Viel war nicht zu sehen. Aber sie mußten es versuchen. Sie konnten ja nicht tatenlos zu Hause rumsitzen, während Justus wer weiß was passierte.

Charlotte war verzweifelt. In Gedanken sah sie ununterbrochen Zeitungsbilder von vermißten Kindern,

die dann irgendwo tot aufgefunden wurden. »Warum hast du ihm auch die verdammte Angel nicht gekauft?!« schrie sie plötzlich unvermittelt.
Christian zuckte zusammen. »Aha. Jetzt bin ich schuld«, sagte er unwirsch. »Wo kommen wir denn hin, wenn wir jedem Wunsch nachgeben? Heute eine Angel, morgen ein Moped und übermorgen wieder was anderes.«
»Er wollte doch nur diesen verdammten Hecht fangen! Er wollte uns zeigen, daß er allein etwas zustande bringt!«
»Aber dazu muß man doch nicht gleich stehlen.« Die Vorstellung, daß er seinen Sohn wegen einer Angel verlieren könnte, machte ihn krank, drehte ihm den Magen um. Genaugenommen hatte er ja recht. Man kann nicht bei jedem Wunsch der Kinder gleich das Portemonnaie zücken. Aber trotzdem. Hätte er ihm bloß diese blöde Angel gekauft!
Er bog in einen Feldweg ab. »Vielleicht hat er sich bei dem Wetter irgendwo verkrochen.«
Charlotte antwortete nicht und starrte nervös in den schräg durch das Scheinwerferlicht peitschenden Regen.
Christian hupte ab und zu, und manchmal blieb er stehen. Dann ließen sie die Scheiben herunter und schrien den Namen ihres Sohnes in die Nacht.

Justus war nichts passiert. Aber Erich. Der Hund lag winselnd in dem Chaos aus zersplitterten Brettern, Balken und Heu und hatte Schwierigkeiten, aus eigener Kraft aufzustehen. Irgendwas war wohl mit den

Vorderbeinen, denn er knickte gleich wieder ein und fiel jaulend ins Heu zurück.
Justus war klar, daß er jetzt einen Arzt für Erich brauchte. Das hieß, er mußte zurück nach Frankenberg, denn Mama war ja Ärztin. Good bye, England. Er würde also kein Schiffsjunge werden, sondern ein Geständiger, der eine Tracht Prügel und Hausarrest bekam. Aber Erich war jetzt wichtiger.
Er stellte die eingeschaltete Taschenlampe auf den Boden, räumte ein paar Bretter aus dem Weg und holte eine Schubkarre, die in einer Ecke stand. Er mußte sich beeilen, denn das Licht der Lampe wurde schwächer, und Ersatzbatterien hatte er natürlich vergessen. Es war eine gewaltige Arbeit, den großen, schweren Erich in die Karre zu kriegen, aber irgendwie schaffte er es doch. Er legte seinen Rucksack dazu und fuhr mit ihm hinaus in die Nacht und den strömenden Regen.
Es war ein Gewaltmarsch für den kleinen Justus von Frankenberg. Der Regen hörte zum Glück bald auf, aber Erich wurde immer schwerer, und er mußte immer öfter Pausen machen. Und bis Frankenberg waren es noch einige Kilometer.
Justus kämpfte sich mit der schweren Karre durch den Schlamm eines Feldwegs, als er ein Auto hupen hörte. Er nahm die Taschenlampe von der Karre und wollte ein Lichtzeichen geben, doch die Batterie war schon so leer, daß nur noch ein trübes Glimmen aus der Lampe kam. Er schrie laut um Hilfe, aber niemand schien ihn zu hören. Das Auto war wohl viel zu weit weg. Er ließ das sinnlose Rufen wieder sein

und dachte aufgeregt darüber nach, wie er sich bemerkbar machen könnte.
Plötzlich hatte er eine Idee.

Charlotte stand vor dem Geländewagen und weinte hemmungslos. So würden sie Justus nie finden. Sie mußten eine große Suche organisieren. Und wer weiß, ob sie ihn dann lebend finden würden.
Christian hatte den Arm um ihre zuckenden Schultern gelegt und starrte verzweifelt in die Nacht.
Eine Silvesterrakete schoß hinter einem Wäldchen in den Nachthimmel.
»Wir haben ihn!« schrie Christian.
Charlotte schlug die Hände vors Gesicht. »Lieber Gott, laß es wahr sein!«

Justus hatte die Rakete erst mit dem vorletzten Streichholz zünden können. Aber dann war sie wunderbar gestartet. Genial, dachte Justus, das soll mir mal einer nachmachen!
Nach einer Minute tauchten Scheinwerfer hinter einem Wäldchen auf und fuhren über den Feldweg auf ihn zu. Als Justus, die Karre und der Hund von den Lichtern erfaßt wurden, gab der Wagen Gas, schoß auf sie zu und hielt direkt vor ihnen.
Charlotte sprang aus dem Wagen, umarmte ihren Sohn und preßte ihn viel zu fest an sich. »Tu das nie wieder!« flüsterte sie heiser. »Nie wieder!«
»Erich ist verletzt«, antwortete Justus lapidar. »Mich könnt ihr ja später verkloppen.«
»Worauf du dich verlassen kannst«, sagte Christian

so streng er es in diesem glücklichen Moment nur sagen konnte und fuhr ihm liebevoll mit der Hand durch den nassen Wuschelkopf.
Charlotte ließ Justus wieder los und richtete sich auf. Sie beobachtete schweigend, wie ihr Mann Erich hinten im Geländewagen verstaute und ihr Sohn ihm dabei half. Sie stand völlig reglos in der wunderbaren kühlen Sommernacht, fühlte den Wind, den Regen auf ihrer Haut, fühlte sich leichter als eine Feder und war einfach nur glücklich.

11

Der glimpfliche Verlauf des Abenteuers und die Rückkehr des verlorenen Sohnes hatte die Frankenbergs vor einer Tragödie bewahrt; Christian war darüber so glücklich, daß aus der Tracht Prügel nur eine strenge väterliche Ermahnung und ein ernstes Gespräch »unter Männern« wurde. Der erpresserische Antiquar bekam seine fünfhundert Mark und mußte das Buch wieder herausgeben. Der Gedanke, Frankenbergs könnten die Polizei einschalten, hatte ihn sehr kooperativ gemacht. Justus konnte jetzt eine perfekte Sportangel sein eigen nennen. Erich dagegen hatte wenig Gewinn: Er hatte zwei gequetschte Vorderläufe. Und Helmut Janda hatte eine Tracht Prügel bekommen, obwohl er gar nicht ausgerissen war. Aber Karl Janda war ein strenger Vater und ein harter Mann.
Für einen Abend hatte die Familie alle anderen Sorgen vergessen. Doch das Leben ging weiter, und irgendwer streckte seine Finger nach Frankenberg aus und wollte es ihnen wegnehmen, sie von Frankenberg vertreiben.

Drei Tage nach der mißglückten Auswanderung seines Sohnes inspizierte Christian mit seinem Verwalter die Weizenfelder. Es war ein schöner, sonniger Vormittag, und Christian atmete tief durch. Er wartete darauf, daß sich dieser angebliche Anlageberater Bissinger noch mal meldete, aber der rührte sich nicht. Christian war das nur recht so. Die konnten ihm eigentlich überhaupt nichts anhaben. Er zahlte seine Raten pünktlich, und damit basta. Christian fühlte sich gut. Die Sache mit Justus hatte ihm gezeigt, wie blitzschnell und brutal das Leben zuschlagen konnte. Er war glücklich, seine gesamte Familie wohlbehalten und gesund zu Hause zu haben. Das war das Wichtigste im Leben. Und mit dem Rest würde er schon klarkommen.

Er zupfte eine Ähre von einem Halm, zerrieb sie, nahm sie näher in Augenschein und roch daran. Der Weizen wurde gut. Er würde zwar keine große Ernte einfahren, aber dafür Getreide von erstklassiger Qualität.

Der Verwalter war der gleichen Ansicht. »Falls nichts dazwischenkommt«, fügte er hinzu.

Christian lachte. Dieser Janda war ein unverbesserlicher Pessimist.

Am Nachmittag dieses Tages saß er in seinem Büro und versuchte auszurechnen, wieviel ihm die Weizenernte wohl bringen würde, wenn er einen guten Preis erzielte. Er war froh, daß die Techniker diese hübschen kleinen Rechner erfunden hatten, denn das Rechnen war ihm persönlich zuwider. Hannes Behauptung, er habe in Mathematik einen Fünfer im Abiturzeugnis gehabt, entsprach der Wahrheit. Katharina war da ganz nach ihm geraten. Und Justus entwickelte sich auch in diese Richtung. Das hatte Tradition bei den Frankenbergs. Sein Vater hatte nicht besonders gut rechnen können und sein Großvater auch nicht. Und wenn er in der Familienchronik nachläse, würde er sicher feststellen, daß alle verzeichneten Frankenbergs noch nie hatten rechnen können. Trotzdem hatten sie viele Jahrhunderte auf dem Schloß gelebt. Und alles überlebt. Jawohl!

Das Wimmern des Telefons riß ihn aus seinen Gedanken. Bankdirektor Kalb war am Apparat, druckste herum und bat ihn um ein persönliches Gespräch. Sofort am besten. Am Telefon wollte er sich nicht weiter äußern.

Christian setzte sich augenblicklich in seinen Wagen und fuhr nach Rothenburg. Ein besonders gutes Gefühl hatte er nicht dabei. Kalb war eigentlich in Ordnung. Er kannte ihn schon lange, und seinem Tonfall hatte er angemerkt, daß der Banker wohl keine frohe Botschaft für ihn hatte. Allerdings konnte er sich nicht vorstellen, wo das Problem liegen sollte, denn mit den Raten für die Hypotheken war er nicht im Rückstand.

Manchmal hatte der Baron ein Gefühl, als wenn der liebe Gott ihn auf den Arm nehmen wollte. Dann beutelte ihn das Leben so richtig hin und her. Es war ja nicht nur, daß irgendwelche Aasgeier hinter Frankenberg her waren, nicht nur die Schweinepest, ein kaputter Maschinenpark, schwierige Ratenzahlungen und katastrophale schulische Leistungen der Kinder – nein, jetzt mußte Charlotte auch noch eine Arztpraxis kaufen. Von welchem Geld eigentlich? Der gute Doktor Hauser wollte 380 000 Mark für seinen Laden! Natürlich hatte es Krach gegeben. Es sei ihr Traum, hatte sie gesagt. Aber wie sollten sie den realisieren? Ja, wie denn? Wenn die Sache wegen Charlottes Besessenheit nicht so schwierig wäre, hätte er eigentlich darüber lachen müssen. Ein Mensch, der keine weiter nennenswerte Summe im Beutel hat, will sich eine Arztpraxis für 380 000 Mark kaufen! Eigentlich saukomisch, wenn's nicht so traurig wäre! Sollte er vielleicht einen Teil von Frankenberg verkaufen? Das ging nicht. Vielleicht gab es ja mal ein günstigeres Angebot für eine Praxisübernahme.

Als er die Bank betrat, war er nicht der allerbesten Laune, schenkte Kalb aber trotzdem ein freundliches Lächeln. Immerhin gehörte er zu ihrer Skatrunde.

Bankdirektor Kalb hatte nicht bloß schlechte Nachrichten für ihn, nein, er saß in seinem grauen Anzug mit Krawatte hinter dem Schreibtisch und verkündete ihm die Katastrophe: Die Zentrale der Bank in Frankfurt hatte beschlossen, ihm keinen Kredit mehr zu gewähren, wenn der nur durch die Ländereien abgesichert sei. Es würde eine Rentabilitätsprüfung geben, also eine Bewertung nicht nur seines Kapitals, der Gebäude und Ländereien, sondern auch der Erträge seiner Landwirtschaft. Man würde einen Revisor schicken.

Christian saß wie betäubt in seinem Besuchersessel. Revision, das hieß im Klartext: Die wollten ihm die Hypotheken kündigen. Rentabilitätsprüfung!

»Hör mal, Günther«, murmelte er mit belegter Stimme, »ich hab die Zinsen stets pünktlich gezahlt. Da ist nur was im Computer schiefgelaufen.«
Der Banker schüttelte betrübt den Kopf, denn ihm persönlich war es lieber, wenn der Baron Frankenberg behalten könnte, aber die Chancen dafür waren gleich Null. »Nein, Christian. Kein Fehler im Computer. Das einzige, was schiefläuft, ist deine ökologische Landwirtschaft. Zu geringe Erträge. Die in der Chefetage machen sich da Sorgen. Und der Revision wirst du nicht standhalten können.«
»Quatsch!« knurrte Christian. »Da läuft irgendeine Sauerei ab!«
»Unsinn«, sagte der Banker, »was für eine Sauerei denn?«
Christian stand nervös auf. »Mensch, Günther. In ein, zwei Jahren steh ich ganz anders da! Konntest du denen das nicht klarmachen?«
Bankdirektor Kalb schüttelte wieder den Kopf. »Ich hab mich voll für dich eingesetzt. Hab mich richtig weit aus dem Fenster gelehnt. Interessiert die nicht. Es hängt allein vom Bericht des Revisors ab, wie es mit Frankenberg weitergeht.«

Der Weg zurück zum Schloß war Christian noch nie so lang erschienen wie an diesem Nachmittag. Er fuhr völlig abwesend und automatisch und hätte nicht sagen können, ob er in Rothenburg über rote Ampeln gefahren war oder nicht. Sein Kopf war wie ein Brummkreisel, und jeder Gedanke drehte sich um die Rentabilitätsprüfung. Es war wohl klar, wie das

Urteil des Revisors ausfallen mußte. Wer steckte bloß dahinter?

Der Kriegsrat der Frankenbergs war lang und deprimierend, denn niemandem fiel ein, wie das Problem aus der Welt geschafft werden könnte. Christian war nur froh, daß Justus das nicht direkt miterlebte, denn der Junge hing sehr an Frankenberg. Er war seit gestern mit der ganzen Klasse in einem Landschulheim, und das war gut so. Justus würde sich die Sache sehr zu Herzen nehmen.

Es war einfach eine Katastrophe, und mit seinem »irgendwie« ging hier nichts mehr. Wenn die Hypotheken gekündigt wurden, hatten sie ganz urplötzlich einskommavier Millionen Mark Schulden, die augenblicklich zu bezahlen waren. Da war es nur noch ein Nebengeräusch, als Charlotte sagte, die Praxis von Dr. Hauser sei wohl momentan doch zu teuer. Und das Kavaliershaus, das Katharina großzügig anbot, war nur ein Tropfen auf den heißen Stein. Die Lage war ziemlich aussichtslos. Um die Hypotheken zu bezahlen, mußten sie Land verkaufen, und wenn sie Land verkauften, hatten sie weniger Anbaufläche, und die ökologische Landwirtschaft würde sich noch weniger rentieren. Er brauchte eigentlich schon jetzt dringend neue Felder, um den Anbau rentabler zu gestalten. Frankenberg würde der Rentabilitätsprüfung des Revisors nicht standhalten können. Die wollten saftige Profite sehen, wie sie die sogenannten Kollegen mit ihrer verdammten Massentierhaltung vorweisen konnten. Und es gab keine Möglichkeit, schnell etwas zu bewegen.

Wenn sie kein Land verkauften, müßten sie wohl oder übel das Schloß verkaufen. Und dann wäre genau das passiert, was nicht sein durfte: Es gäbe kein Frankenberg mehr.

Ludolf kam mit dem bizarren Vorschlag, er könne ja einen reichen Verwandten spielen, der vorgibt, in Frankenberg investieren zu wollen, aber Christian winkte genervt ab. Sie waren doch hier nicht im Komödienstadel. So was funktionierte ohnehin nur in Büchern und im Fernsehen. Oder in England vielleicht.

Keiner wollte richtig hinsehen, aber die Tatsache stand groß und unverrückbar mitten im Raum und konnte von niemandem weggeredet werden: Wenn der Revisor kam, war Frankenberg erledigt.

12

Geyer saß auf einer Couch in seinem Salon und starrte den Rechtsanwalt Bissinger verblüfft an. »Aber die Bank kann den Frankenbergs doch nicht so mir nichts, dir nichts die Hypotheken kündigen!«
Bissinger lehnte sich gelassen zurück und setzte ein dünnes, falsches Lächeln auf. »Sicher nicht, Herr Geyer. Aber die werden denen einen Revisor schikken, der den ganzen Laden auf den Kopf stellt. Knechtel heißt der. Der schärfste Hund, den man sich vorstellen kann. Die Bank ist natürlich daran interessiert, ein Geschäft zu machen. Wenn wir die Kredite für den Umbau bei ihnen nehmen, machen sie ein ordentliches Geschäft.«
Karin Riedel trug ein sehr figurbetontes Kleid, hielt einen Cognac in der Hand und hatte sich lässig an eine Wand gelehnt. »Es ist doch völlig okay, wenn die ihren Reibach machen. Solange es unseren Interessen entgegenkommt.« Sie nahm einen Schluck aus ihrem Glas und lächelte Geyer an.
Geyer warf ihr nur einen mißmutigen Blick zu und stand auf. »Nochmals, Herr Bissinger. Absolutes Stillschweigen. Christian von Frankenberg und ich sind seit Kindertagen befreundet.«

»Freundschaft ist ein hohes Gut«, sagte der Rechtsanwalt, ohne dabei zu lachen.

Geyer fand in diesem Augenblick, daß dieser Bissinger irgendwas Rattiges an sich hatte. Vielleicht waren es die Augen. »Es wäre mir furchtbar peinlich, wenn er den Eindruck hätte, ich wollte ihn fertigmachen.«

»Aber wer will ihn denn fertigmachen?« Karin hatte Mühe, ihre Belustigung zu unterdrücken. Der liebe Ludwig hatte anscheinend Gewissensbisse. Aber jetzt war die Sache ins Rollen gekommen. Dieser Grobecker hatte mit einem Freund bei der Bank telefoniert, und schon ging es los. Alle machten dabei ein gutes Geschäft. Und sie – sie würde Frankenberg kriegen!

»Der hat sich doch selbst ins Abseits gewirtschaftet«, sagte Geyer und ging zur Tür. Sein eigener Ausspruch klang ihm ganz seltsam in den Ohren.

»Selbstverständlich hat er das«, bestätigte Bissinger, und Karin grinste ihn hinter Geyers Rücken an.

»Wiedersehn.« Geyer drehte sich noch mal um, warf seiner zukünftigen Frau einen prüfenden Blick zu und ging.

»Bitte vergiß die Blumen nicht!« rief ihm Karin hinterher. »Um acht Uhr sind wir bei Konsul Beierlein eingeladen.«

»Jaja!« hörten sie Geyer rufen, und dann fiel die Haustür ins Schloß.

Karin Riedel löste sich von der Wand, ging zu dem Rechtsanwalt hinüber und lehnte sich grazil ihm gegenüber an einen Sessel. »Was ist mit diesem Revisor?«

Bissinger ließ seine Augen über ihre Figur gleiten. Die war eigentlich viel zu schade für den alten Geyer!
Karin genoß seinen anzüglichen Blick und ließ ihm Zeit.
»Tja, der Revisor«, kam Bissinger nach einem Moment wieder zur Sache. »Wenn berechtigte Zweifel an der Wirtschaftlichkeit der Anbaumethoden bestehen, kriegt er seine Hypotheken auf die Ländereien nicht verlängert.«
»Ehrlich?«
Der Anwalt grinste. »Mit ein bißchen Glück kann Ihnen Herr Geyer Frankenberg in drei Wochen zur Hochzeit schenken.«
»Sie werden das schon machen«, antwortete Karin und hob ihr Glas. Dieser Bissinger war gut. Und er sah auch gut aus. Schade, daß nicht er es war, der ihr Frankenberg schenken konnte.

Ludwig Geyer ging es schon seit Tagen schlecht. Nicht, daß er irgendwie krank gewesen wäre, nein, er spürte, daß er ein Gewissen hatte, er spürte es tatsächlich fast körperlich. Und das dumme Zeug, das er da geredet hatte, Christian hätte sich selbst ruiniert, das glaubte er sich ja selber nicht. Die ganze Sache entwickelte sich plötzlich so ungeheuer schnell, daß er das Gefühl hatte, mitgerissen zu werden. Irgendwie hatte er die Kontrolle über die ganze Angelegenheit verloren. Vielleicht hatte er sie auch nie wirklich gehabt, hatte geglaubt, die Sache würde im Sand verlaufen. Und hatte es nach der Versteigerung

des Kavaliershauses nicht auch ganz danach ausgesehen? Jedenfalls hatte man ihn vor vollendete Tatsachen gestellt. Er hatte zwar zugehört, wie der Plan besprochen wurde, hatte, wenn auch widerwillig, seine Zustimmung gegeben, doch plötzlich war es schon passiert. Er hatte gar nicht gewußt, daß die Bank so schnell und so hart zuschlagen würde. Oder hatte er es nicht wissen wollen? Er jedenfalls hatte mit niemandem von der Bank geredet. Das waren der Grobecker und der Bissinger.
Und Karin war wie der Teufel hinter Frankenberg her. Ihm war das jetzt alles zuviel, und am liebsten hätte er mit der ganzen Sache nichts zu tun gehabt. Hatte er aber.

Als Geyer im Lift zum Büro seines Rechtsanwalts hochfuhr, fragte er sich nicht zum erstenmal in den letzten Tagen, ob er Karin vielleicht hörig war. Aber er konnte einfach nicht von ihr lassen. Trotz seiner miserablen Stimmung dachte er wieder für einen Moment daran, wie es gestern nacht mit ihr gewesen war.
Der Rechtsanwalt Lindenthal, ein sehr seriös wirkender Herr, reichte ihm den Ehevertrag über den Schreibtisch.
Geyer überflog eine Seite und schüttelte den Kopf. »Das unterschreibt Karin nie.«
Lindenthal stand auf, kam um seinen riesigen Schreibtisch herum und lehnte sich lässig gegen die Frontseite des Tisches. »So ein Ehevertrag ist heutzutage etwas völlig Normales, Ludwig. Du würdest mir

ewig Vorhaltungen machen, wenn ich deine Interessen nicht richtig vertreten würde. Und du mußt an deinen Sohn denken. Der soll ja schließlich mal die Firma übernehmen. Du hast die Pflicht, seine Existenz zu sichern.«

»Ja, sicher«, murrte Geyer nervös, »aber trotzdem. Karin bringt gar nichts mit in die Ehe. Und nehmen wir mal an, es geht mit uns nicht gut, dann steht sie doch bei kompletter Gütertrennung mit völlig leeren Händen da.«

Der seriöse Herr Lindenthal lächelte gutmütig und gab zu bedenken, daß ein solcher Ehevertrag ihm auch die relative Sicherheit gäbe, daß seine Frau ihm eine treue und liebevolle Partnerin sein werde.

Ludwig Geyer gefiel das trotzdem nicht. Als er mit dem Vertrag in der Tasche die Anwaltspraxis verließ, war seine Laune noch finsterer als vorher, denn er hatte Angst vor Karins Reaktion, wenn er ihr den Wisch zu lesen gab.

Am Abend gingen sie zu der Party bei Konsul Beierlein. Geyer haßte solche Partys eigentlich, und besonders dieser Beierlein, dieser aufgeblasene alte Schimpanse, war ihm verhaßt. Ein Wichtigtuer mit dem gekauften Titel von irgendeiner Bananenrepublik. Aber Karin mußte unbedingt hin. Sie legte großen Wert auf alle diese sogenannten gesellschaftlichen Veranstaltungen, obwohl sie im Grunde doch nur immer Ärger damit hatte. Rothenburg war nicht New York oder Tokio, nicht mal München, und hier wußte jeder, daß sie bei seiner Schwester an der Rezeption gearbeitet hatte. Es machte zwar niemand anzügliche Bemerkungen in ihrer Gegenwart, doch Karin war sich sicher, daß hinter ihrem Rücken über sie hergezogen wurde, und es ärgerte sie furchtbar. Sie war dann regelrecht verletzt. Deswegen war sie auch so scharf auf Frankenberg. Sie wollte allen zeigen, wer sie war. Mit ihrem Golfhotel. Nein, ihr genügte es nicht, bloß eine Frau Geyer zu sein, die Frau des Fabrikanten und Großhändlers. Vielleicht stammte er ja wirklich vom Ritter Florian Geyer ab, aber was half ihr das, ihr, der Karin Riedel? Ihr war nur geholfen, wenn sie Frankenberg hatte.

Geyer war den ganzen Abend ziemlich schweigsam und gab nur hier und da ein paar höfliche Floskeln von sich. Die Party war genau so, wie alle diese Partys immer waren. Die sogenannte High-Society von Rothenburg und Umgebung saß und stand herum und schlug sich erstmal den Bauch voll. Dann wurde getratscht und gekichert, gelästert und getrunken. Und nicht zu knapp. Und später blieb meist ein harter Kern übrig, der sich weiter vollaufen ließ. Die einen redeten dann dummes Zeug, und die Intelligenteren mauschelten ein paar Geschäfte aus.

Geyer aß eine Menge, fast schon eine Unmenge. Es war der Frust, der es hineintrieb, denn das, was der aufgeblasene Beierlein hier auftischen ließ, schmeckte ihm nicht. Besonders der Hummer erschien ihm schon etwas angegammelt. Geizig war Beierlein also auch noch.

Geyer ärgerte sich über sich selbst, er ärgerte sich über seine Verlobte, er ärgerte sich über dieses Rattengesicht Bissinger, er ärgerte sich über den ganzen Mist, den er da am Hals hatte, und er wäre am liebsten ganz woanders gewesen und vielleicht am besten auch noch ein ganz anderer. Afrika, dachte Geyer, am liebsten wär ich jetzt in Afrika. Weit weg von allem. Unter Palmen, mit einem Tropenhelm auf dem Kopf und einem guten Freund an der Seite. Die Sache mit Christian von Frankenberg spukte ihm immer wieder durch den Kopf und machte ihn ganz konfus.

Er nahm sich noch eine Portion Krabbencocktail vom Buffet. Karin saß in der Nähe in einem Sessel und machte Konversation mit einer Dame, aber Geyer hörte nicht sonderlich zu. Bei dem Gedanken, mit ihr über den Ehevertrag reden zu müssen, wurde ihm ganz schlecht. Der Krabbencocktail schmeckte auch ganz eigenartig. Irgendwie muffig.

Nachdem er sich tüchtig vollgestopft hatte, trank Geyer fünf, sechs gut eingeschenkte Gläser Whisky, ohne daß er sich besser gefühlt hätte. Er hatte jetzt lediglich schlechte Laune mit einem ordentlichen Schwips. Und die Leute gingen ihm auf die Nerven. Er nippte an seinem Glas und dachte wieder an Afrika. Er konnte Trommeln hören und das Rauschen der Brandung. Tarzan schwang sich an einer Liane durch die Bäume und stieß seinen Schrei aus. Am liebsten hätte er jetzt auch so einen Schrei ausgestoßen. Frei unter fremden Sternen. Mit einem guten Freund!

Geyer wunderte sich über seine eigenen Gedanken, aber das machte wahrscheinlich der Whisky. Trotzdem. Wenn er sonst mal ein paar Gläser von irgendwas getrunken hatte, dachte er ja auch nicht so ein Zeug. Es war wohl der Streß.

Außerdem bekam er jetzt leichte Bauchschmerzen, und das brachte ihn vollends aus Afrika zurück. Sieh da, der Bauch akzeptierte das Zeug nicht, das er da schlucken mußte. Damit war bewiesen, daß dieser Wichtigtuer Beierlein seinen Gästen vergammeltes Zeug vorsetzte. Spätestens morgen würde die ganze angebliche Hautevolee von Rothenburg und Umgebung die meiste Zeit auf der Toilette verbringen.

Als die ersten Gäste die Party verließen, drängte er Karin zum Aufbruch. Er hatte jetzt genug, war müde, wollte nach Hause. Das Grummeln in seinen Eingeweiden hatte sich wieder beruhigt, und auch das ärgerte ihn eigentlich. Karin hatte, wie üblich auf diesen Partys, kaum etwas getrunken. Das machte sie nie auf solchen gesellschaftlichen Veranstaltungen, da war sie immer hellwach und nüchtern und immer auf der Lauer.

Eigentlich ist sie immer hellwach und nüchtern, dachte Geyer, als sie den BMW durch das abendliche Rothenburg kutschierte. Außer im Bett. Da war sie dann nichts als eine Frau. Und was für eine!

Als er die Tür der Villa öffnete, klang ihnen leise romantische Musik entgegen. Im Salon war der Tisch festlich gedeckt, brennende Kerzen standen zwischen Weingläsern und den Resten eines wohl sehr intimen Soupers, und auf der Couch schmusten im Halbdunkel zwei Gestalten.

Geyer schaltete das Licht an.

Ottfried und Anna schreckten hoch. Anna zog schnell ihre verrutschte Kleidung zurecht.
»Was ist denn hier los?« Geyer war mehr verwirrt als konsterniert. Karin machte ein entsetztes Gesicht. Sie ging zum Tisch, legte ihre Stola auf einen Stuhl und warf einen mißbilligenden Blick auf die Weinflasche, ging zum CD-Player und schaltete energisch die Musik ab. Dann starrte sie Anna Janda mit unverhohlener Abneigung an.
Ottfried hatte die Überraschung inzwischen weggesteckt. »Darf ich vorstellen: Anna Janda. – Anna: mein Vater, seine Verlobte Karin Riedel.«
»Guten Abend, wir kennen uns ja schon«, murmelte Geyer etwas betreten.
Karin blieb beim CD-Player stehen. »Wenn du das nächste Mal jemanden abschleppst, dann geh bitte auf dein Zimmer! Oder besser gleich in ein Hotel!« Das kam so giftig, daß Geyer beschämt den Blick von Ottfried abwandte.
Ottfried glaubte für ein paar Sekunden tatsächlich, er hätte sich verhört. Dann wurde er zornig. »Wie redest du eigentlich über meine Freundin?« fuhr er Karin an.
»Laß nur, Ottfried«, murmelte Anna, »ich geh ja schon.«
Ottfried hielt sie am Arm fest. »Nee, du bleibst hier!« Er ließ sie wieder los und wandte sich seinem Vater zu. »Sag mal, mit welchem Recht führt die sich hier eigentlich so auf, Vater?«
»Du bist ja betrunken!« zischte Karin.
»Halt den Mund!« sagte Ottfried in einem Ton, als

wäre sie ein Hund. »Du glaubst wohl, du bist was Besseres, wie? Bevor du dir meinen Vater geschnappt hast, warst du doch nur eine …«
»So redest du nicht mit Karin!« schrie Geyer plötzlich. »Nicht in meinem Haus! Ist das klar?«
»Ach? Ist das nur dein Haus?« Ottfried maß seinen Vater mit einem verächtlichen Lächeln.
»Merken Sie nicht, daß Sie hier stören!« sagte Geyers Verlobte eisig in Richtung Anna.
Anna wandte sich zum Gehen. Sie hatte nur noch einen Gedanken: Raus hier.
»Meine Gäste gehen, wann ich will!« fauchte Ottfried und hielt sie wieder fest. »Noch wohne ich nämlich hier!«
»Jetzt reicht's, verdammt noch mal!« schrie Geyer wieder, aber er konnte das selbst nicht richtig ernst nehmen. Es klang völlig hohl, so, als würde da ein Roboter brüllen. Er wollte eigentlich nur noch seine Ruhe für heute.
Ottfried legte den Arm um Anna, ignorierte seine zukünftige Stiefmutter, die kaum älter war als er selbst, und sah seinen Vater eisig an: »Vielen Dank für deinen tollen Einsatz … Vater.«

»So eine bodenlose Frechheit!« schrie dessen Verlobte, als die Haustür hinter Ottfried und Anna ins Schloß fiel. »Wenn du ihm das durchgehen läßt …«
»Jaja«, winkte Geyer unwirsch ab, »ich rede morgen mit ihm.« Er war so übellaunig, daß ihn nicht mal Karins schwellender Busen in dem raffinierten Abendkleid interessierte.

»Und was wolltest du denn noch mit mir besprechen? Irgendwelche ... Modalitäten ... oder so was?«
Das nicht auch noch, dachte Geyer, nicht jetzt. Wenn sie jetzt den Ehevertrag liest, flippt sie völlig aus. »Ach, das war nichts Wichtiges. Das hat Zeit. Morgen.«

Ottfried steuerte seinen offenen Straßenkreuzer durch die laue Sommernacht. Anna saß neben ihm und hatte ihren Kopf verträumt an seine Schulter gelehnt. Ihre Finger spielten mit dem schönen goldenen Anhänger, den Ottfried ihr heute geschenkt hatte.
»Karin ist ein Biest«, sagte Ottfried leichthin, »daran hab ich mich schon gewöhnt. Aber mein Vater ist ein Schlappschwanz. Steht jetzt schon unterm Pantoffel. Wie wird er da erst nach der Hochzeit aussehen?«
»Danke, daß du so zu mir gehalten hast«, sagte Anna ganz leise.
»Ich werde dich nie im Stich lassen, Anna.«
Sie fuhren aus der Stadt hinaus. Auf dem Land konnten sie wunderbare Sternbilder sehen. So wahnsinnig viele Sterne. Der Fahrtwind spielte mit Annas schönem schwarzen Haar, sie lachte ausgelassen und fuhr sich durch ihre dichten Locken, und Ottfried wäre fast in den Graben gefahren, weil er gleichzeitig die Sterne ansehen, Auto fahren und Anna küssen wollte.
An einer Wiese hielt Ottfried an, und noch bevor der letzte Ton des Motors verklungen war, hing Anna an

seinen Lippen, und es war für beide der erste wirklich bedeutende Kuß in ihrem jungen Leben.
Sie kuschelten sich aneinander und flüsterten über ihre Liebe, dieses wunderbare neue Gefühl, dieses Kribbeln unter der Haut. Ottfried hatte eine Decke im Kofferraum, und er breitete sie unter den Sternen aus. Die Jungfrau Anna streifte ihre Kleider wie im Traum ab, und dann verschlangen sich ihre Körper fast wie von selbst ineinander.
Später lagen sie noch lange still zusammen, flüsterten, obwohl niemand sie hören konnte, und hielten sich umschlungen.
Als Ottfried sie nach Frankenberg zurückfuhr, spielte er »Only You« im Cassettenrecorder. Das war schon lange ihr Lied. Ihr Liebeslied.

13

Mit an Sicherheit grenzender Wahrscheinlichkeit«, bemerkte Christian sarkastisch, »bin ich tatsächlich der letzte Frankenberg, der dieses Schloß bewohnt und dieses Gut bewirtschaftet.« Sie schlenderten durch den Schloßpark und genossen die letzten Strahlen der Nachmittagssonne. Charlotte hatte sich bei ihm eingehakt, ihr Körper war ganz dicht bei seinem, und Christian war ihr dankbar dafür. Er konnte Nähe gut gebrauchen, denn wenn er an den Revisor morgen früh dachte, wurde ihm ganz kalt.

»Red doch keinen Unsinn«, sagte Charlotte und wußte, daß sie selbst gerade Unsinn redete. Morgen war Frankenberg erledigt.

»Am besten, wir verkaufen die ganzen Ländereien«, nörgelte Christian weiter, »wir behalten ein paar Wiesen für die Pferde, du rennst als Ärztin jeden Tag in die Klinik oder in deine Praxis, und ich ...«

»Ja, und warum denn nicht«, unterbrach ihn Charlotte.

Christian schüttelte energisch den Kopf, blieb stehen, faßte seine Frau sanft am Arm und drehte sie um. Jetzt hatten sie einen wunderbaren Blick auf das

Schloß, dessen rote Dachziegel im letzten Tageslicht glühten. In der Küche schaltete jemand gerade das Licht ein.

»Sieh dir das an, Charlotte«, sagte er ruhig und schwieg dann einen Moment. »Und außerdem: Ich bin Landwirt. Das ist mein Beruf. Nee, Charlotte! Das kannst du wenden und drehen, wie du willst. Wenn die Bank uns den Hahn zudreht, ist es aus mit Frankenberg. Egal, ob du Ärztin bist oder nicht.«

Sie tranken an diesem Abend, Charlotte hatte den Frankenbergschen Bestand aufgefüllt, noch eine Flasche Champagner. Ganz allein, in ihrem Schlafzimmer. Sie redeten über ihr Leben, über die zwanzig Jahre, die sie Seite an Seite verbracht hatten, über ihre Kinder und ihre Kämpfe, die sie geführt hatten, sie erinnerten sich an ihre Hochzeitsreise und daran, daß sie damals schon Lissy unter dem Herzen trug, was außer ihnen niemand wußte. Es wäre ein Skandal gewesen. Sie konnten heute noch darüber lachen.

Die Trauer, die beide den ganzen Abend empfunden hatten, löste sich für ein paar Stunden auf. Später in der Nacht schliefen Charlotte und Christian miteinander und waren so zärtlich, als wäre dies die letzte Nacht ihres Lebens.

Der Revisor erschien um Punkt neun Uhr. Er parkte seine graue Limousine auf dem Rondell und stieg aus, ein schwarzes, ledernes Notizbuch in der Hand. Er war ein dürrer Mann über vierzig, trug einen dunklen Anzug, hatte schütteres dunkles Haar und ein asketisches, freudloses Gesicht, dem etwas Scharfes,

Vogelartiges anhaftete. Verstärkt wurde dieser Eindruck durch die dünne, randlose Brille, durch die er prüfend das Schloß betrachtete.
Als er an dem alten Klingelstrang zog, war sein Gesicht eine starre Maske.
Christian öffnete die Tür und ging freundlich lächelnd auf den Herrn zu. »Guten Tag. Von Frankenberg.«
Der Hund Erich, dessen Pfoten wieder geheilt waren, tollte herum, war bester Laune und sprang freudig an dem Revisor hoch. Der Mann versuchte, sich mit seinem Notizbuch zu schützen, aber Erich war ein großer Hund und das Notizbuch eher klein.
»Erich!« schrie Christian entsetzt. »Hau sofort ab, Erich!«
Erich gehorchte und verschwand in den Park hinein. Der Revisor klopfte sich den Staub vom Anzug und sah den Baron von Frankenberg mißbilligend an. »Knechtel«, sagte er eisig. »Erich Knechtel. Ich bin der Revisor. – Ihr Hund heißt also auch Erich. Interessant.«
Das auch noch! Selbst wenn dieser Bursche heute früh ausnahmsweise mal gute Laune gehabt haben sollte – spätestens jetzt hatte er sie nicht mehr.
Christian lächelte gequält. »Ja … Mein kleiner Sohn, also, der hatte ein Kinderbuch, also, da kam auch ein Hund vor, der Erich hieß … Und plötzlich hieß unser Hund dann auch Erich. Verstehen Sie?«
Der Revisor verzog keine Miene. »So, so.«
»Darf ich Ihnen etwas anbieten … Tee … Kaffee …«
»Nein. Dazu habe ich keine Zeit. Ich will heute fertig

werden. Wenn Sie mir dann bitte Ihr Anwesen zeigen würden.«
Der Typ war tatsächlich kälter als Eis. Bankdirektor Kalb hatte Christian schon vor ihm gewarnt. Und er hatte nicht übertrieben. »Tja ... was wollen Sie denn zuerst sehen?«
»Das ist mir gleich«, meinte Knechtel kalt und starrte ihn mit seinen reglosen Vogelaugen an.
Sie gingen in den Schweinestall. In seinem dunklen Anzug, mit dem bleichen, starren Gesicht und der funkelnden Brille über den völlig ausdruckslosen Augen wirkte der Revisor wie ein Abgesandter aus dem Reich der Toten. Christian war schon froh, daß sich die sensiblen Tiere nicht ängstlich in eine Ecke drängten, sondern munter herankamen. Sie witterten ihren Henker nicht.
Knechtel folgte Christians Erläuterungen über seine artgerechte Tierhaltung mit messerscharfer Aufmerksamkeit. Wie ein riesiger Rabe stand er schwarz und reglos im Schweinestall, stellte ab und zu eine präzise Frage und machte sich schweigend Notizen.
»Die Raumausnutzung ist nicht optimal«, sagte er schließlich, und es klang wie: Schluß jetzt!
Christian begriff, daß an diesen Kerl nicht ranzukommen war. Selbst die höheren Preise, die er für die gesunden Tiere erzielen könnte, beeindruckten den Revisor nicht. »Außerdem«, sagte der Baron abschließend, »ist es auch ein ethisches Problem.« Das war ja nun auch seine Überzeugung.
»Wie bitte?« Knechtel zeigte zum erstenmal eine

halbwegs menschliche Regung und sah ihn erstaunt an.
»Das mag Ihnen merkwürdig vorkommen, aber mir macht die Arbeit mehr Spaß, wenn ich weiß, daß es den Tieren gut geht.«
»Auch wenn Sie wissen, daß sie sowieso im Kochtopf landen?«
»Auch dann.« Christian ging zur Stalltür. Die ethische Seite interessierte den Kerl also auch nicht.
Der Revisor schüttelte kaum merklich den Kopf, klappte sein Notizbuch zusammen und folgte ihm.
Christian schlug eine Rundfahrt über die Felder vor. Knechtel war einverstanden. Doch dann sah er durch ein offenes Scheunentor Nicks Kampftrecker und wollte sich das unbedingt aus der Nähe ansehen.
»Und damit fahren Sie aufs Feld?« Er betrachtete staunend die feuerrote, futuristische Kampfmaschine und musterte dann Christian, als hätte er ihn bei einem Diebstahl erwischt.
»Nein, nein«, lächelte Christian halbwegs amüsiert. »Das ist der Kampftrecker von meinem Neffen. Er trägt damit Wettkämpfe aus. Ein Hobby.«
»Teures Hobby«, knurrte Knechtel sehr mißbilligend.
Sie gingen zum Wagen zurück, und Christian erklärte ihm, daß sein Neffe Automechaniker sei und alles selber bastle.
Der Revisor machte sich eine Notiz darüber. Aus unerfindlichen Gründen fragte er plötzlich nach Nick, so, als könne er nicht verstehen, daß der Neffe eines Barons Mechaniker ist.

Christian witterte eine Chance. Vielleicht konnte er den Eispanzer dieses Mannes mit einem Sozialdrama knacken. Während sie zu den Feldern fuhren, erzählte er ihm, daß Nick der Sohn seiner vor fünf Jahren verstorbenen Schwester sei. Seit dem Tod seiner Mutter lebe er bei ihnen, denn einen Vater gäbe es nicht. Das entsprach zwar alles den Tatsachen, war von Christian jedoch gefühlvoll, wie eine unendlich traurige Geschichte, vorgetragen worden.
»Jeder hat einen Vater«, sagte Knechtel, schon wieder völlig desinteressiert.
»Biologisch ja«, antwortete Christian sarkastisch, »aber amtlich, Herr Knechtel? Bürokratisch?«
Der Revisor ging nicht darauf ein.
»Wollen Sie noch mehr Familiengeschichten hören?«
»Nein, danke.«
Also kein Sozialdrama. Rentabilitätsprüfung! An Knechtel war nicht ranzukommen. Wie ein Automat registrierte er alles und machte sich seine Notizen. Unrentabel, ineffizient, zu wenig Profit. Christian konnte sich gut vorstellen, was da in dem Notizbuch stand.

Die Fahrt über die Felder war für den Baron von Frankenberg eine reine Streßtour. Der Revisor nahm seinen Vortrag über den ökologischen Landbau aufmerksam zur Kenntnis, schwieg und machte sich Notizen. Wenn er mal eine Frage stellte, bezog sie sich gezielt auf Ernteerträge und wirtschaftliche Erlöse. Christian hätte ihn erwürgen können.
Am Nachmittag inspizierten sie den Gutshof und die

anderen Ställe, den Maschinenpark und die Gewächshäuser. Knechtel blieb, wie er am Vormittag gewesen war: kalt, abweisend und nur an Zahlen interessiert. Zuletzt gingen sie noch zum Kavaliershaus. Katharina und Anna Janda renovierten dilettantisch daran herum, strichen Fensterrahmen und Türstöcke, aber es sah ziemlich grotesk aus. Das Gebäude war so heruntergekommen, daß die frische Farbe daran lächerlich wirkte. Katharina versuchte, ihm ihr Reiterhofprojekt ans Herz zu legen, erging sich in blumigen Schilderungen und verplapperte sich prompt, als sie erwähnte, daß man da noch investieren müsse. Es war ohnehin ein untauglicher Versuch, denn der Revisor verzog keine Miene.

»Interessant«, meinte er nur und machte sich eine Notiz.

Christian war klar, daß sich dieser Kommentar auf die Investitionen bezog.

Sie gingen wieder zum Schloß zurück, und Christian spielte seine letzten, so entsetzlich schwachen Trümpfe aus. Hanne hatte einen Jungschweinebraten mit Bierkruste bereitet. Aus einem kerngesunden, glücklichen Ökoschwein des Gutes Frankenberg. Da könnte sich dieser Knechtel davon überzeugen, was seine Methode wert war. Was Braten anging, war Hannes Kochkunst phänomenal.

»Nein, danke«, sagte der Revisor kühl auf die Einladung und blieb an seiner Limousine stehen. »Ich esse abends nie warm. Allerhöchstens eine Suppe.«

So siehst du auch aus, dachte Christian und versuchte, ihn von einer völlig naturbelassenen Frankenbergschen Gemüsesuppe zu überzeugen.
»Nein, danke!« Knechtel wurde ungehalten. »Wenn Sie jetzt so freundlich wären und mir die Bücher bringen. Ich warte hier.«
Christian ging, um die Bücher zu holen, und fragte sich, ob Erwürgen nicht eine viel zu schöne Todesart für dieses Monstrum wäre. Aber vorher wollte er es noch mit einer prächtigen, hausgeräucherten Frankenbergschen Schinkenseite probieren.
Als er mit den Büchern zurückkam, stand Knechtel immer noch in der gleichen Stellung neben dem Wagen. Wahrscheinlich hat er sich in der ganzen Zeit nicht bewegt, dachte Christian. Wenn er jetzt noch ein Bein einzieht, sieht er aus wie einer von diesen großen Vögeln. Der Name des Vogels fiel ihm im Moment nicht ein, aber er war sicher, daß es ein Aasfresser war. Wahrscheinlich mochte Knechtel überhaupt keinen Schinken.
Knechtel verstaute die Unterlagen auf dem Rücksitz und stieg ein.
»Moment noch!« rief Christian, denn Anna und Katharina schleppten gerade die große Schinkenseite heran. »Darf ich Ihnen eine Kostprobe unserer Schinkenproduktion ...«
»Nein, danke!« Knechtel warf einen angewiderten Blick auf den Schinken und startete seinen Wagen. »Das könnte als Bestechung gedeutet werden, Herr Baron von Frankenberg«, fügte er nach einer kleinen Pause kalt hinzu.

»Aber Herr Knechtel ...«, murmelte Christian vorwurfsvoll.
»Wiedersehen«, sagte der Revisor und fuhr ohne einen weiteren Blick davon.

14

Der Ehevertrag, den der Anwalt Lindenthal für ihn aufgesetzt hatte, lag noch immer wie Blei in Geyers Schreibtischschublade. Und in vierzehn Tagen sollte Hochzeit sein. Ihm war klar, daß er die Offenlegung des Vertrags nicht ewig hinauszögern konnte. Aber er hatte einfach noch nicht den Mut aufgebracht, Karin mitzuteilen, daß sie einen Vertrag über strikte Gütertrennung unterschreiben sollte. Das Problem drückte ihn von morgens bis abends und auch noch in der Nacht. Selbst der Sex mit Karin litt darunter, denn er war irgendwie gehemmt, verklemmt und fühlte sich einfach nicht danach. Auch seine Arbeit ging seit einer Woche total an ihm vorbei.

Als Ottfried mit einem geschäftlichen Fax in Geyers häuslichem Privatbüro erschien, saß sein Vater grübelnd am Schreibtisch. Das Fax nahm er zur Kenntnis, legte es dann aber achtlos zur Seite. »Ich muß was mit dir besprechen, Ottfried.«

Sein Sohn schwieg, blieb am Tisch stehen und sah abwartend auf ihn herunter.

»Ich war gestern beim Rechtsanwalt. Ich brauche deinen Rat.«

»Geht's ums Geschäft?«
»Nein.«
»Dann frag doch deinen Friseur«, sagte Ottfried ruhig. »Ich fahre zum Güterbahnhof. Und um drei kommt der Benzdorf. Wäre gut, wenn du bei der Besprechung dabei wärst. Ist ja schließlich dein Laden.« Er drehte sich um und verließ ohne ein weiteres Wort das Zimmer.
Mit Ottfried war anscheinend nicht mehr zu reden. Der sprach mit ihm nur noch übers Geschäft. Und an dieser Anna Janda schien er festzuhalten. Genaueres wußte er nicht, denn Ottfried redete ja nicht mehr über sein Privatleben. Was Karin betraf, hatte er kein einziges Wort mehr über sie verloren.
Ludwig Geyer starrte noch eine lange Minute mit verkniffenem Gesicht auf den Ehevertrag vor ihm. Dann schlug er mit der flachen Hand auf den Tisch. Jetzt! Sofort! Noch bevor sie wieder zum Friseur verschwand. Oder zur Schneiderin. Oder sonstwohin. Jetzt würde er mit ihr reden!
Als er aus seinem Büro ging, kam Karin gerade die Treppe aus dem ersten Stock herunter. Nervös, wie es schien. Im Salon war die Putzfrau zugange und saugte Staub.
»Ludwig, hast du meine Kreditkarte gesehen?« Karin ging ihm aufgeregt entgegen und wühlte dabei hektisch in ihrer Handtasche.
Er hatte ihre Kreditkarte nicht gesehen, und als er sie so ansah, wäre er am liebsten wieder zurück in sein Büro gegangen, ohne ihr den Vertrag zu zeigen.
»Kannst du mir mal etwas Geld geben?«

»Natürlich.« Er zog einen Fünfhundertmarkschein aus der Brieftasche. »Reicht das?«
»Ja, danke. Ich hab ja noch das Scheckheft.« Sie hastete zur Tür.
»Moment, Karin, ich muß mit dir reden.« Geyer hielt dabei ganz unbewußt den Ehevertrag in die Höhe.
»Muß das jetzt sein?« rief Karin nervös und fahrig. »Ich muß zur Schneiderin! Und dann zum Friseur! Sind die Einladungen schon raus?!«
Geyer ging hinüber und hielt sie am Arm fest. Jetzt oder nie. »Hier. Lies dir das mal in Ruhe durch.« Er zögerte und schickte die Putzfrau mit einem Wink hinaus.
Karin wurde stutzig. »Was ist denn das?«
»Ein Ehevertrag«, antwortete Ludwig Geyer schlicht.
»Ein was?« Karin war plötzlich ganz ruhig.
Geyer legte ihr die Hand auf den Rücken und geleitete seine Verlobte zu einem Sessel. »Hier, lies dir das mal durch«, murmelte er fast beschwörend.
Karin las. Geyer ging neben ihrem Sessel nervös auf und ab. Nach der ersten Seite ließ Karin die Blätter sinken.
»Soll das ein Witz sein?« Sie sprang wütend auf und wedelte mit dem Vertrag durch die Luft. »Kurz vor der Hochzeit willst du, daß ich das da unterschreibe?«
Geyer sah an ihren Augen, daß sie tatsächlich zutiefst verletzt war. Erst versuchte er, seinen Anwalt zu bezichtigen, versuchte, ihn als eigentlichen Urheber und Schuldigen darzustellen. Er wollte ihr die Normalität eines solchen Vertrags erklären, gerade bei

Geschäftsleuten sei das ja so üblich und ganz besonders normal – aber Karin wollte das überhaupt nicht hören. Sie war durch Geyers Mißtrauen tatsächlich zutiefst verletzt, denn Verwundbarkeit ist kein Privileg der wahrhaft Reinen und Guten.

Sie warf den Vertrag auf den Tisch und schrie: »Es ist mir völlig egal, was dein Anwalt sagt! Heiraten bedeutet für mich immer noch, alles gemeinsam zu machen und nichts, gar nichts anderes!« Sie wandte sich ab und ging die Treppe hinauf in ihr Ankleidezimmer.

Geyer lief lamentierend hinter ihr her; er sprach von Vorsorge, man wisse ja nie, von seinen Verpflichtungen seinem Sohn gegenüber. Und schließlich, meinte er, sollte auch bedacht werden, daß eine Ehe nicht immer gutgehen müsse …

Vor der Tür ihres Zimmers blieb Karin stehen und sah ihn verächtlich an. »Genau, Ludwig. Und deswegen wollen wir gar nicht erst heiraten.«

Geyer machte ein ausgesprochen dummes Gesicht.

»Ich weiß«, fügte sie mit einem traurigen Lächeln hinzu, »dein Anwalt hat dich zur Gütertrennung gezwungen. Armer Ludwig. Wahrscheinlich hat er dich foltern müssen.«

Sie öffnete die Tür, ging hinein und knallte sie ihm vor der Nase zu.

Geyer wagte nicht anzuklopfen. Er ging resigniert die Treppe hinunter, setzte sich in einen der schweren Ledersessel seines Büros und goß sich nachdenklich einen alten Scotch, Highland Malt, aus einer Karaffe ein. Die Tür hatte er offengelassen, damit er hören

konnte, was im Haus vor sich ging. Wahrscheinlich kam Karin bald wieder runter. So ein Ehevertrag war ja nicht die Welt. Darüber konnte man reden. Aber er mußte sich ja irgendwie absichern. Oder nicht? Er war Geschäftsmann, ein vermögender Geschäftsmann. Da war das so üblich.
Geyer grübelte etwa eine halbe Stunde, doch er drang nicht an den Kern des Problems vor. Er begriff nicht, daß erstens der Zeitpunkt falsch gewählt war, wenn er schon einen Ehevertrag präsentieren wollte, und zweitens und noch viel wichtiger, daß es tatsächlich eine grundlegende Vertrauensfrage war, ein Angriff auf die Seele und den Charakter von Karin Riedel. Eine demütigende Unterstellung. Da er das noch nicht begriffen hatte, als sich im ersten Stock eine Tür öffnete, sprang er erleichtert auf und ging in die Diele.
Karin kam mit zwei kleinen Reisetaschen die Treppe herunter und erlaubte ihm nicht einmal, eine ihrer Taschen zu tragen. Alles Lamentieren, alles Beschwören und Beschwichtigen prallte an ihr ab. Sie ging unter Geyers Gezeter zu ihrem Porsche, warf die Taschen hinein, stieg ein und startete sofort den Motor.
»Karin! Sei vernünftig!« schrie Geyer, und Gott allein mag wissen, was er damit wohl meinte. Geyer wußte es in diesem Moment jedenfalls selbst nicht. Er sagte einfach nur irgendwas, denn ihn hatte plötzlich die reinste Panik erfaßt. Karin wollte ihn tatsächlich verlassen! Nicht mal im Traum hätte er das für möglich gehalten. Dazu war sie doch viel zu vernünftig.

Er stand schwer atmend neben dem Wagen, eine Hand auf dem Sturzbügel des Cabrios.
Karin schenkte ihm nur einen einzigen enttäuschten Blick. »Laß gut sein, Ludwig. Ich habe verstanden. Wo kein Vertrauen ist, da ist auch keine Partnerschaft.«
Sie gab urplötzlich Gas und schoß mit quietschenden Reifen aus dem Hof der Villa Geyer.
Ludwig Geyer lief dem Wagen hinterher. So desolat war sein Zustand, daß er das Lächerliche dieser Handlung gar nicht bemerkte.
Dieser Tag war für ihn gelaufen. Den Geschäftstermin mit diesem Benzdorf, oder wie er auch immer hieß, sagte er telefonisch ab. Die Putzfrau war weg, Ottfried kümmerte sich ums Geschäft, und es war sehr still in der Villa Geyer.
Er stand unschlüssig und angespannt am Fenster des Salons, starrte in den Garten, trank inzwischen das fünfte Glas Scotch und hörte auf die Stille um sich. Dann ging er zur Stereoanlage und suchte lange in den CDs herum. Schließlich schob er eine Scheibe von Bob Marley in den Player und drehte die Lautstärke auf. Reggae, dachte Geyer, gute Musik. Er versuchte sich im Rhythmus zu wiegen, aber es ging nicht so recht. Einmal war er auf Jamaica gewesen, im Urlaub. Phantastisch. Die Palmen, die Musik, die Drinks und das Meer. Dahin hätte, seiner Vorstellung nach, die Hochzeitsreise gehen sollen. Er und Karin unter den Palmen, im Mondschein, kein Mensch weit und breit, die Brandung rauschte, und sie lagen im warmen Sand. Er fühlte förmlich Karins

heiße, braune Haut, und er roch ihr schweres Parfum, das sich mit dem Geruch des Meeres mischte, den der Wind von der Brandung herüberwehte.
Ludwig Geyer nahm einen großen Schluck Scotch.
Und jetzt?
Auf einmal erschien ihm die Musik so ungeheuer laut, das Gegröle von diesem Marley so unerträglich, daß er mit einem Sprung an der Anlage war und abschaltete.
Jetzt? Jetzt war alles kaputt. Karin war weg. Und er war schuld, daß sein alter Schulfreund Christian ruiniert war.
Er könnte ja hingehen und vor seiner Nase ein Golfhotel aus seinem Schloß machen. Dem angestammten Schloß seiner Väter.
Geyer machte es sich mit der Karaffe auf der Couch bequem. Florian Geyer, das war auch ein Ritter! Sein Vorfahr! Wahrscheinlich. Man konnte nicht einfach so mir nichts, dir nichts alte Ritterschlösser in Golfhotels umwandeln!
Geyers Gedanken wurden langsam und träge, er dachte noch eine Weile über Ritterschlösser und Golfhotels nach, dachte an Karins duftende braune Haut unter dem Mond am rauschenden Strand von Jamaica. Morgen nachmittag habe ich einen Banktermin bei Kalb, war das letzte, was er dachte.

Der nächste Morgen fand ihn mit einem respektablen Kater, den er mit zwei Aspirin und einem Liter Mineralwasser bekämpfte. Nachdem das Zeug gewirkt hatte, war zwar der Brummschädel weg, aber gegen seine seelische Schräglage half das wenig. Also ging er in seine Firma, um sich mit Arbeit zu betäuben. Er ließ seine Sekretärin die Geschäftsbriefe zweimal schreiben, weil sie ihm nicht gefielen, nörgelte am Kaffee herum und dachte gerade daran, in die Hallen zu gehen und den Angestellten Beine zu machen, als Bissinger erschien.

Er steckte sein Rattengesicht durch den Türspalt und schien erstmal zu wittern. Dann kam er ganz herein.

»Hallo, Herr Geyer! Störe ich?«

Geyer wies seine Sekretärin unwirsch an, den zweiten Brief noch einmal zu schreiben, und die Vorzimmerdame rauschte mit rotem Kopf und unverhohlener Wut aus dem Chefbüro. An der Tür blieb sie stehen und drehte sich um. »Vergessen Sie nicht«, zischte sie, »Sie müssen noch ein paar Papiere in der Bank unterschreiben! Den letzten Termin haben Sie ja schon verpaßt!« Sie knallte die Tür hinter sich zu.

Bissinger grinste breit.

»Was gibt's denn?« fuhr Geyer ihn an.

»Gute Nachrichten. In ein paar Wochen sind Sie Schloßbesitzer.«

»Was heißt das?« Er wußte genau, was das hieß, und am liebsten hätte er dem Rattengesicht eine reingehauen.

»Na, der Revisor soll heute mit seinem Bericht fertig sein, hör ich so.«

»Das interessiert mich nicht mehr.« Er fixierte Bissinger mit unverhohlenem Abscheu.

»Was? Wie bitte? – Ja, was sagt denn Ihre Verlobte dazu?«

»Das geht Sie einen Dreck an!« schnauzte Geyer. Bissinger reichte diese Behandlung, und er schlug einen scharfen Ton an. Diesen Tölpel hier mußte man wohl anders anfassen. »Sie sind vielleicht witzig! Erst setzen Sie alle Hebel in Bewegung, um an Frankenberg ranzukommen, und jetzt, wo ihr angeblicher Freund so gut wie ruiniert ist, machen Sie einen Rückzieher! So geht's aber nicht!«
Geyer stand ruckartig auf und ging zur Tür. »Eben. So geht's nicht. Der Frankenberg ist ein Freund von mir. Ich habe mich da von Ihnen in etwas hineinreiten lassen, was mir von Anfang an nicht geschmeckt hat. So!« Er öffnete die Tür. »Und jetzt raus hier!«
»Das wird Ihnen noch leid tun!« zischte Bissinger und stürmte hinaus.
»Ach, rutsch mir doch den Buckel runter«, brummte Geyer und schloß die Tür. Den war er hoffentlich los. Aber Christian war ruiniert, und er konnte nichts mehr dagegen tun. Der Revisor würde seinen Bericht an die Bank in Frankfurt schicken, und damit war der Fall erledigt.
Er ging mißmutig zur Bank, um ein paar Papiere zu unterzeichnen, die ihm wieder einen Haufen Geld einbringen würden, aber er hatte heute keinen wirklichen Spaß daran.

15

Am Abend dieses Tages saß der Baron von Frankenberg bedrückt in seinem Arbeitszimmer. Heute oder morgen mußte der Revisor mit seinem Bericht fertig sein. Er hatte in den letzten Tagen mehr Zeit als sonst an seinem Schreibtisch verbracht, er hatte tatsächlich stundenlang gerechnet, und das Ergebnis war alles andere als erfreulich. Wenn man die ethische Seite einmal wegließ, hatte der Revisor durchaus recht. Frankenberg war ein unrentabler Betrieb. Mit Giftdünger und Massentierhaltung wäre es ein rentabler Betrieb. So sah das aus. Die einzige Möglichkeit, Frankenberg zu erhalten, war eine Vergrößerung der Anbaufläche, dann würde sich der Landbau rentieren. Auch ohne Gift, denn er würde für seine sauberen Produkte hohe Erlöse erzielen. Also Land kaufen. An diesem Punkt seiner Überlegungen holte ihn die Realität immer wieder ein. Denn in Wirklichkeit konnte er kein Land kaufen. Er würde im Gegenteil eine ganze Menge verkaufen müssen, um die Hypotheken zu bezahlen.

Durchs Fenster drang das Geräusch eines Autos und das Knirschen von Kies. Christian ging zum Fenster

und sah hinaus. Es war Geyer. Der hatte sich schon lange nicht mehr sehen lassen.
Sie begrüßten sich freundschaftlich, aber doch ziemlich distanziert. Geyer druckste herum, grinste dann und zog ein Papier aus der Tasche. Es war der Bericht des Revisors. Er sei gerade in der Bank bei Kalb gewesen, als der Bericht per Fax hereinkam. Und er hatte es sich nicht nehmen lassen wollen, ihn persönlich zu überbringen. In letzter Zeit hätten sie sich ja nicht so recht verstanden. Er drückte Christian das Papier in die Hand.
Christian las und sank fassungslos auf den nächsten Stuhl im Salon.
Geyer beobachtete ihn und grinste über sein ganzes breites Gesicht.
»Charlotte!« schrie Christian. »Champagner!« Der Bericht war positiv. Nicht nur positiv, er war gewissermaßen eine Eloge auf das Gut Frankenberg und auf seine ökologischen Methoden. Durchdachtes Konzept. Vielversprechende Entwicklung absehbar. Und anderes mehr.
Charlotte kam mit dem Champagner und drei Gläsern aus der Küche. Als sie von Christian die frohe Botschaft hörte, fiel sie ihm lachend um den Hals. »So ein Wahnsinn! Ein durchdachtes Konzept! Wie hast du denn das gemacht?«
Christian verbat sich die Ironie und sonnte sich im Glanze ihrer Bewunderung. Er selbst hatte nicht den Eindruck gehabt, daß dieser Knechtel irgendein gutes Haar an Frankenberg lassen würde. Und jetzt übertrieb er es sogar mit dem Lob. Denn so vielver-

sprechend, wie der Revisor behauptete, konnte die Entwicklung erst sein, wenn er die Anbaufläche vergrößern könnte.
Die Frankenbergs und ihr Freund Ludwig Geyer stießen mit Champagner auf Frankenberg an.
Geyer freute sich wirklich, aber er wurde den Gedanken nicht los, daß er hier eigentlich als Wolf im Schafspelz saß. Als Verräter. Als Charakterschwein. Christian durfte nie erfahren, daß er den ganzen Ärger ihm zu verdanken hatte. Aber warum sollte er es denn erfahren? Geyer wischte den Gedanken zur Seite. Er hatte Frankenberg nicht ruiniert! Aber nicht mal das war sein Verdienst. Christian hatte einfach nur Schwein gehabt. Und er eigentlich auch.
Die Frankenbergs waren zu glücklich, um etwas von der Zerrissenheit ihre Freundes zu spüren. Charlotte stieß zum zweitenmal mit Geyer an. »Ich freue mich ganz besonders, daß gerade du uns die Nachricht gebracht hast, Ludwig. Ich fand es wirklich schade, daß wir uns in der letzten Zeit etwas aus den Augen verloren haben.«
»Na ja, ich habe gehört, daß ihr ein paar Schwierigkeiten habt. Da dachte ich, schau doch mal vorbei, vielleicht muß er ja was verkaufen. Das Schwert vielleicht.« Er deutete auf die alte Ritterrüstung, und alle lachten.
Die Freunde Christian und Ludwig blödelten eine Weile über Geyers angeblichen Rittervorfahren Florian und dessen angebliches Schwert, aber Christian blieb stur: Das Schwert gehört zu Frankenberg.

Schon mindestens fünfhundert Jahre. Auch Charlottes gutes Zureden half da nichts.
Geyer blieb noch eine Weile, und es wurde ein schöner Abend. Bis Charlotte nach Karin fragte.
Geyer erzählte, daß sie ihn wegen des Ehevertrags verlassen hätte. Aber sie dürften es niemandem sagen.
»Sie wird zurückkommen«, prophezeite Charlotte und drückte spontan seinen Arm. »Sie hängt an dir.«
Geyer blickte sie dankbar an, mochte es aber nicht recht glauben, und seine gute Stimmung war auf einmal beim Teufel. Er verabschiedete sich etwas überhastet.
Christian brachte ihn noch zum Wagen. Geyer ging schweigend neben ihm her. »Wenn's einem schlecht geht«, sagte er unvermittelt, »merkt man erst, wie wichtig es ist, daß man Freunde hat.«
»Zu uns kannst du jederzeit kommen, Ludwig.«
Geyer wußte, daß sein Freund das genau so meinte, wie er es sagte. »Das ist ein schönes Gefühl ... Ihr habt schon ein Riesenglück, ihr beiden. Zu deiner Frau kann man dir nur gratulieren.«
»Tja, weißt du«, erwiderte Christian leicht bewölkt, »Charlotte geht's nicht so gut, zur Zeit. Sie überspielt das nur gut.«
Geyer sah ihn fragend an, und Christian erzählte ihm, daß Charlotte unbedingt eine Arztpraxis haben wollte. Das sei der Traum ihres Lebens. Aber die Praxis von Doktor Hauser sei viel zu teuer. Nicht einmal, wenn sie nur ein paar tausend Mark kosten würde, ginge das.

Geyer stieg in seinen Wagen. »Lebenstraum? – So was darf man nicht aufgeben. Ihr werdet das schaffen, Christian. Nur nicht aufgeben. – Mach's gut.« Er zwinkerte ihm verschwörerisch zu und fuhr los.
Christian sah ihm nach, bis die Rücklichter in der Ausfahrt verschwanden. Der hatte gut reden. Aber unsere Freundschaft, dachte Christian, die ist heute erneuert worden. Eine ganze Weile war er wirklich komisch, aber jetzt schien er wieder der alte Ludwig zu sein.

Christian ging langsam ins Schloß zurück. Charlotte war inzwischen in der Küche und trank mit Hanne und Ludolf Champagner. Er beobachtete sie einen Moment durch die offene Küchentür. Obwohl Charlotte auf ihren Lebenstraum verzichten mußte, war sie heute fröhlich und ausgelassen, weil Frankenberg vorerst gerettet war. Christian war ihr sehr dankbar dafür, daß sie so glücklich darüber war. Und wenn er gekonnt hätte, dann hätte er ihr eine ganze Klinik geschenkt.
Er ging wieder zurück in den Salon. Es war eine warme Nacht, und die Flügel der Terrassentür waren weit geöffnet. Christian fühlte sich prächtig. So ungefähr, dachte er, muß sich der Beckenbauer gefühlt haben, als er 1990 in Rom allein am Mittelkreis herumspaziert ist. Er nahm sein Glas, und in Ermangelung eines Fußballstadions ging er mit dem Champagner langsam auf die Terrasse hinaus. Er setzte sich auf die Treppenstufen und stellte das Glas neben sich ab. Im Osten war der Vollmond aufgegangen

und hing jetzt tief und rötlich über dem Gutshof. Am entfernten Ende des Parks schimmerte der Schloßteich durch die Bäume. Aus der Küche klangen Stimmengewirr und Gelächter. Was für eine Nacht, dachte Christian. Er atmete ganz tief ein und ließ die Schultern in völliger Entspannung durchhängen. Was für eine wunderbare Nacht! Er straffte sich wieder, streckte seine Schultern, bis die Gelenke knackten, und trank einen Schluck Champagner. Dieser Revisor Knechtel – was für ein ungeheuerlicher Witzbold! Ein geradezu dämonischer Charakter. Ein als Aasgeier verkleideter Samariter. Ein höllischer Clown, gewissermaßen. Führte sich auf, als sei er der Exterminator der Finanzmafia, und dann schrieb er ein Gedicht auf den ökologischen Landbau.
Christian lachte belustigt auf. Bei so einem konnte man sich noch nicht mal bedanken. Der würde ihn nur aus seinen Vogelaugen anstarren. Er erinnerte sich daran, daß dieser Mensch auch nicht ein einziges Mal den Anflug eines Lächelns gezeigt hatte. Dieser Erich Knechtel hatte ihnen eine zweite Chance verschafft. Denn trotz Vollmond, Champagner und Gelächter blieb es eine Tatsache, daß ihn irgend jemand ruinieren wollte. Er mußte also unbedingt finanziell auf die Beine kommen. Wie leicht er Frankenberg verlieren konnte, hatte er jetzt gesehen.
Trotzdem, es war eine wunderbare Nacht. Christian ließ das Champagnerglas auf der Terrasse stehen und ging ins Schloß. Er hatte jetzt Sehnsucht nach Charlotte.

16

Die Zeit der Ernte kam allmählich heran, und die Weizenfelder um Frankenberg glänzten golden in der Augustsonne. Der Baron und sein Verwalter bastelten an dem alten und einzigen Mähdrescher herum, aber ihre Kenntnisse auf dem Gebiet der Landmaschinenreparatur waren nicht ausreichend und die Maschine schon zu verrottet. Mal streikte der Motor, und das Ding fuhr überhaupt nicht, mal fuhr es, aber dann arbeiteten die Erntemesser nicht.

Karl Janda kroch fluchend unter dem Mähdrescher hervor, stand auf, warf den Hammer auf den Boden und wischte sich den Schweiß von der Stirn. »Das ist zwecklos. Hat keinen Sinn.« Es war nicht nur der Mähdrescher, der ihn ärgerte, es war auch die Anwesenheit von Ottfried Geyer, der drüben am Verwalterhaus wieder um seine Tochter herumscharwenzelte.

Christian stand grübelnd neben der Maschine. »Ich habe eine Idee, Karl. Wir fahren mit dem Ding nach Rothenburg zu Nick in die Autowerkstatt. Vielleicht kann der das ja reparieren. Muß er sogar. Ohne die Maschine können wir den Weizen nicht ernten.«

Janda war wenig begeistert von der Vorstellung, mit

der riesigen Maschine in die Stadt zu fahren, aber Christian saß schon hinter dem Steuer und ließ den Motor an. »Los, Karl! Jetzt werden wir mal so'n richtiges Verkehrschaos verursachen!«

Der Verwalter stieg seufzend auf. Christian donnerte mit dem Ungetüm quer über den Hof zur Ausfahrt und lachte dabei. »Yiiipeee!!« brüllte er und hätte in der Ausfahrt beinah seine Tochter Katharina überfahren, die auf ihrem geliebten Turnierpferd Halunke vom Training kam. Er winkte ihr nur entschuldigend zu, denn Rufen hatte bei dem Höllenlärm des Dieselmotors keinen Sinn.

Katharina beruhigte das scheuende Pferd und sah ihnen kopfschüttelnd nach. Manchmal war ihr Vater ein richtiger Kindskopf! Sie ritt zum Stall und kümmerte sich fürsorglich um das Tier. Sie rieb Halunke ordentlich ab, striegelte ihn und versorgte ihn dann mit allem, was ein Pferd liebt.

Halunke war ein erstklassiges Reitpferd, und noch wichtiger war: Sie verstanden sich gut. Sie hatte dem Tier viel beigebracht, hatte es mit unendlicher Geduld regelrecht davon überzeugt, daß es ein Springpferd sei. Jetzt reagierte Halunke auf jeden Schenkeldruck von ihr, und am Hindernis war er fast schon perfekt. In den paar Wochen, die ihr noch bis zum Turnier in Ansbach blieben, würde sie notgedrungen weniger für die Schule büffeln als trainieren. Sie schlang die Arme um den Hals des Tieres und drückte es liebevoll. Halunke erwiderte die Zärtlichkeit und stieß sie mit dem Maul sanft in die Rippen. »Wir sind ein unschlagbares Team,

Halunke!« lachte sie und lief aus dem Pferdestall.
Vor dem Verwalterhaus putzten Eva und Anna Janda Gemüse, und Ottfried war natürlich auch da. In letzter Zeit sah man ihn ziemlich oft. Und Anna war so glücklich! Ottfried habe ihr so was Ähnliches wie einen Heiratsantrag gemacht, nicht so richtig zwar, aber sie wäre seine große Liebe, hatte sie ihr erzählt, von Freundin zu Freundin. Katharina winkte hinüber. Dann ging sie ins Schloß, um ihre Kleidung zu wechseln. Heute kam Lissy aus München, und da wollte sie nicht wie Aschenbrödel aussehen. Das Getue um ihre ach so schöne und kluge ältere Schwester ging ihr nämlich manchmal ganz schön auf die Nerven.

Anna Janda war tatsächlich sehr glücklich seit diesem Abend, den sie mit Ottfried auf einer Wiese unter dem Sternenhimmel verbracht hatte. Ottfried wollte sie gerade wieder abholen, um mit ihr auszugehen, aber das ging nicht, denn sie hatte zu tun. Ottfried fügte sich brav und half ihr beim Kartoffelschälen.
Eva Janda, die Mutter, sah den jungen Geyer gern, im Gegensatz zu ihrem Mann. Er machte einen anständigen Eindruck. Ganz anders aber sah das ihr Mann! Eine Katastrophe! Karl traute ihm nicht über den Weg. Für ihn war er nur ein reicher Pinkel, der sich an seiner Tochter zu schaffen machte. Gnade ihr Gott, wenn sie Schande über uns bringt! Das hatte er schon ein paarmal gesagt, wenn sie abends vor

dem Fernseher saßen und Anna mit Ottfried in der Disko war. Aber Anna war ein vernünftiges und anständiges Mädel. Sie war ein gutes Kind. Sie würde vor der Ehe keinen Unsinn machen. Dazu kannte sie ihre Tochter viel zu gut.

Lissy von Frankenberg kam diesmal ohne ihren Yuppiefreund aus München. Dafür brachte sie aber ein anderes Problem mit. Sie wollte Halunke, der ja eigentlich ihr Pferd war, verkaufen und sich von dem Geld ein eigenes Auto leisten.
Als sie Charlotte in der Küche von ihrem Plan erzählte, blickte sich ihre Mutter nervös um und schloß sofort die Küchentür. Katharina durfte das nicht hören, sonst gäbe es augenblicklich einen Riesenkrach. Die Idee mit dem eigenen Auto gefiel Charlotte sehr gut, denn dann würde sie ihre Älteste öfter sehen. Und sie war ohnehin dagegen, daß Katharina an diesem Reitturnier teilnahm. Es erschien ihr viel zu gefährlich. Katharina würde völlig ausflippen, wenn sie von dem geplanten Verkauf erfuhr, und im Ausflippen war Katharina unschlagbar. Lissy versprach, ihrer Schwester nichts davon zu sagen, denn sonst könnten sie dieses Wochenende schon jetzt abhaken. Man würde es ihr schonend beibringen, wenn sie wieder abgereist war.
Katharina kam in die Küche, umarmte ihre Schwester und lud sie zum Reiten ein. Lissy sagte sofort zu, und die beiden Mädchen verschwanden Arm in Arm.
»Schön, daß sie sich so gut verstehen«, sagte Char-

lotte zu Hanne, die gerade dabei war, einige Hühner für das Abendessen vorzubereiten.
»Manchmal fliegen aber auch gewaltig die Fetzen zwischen den jungen Damen«, meinte diese, »und wenn Katharina von dem Verkauf erfährt, dann möchte ich nicht unbedingt in ihrer Nähe sein.«
»Sie wird es akzeptieren müssen. Lissy hat Halunke von meinen Eltern zu ihrem sechzehnten Geburtstag bekommen. Katharina hat ja Queenie.«
»Queenie springt aber nicht so gut«, antwortete die Haushälterin und hatte das Problem damit auf den Punkt gebracht.
»Sag mal, Hanne, sind vier Hühner nicht zuviel? So große Esser sind sie ja alle nicht.«
»Kommt drauf an, wer kocht«, antwortete die Haushälterin sarkastisch, »was hast du denn heute vor?«
»›Coq au Riesling‹«, verkündete die Baronin stolz.
»Was?« Hanne blickte erschrocken auf. Schon wieder so etwas, was kaum einer kannte und wahrscheinlich gar keiner essen wollte. Außer Erich natürlich. Dem Hund grauste aber auch vor gar nichts.
»Hahn in Weißwein. Ein elsässisches Gericht. Schmeckt großartig!«
Hanne verzichtete weise auf eine Antwort, und Charlotte begann mit dem Studium des Kochbuchs. Einfach war das Rezept nicht gerade, aber sie hatte ja Gott sei Dank schon einige Erfahrung in der französischen Küche.

Nick von Frankenberg war wie elektrisiert, als er erfuhr, daß Lissy heute ohne ihren Lackaffen gekommen war. Vielleicht hatte sie ihn ja auch schon ganz zum Teufel gejagt, diesen schleimigen Idioten mit seinem Wetgel in den Haaren. Der Kerl sollte sich eine von diesen Schicki-Micki-Tussis aus München angeln. Wahrscheinlich war es auch nur eine momentane Geschmacksverirrung von Lissy. Jedenfalls würde er den Kampf um sie aufnehmen. Egal gegen wen. Er raste in sein Zimmer und brauchte besonders lange, um sich umzuziehen, denn nichts erschien ihm heute gut genug.

Als Katharina und Lissy in den Gutshof ritten, lungerte der junge Frankenberg ganz zufällig bei den Pferdeställen herum.

»Hey, Nick!« Lissy lachte ihren Cousin an und stieg vom Pferd.

Nick spürte regelrecht, wie er einen roten Kopf bekam. »Tag, Lissy! Du siehst mal wieder klasse aus!«

Auf Nicks Kompliment an ihre Schwester hin verzog Katharina das Gesicht, als hätte sie in eine ganz besonders saure Zitrone gebissen. »Das hat sie heute schon öfter gehört.« Das war nicht freundlich, entsprach aber den Tatsachen. Sie hatten ihren Vater und Karl Janda auf den Feldern getroffen, und selbst der ansonsten eher wortkarge Karl hatte seinen Hut gezogen und dummes Zeug über Lissys Aussehen dahergeplappert.

Lissy hielt ihr die Zügel hin. »Nimmst du bitte Queenie mit?«

»Ich bin doch nicht dein Stallbursche!« fauchte Katharina, zog dann aber mit beiden Pferden ab.

Nick nahm das nur am Rande war, er hatte nur

Augen für Lissys berauschende Schönheit. Er würde um Lissy kämpfen!
Das war aber gar nicht nötig. Lissy von Frankenberg nahm ihn zur Seite und erklärte ihm, wie sehr sie ihn mochte. Aber nicht mehr als das. Cousin und Cousine, und damit basta.
Nicks verletzte Eitelkeit ließ ihn anfangs aufbegehren, doch er mußte sich wohl oder übel fügen. Sollte sie es doch mit ihrem Lackaffen treiben. Er konnte warten. Vielleicht zählten innere Werte auf die Dauer doch mehr als Sportwagen und Luxusrestaurants.

Die Familie aß Charlottes »Coq au Riesling« ohne großes Murren. Außer, daß wohl zuviel Wein in der Sauce war und dafür viel zu wenig Pfeffer, und dies und das. Ludwig Geyer, der auch zum Abendessen eingeladen war, verstieg sich zu der Bemerkung, daß das Essen sehr interessant sei, und seit Karin ihn verlassen hatte, gäbe es zu Hause nur noch Dosenfutter.
Trotzdem blieb eine ganze Menge »Coq au Riesling« übrig, und der Hund Erich gierte schon im Speisezimmer herum.
Charlotte bedankte sich für die zweifelhaften Komplimente, denn sie hatte schon entschieden Schlimmeres gehört.
Geyer gedachte die Unterhaltung ein wenig in Schwung zu bringen. Er machte Lissy ein blumiges Kompliment, redete von Schönheit und erwachender Fraulichkeit und konnte sich kaum mehr einkriegen vor lauter Süßholzraspelei.

Katharina konnte diese scheinheiligen Lobeshymnen nicht mehr hören. »Schon wieder redet da einer, als sei die Lissy ein Engel! Sagt mal – sehe ich eigentlich aus wie ein Putzeimer?«
Charlotte lachte. »Du bist genauso schön, Katharina. Lissy ist nur … nun ja … schon etwas fraulicher.«
»Ach, du meinst hier?« Sie griff sich mit beiden Händen an ihren kleinen sprießenden Busen. »Hab ich alles. Ich zeig's aber nicht so her.«
»So genau wollten wir das gar nicht wissen«, antwortete Charlotte tadelnd.
Ludolf nahm die Weinkaraffe und bot Lissy, deren Glas leer war, Wein an.
»Ich auch!« Katharina hob ihr leeres Mineralwasserglas und sah Ludolf auffordernd an.
»Aber du trinkst doch nur Wasser!« sagte Hanne erstaunt.
»Ab heute nicht mehr!« rief Katharina schnippisch, und Ludolf goß mit indigniertem Gesicht Wein in ihr Wasserglas.
Trotz Katharinas Zickigkeit wurde es ein schöner Abend, und als Christian Ludwig Geyer zu seinem Wagen brachte, hatte er das tiefe und befriedigende Gefühl, einen echten Freund bewirtet zu haben.

Am nächsten Nachmittag fuhren die jungen Leute mit Ottfrieds Straßenkreuzer zur Kirmes nach Rothenburg. Katharina war auch dabei, fühlte sich aber zunehmend als fünftes Rad am Wagen, denn Ottfried hatte natürlich nur Augen für Anna, und Nick flatterte die ganze Zeit nur um ihre Schwester herum, die in ihrem neuen Kleid wirklich aufregend aussah, wie sie sich widerwillig eingestehen mußte. Und ihr dämlicher Cousin schien einfach nicht begreifen zu wollen, daß er bei Lissy keine Chancen hatte! Für sie allerdings hatte er nicht mal einen Blick übrig. Wahrscheinlich hielt er sie für einen Jungen. Ein echter Trottel, dieser Nick.

Als die Herren dann ihren Damen auch noch Lebkuchenherzen kauften und sie leer ausging, war ihre Stimmung endgültig im Keller. »Du hättest eben einen Freund mitbringen sollen«, witzelte Lissy nicht ohne einen gewissen Spott.

»Du weißt genau, daß ich … ach was, du kannst mich mal!« fauchte Katharina und drehte ihr den Rücken zu.

Lissy schüttelte nur den Kopf und ging dann mit Nick lachend und blödelnd zu einem Stand, um ein paar Bissen Essen zu besorgen. Katharina stand unschlüssig neben Ottfried und Anna. Ihre schlechte Laune war selbst für die beiden Verliebten nicht mehr zu übersehen.

»Sag mal, habt ihr wegen dem Pferd so einen Streß?« fragte Ottfried naiv. Natürlich wußten alle bis auf Katharina, daß Lissy Halunke verkaufen wollte.

Anna gab Ottfried heimlich einen Stoß in die Rippen. Aber der junge Geyer hatte heute eine ziemlich lange Leitung und sah Anna befremdet an. »Was solln das? Ich find's ehrlich gesagt auch beschissen, daß Lissy ihren Zossen verkloppen will.«

»Wie? Was? Wen verkloppen? – Halunke?« Katharinas Stimme wurde immer schriller.

»Hat Nick mir erzählt. Sie will sich dafür ein Auto kaufen.«
»Du Idiot!« zischte Anna ihren Geliebten an.
Katharina blickte ungläubig zwischen beiden hin und her. Wahrscheinlich machten sie Blödsinn. Aber im Gesicht ihrer Freundin Anna konnte sie die Wahrheit lesen.
»Danke, Anna. Bist echt 'ne super Freundin.« Es zuckte in ihrem Gesicht, sie drehte sich um und lief davon.
Als Lissy von Ottfrieds Dummheit erfuhr, war sie bestürzt. Alle drei schimpften auf Ottfried ein, der gar nicht so recht wußte, wie ihm geschah. Sie hätte es ja ohnehin erfahren, verteidigte er sich, und was hätte es geholfen, wenn nicht er, sondern die Mutter es ihr gesagt hätte? Und warum hatte sie, Lissy, es ihr nicht selbst gesagt? Zu feige, was?
Die Kirmesstimmung war jedenfalls hinüber.

Charlotte und Christian hatten es sich in Liegestühlen auf der Terrasse bequem gemacht, froh darüber, daß die lärmigen jungen Leute weg waren, und genossen die Ruhe und den Frieden des Nachmittags.
Charlotte ließ ihr Buch sinken. »Schön, mal allein zu sein.«
»Gefällt mir auch sehr gut«, schmunzelte Christian. »Sag mal, wie wäre es, wenn wir beide mal Ferien machen würden? Wir beide ganz allein.«
»Herrlich! Wann geht's los?«

Das war die entscheidende Frage, und als sie darüber nachdachten, stellten sie fest, daß es so problematisch war wie immer. Die Ernte stand ins Haus, Justus würde bald aus dem Ferienlager zurückkommen und überhaupt und sowieso. Im Moment ging's wohl nicht.
»Nächstes Jahr«, versprach Christian hoch und heilig, »nächstes Jahr fahren wir weg. Südfrankreich oder Spanien … oder …«
»Portugal!« sagte Charlotte entschieden. »Es muß Portugal sein!«
Christian nahm ihre Hand und küßte sie. Ja. Portugal. Dahin hatten sie damals ihre Hochzeitsreise machen wollen, aber dann waren sie doch ganz woanders gelandet.
Er lehnte sich wieder in seinen Liegestuhl zurück, dachte an die wunderbare Liebe, die sie schon seit zwanzig Jahren verband, und wußte, daß Charlotte im Moment genau das gleiche dachte wie er. Ihre Hand kam herüber, ergriff seine und hielt sie fest. Beide lagen mit geschlossenen Augen da, hörten auf den Gesang der Vögel und waren auf jene stille Weise glücklich, die den Menschen vorbehalten ist, die sich ihrer Liebe sicher sind.
Das stille Glück hielt nicht lange.
»Mama! Papa!« Katharina stürmte auf die Terrasse und war offensichtlich äußerst wütend. Charlotte sah, daß sie geweint hatte.
»Das war's dann wohl.« Christian sagte es resignierend und öffnete widerwillig die Augen.
»Ihr seid gemein! Alle! Unheimlich gemein!«

»Was ist denn los?« Charlotte wußte sofort, was passiert war, hoffte aber trotzdem, daß es etwas anderes wäre.
»Das weißt du ganz genau!« schrie ihre Tochter. »Jeder weiß, was los ist! Nur ich nicht! Lissy will Halunke verkaufen!«
Es kam so, wie zu erwarten war. Katharina brachte keinerlei Verständnis für die Interessen ihrer Schwester auf und beschimpfte ihre Eltern lautstark. Selbst als Christian beteuerte, daß er mit jeder Faser seines Herzens gegen den Verkauf sei, erntete er nur einen verächtlichen Blick seiner Tochter. Auch das Argument, daß es nun mal Lissys Pferd sei, verpuffte völlig wirkungslos. »Das hätte ich nie von euch gedacht!« schrie Katharina wütend und verzweifelt, fing wieder an zu heulen und rannte davon.
Von der Auffahrt her konnte man Ottfrieds Autohupe hören.
»Da kommt die nächste verzweifelte Tochter«, seufzte Charlotte.
Christian nickte gottergeben und drückte ihr einen zarten Kuß auf die Stirn. »War schön, mit dir zwei Stunden allein zu sein.«
Charlotte stand auf, um Lissy zu fragen, was denn passiert sei. Christian hatte sich, bei aller Liebe, schon gestern strikt geweigert einzugreifen. Er könne ja nicht gegen seine Überzeugung handeln, und schließlich sei er dagegen, das Pferd zu verkaufen. Und er war ausgesprochen dafür, daß Katharina an dem Reitturnier teilnahm. Sie hatte Monate dafür trainiert. Und außerdem mußte er jetzt in die Stadt

fahren. Ludwig wollte etwas mit ihm besprechen. Er setzte seinen Hut auf und war froh, sich verdrücken zu können.
Lissy versprach, mit ihrer Schwester zu reden, und ging hinein, um sie zu suchen. Die anderen fuhren zum Verwalterhaus hinüber.
Lissy fand sie in ihrem Zimmer. Den Versuch, mit ihr zu reden, hätte sie sich allerdings sparen können. Es ginge ja nicht nur um Halunke, schrie Katharina, sie hätte es auch satt, daß sie sich immer in den Mittelpunkt dränge! Jedesmal, wenn sie auftauchte, spielten alle verrückt! Lissy hier und Lissy da! Und Nick wäre schon völlig aus der Spur, weil sie ihn für blöd verkaufe! »Und jetzt willst du mir auch noch das Pferd wegnehmen! Was hat du eigentlich gegen mich?! Du blöde, häßliche Kuh!«
Das war ein Tick zuviel. »Deine Eifersucht geht mir schon lange auf die Nerven!« fauchte Lissy. »Laß doch deine Wut an dem Scheißpferd aus und rutsch mir den Buckel runter! Mit dir kann man ja nicht mal reden!« Sie stand abrupt auf und ging.
»Blöde Ziege!« kreischte ihr Katharina hinterher.

Auf der Veranda des Verwalterhauses war die Stimmung entschieden besser. Anna hatte zwar ein schlechtes Gewissen gegenüber Katharina, aber ihr Gefühl für Ottfried glättete alle gefährlichen Wogen und legte ein sanftes rosa Licht auf alles, was um sie herum geschah.
Ottfried ging zu seinem Wagen, schob eine Cassette von Tom Petty in den Recorder und drehte die Mu-

sik so laut, daß man sie auf der Veranda gut hören konnte. Dann ging er wieder zu Anna, die immer noch sein Lebkuchenherz um den Hals trug, und legte den Arm um sie. Nick saß ihnen gegenüber auf einem Stuhl und spähte zum Schloß hinüber. Lissy hatte versprochen rüberzukommen, wenn sie mit ihrer kleinen Schwester geredet hatte.

Karl Janda blickte grimmig durchs Küchenfenster zur Veranda hinüber. »Ein Herz läßt sie sich von dem schenken. Soweit sind wir also schon.«
»Vom Jahrmarkt«, sagte Eva beschwichtigend. »Da ist doch nichts dabei. Der Ottfried ist eben ein netter Kerl.«
Ihr Mann antwortete nicht und starrte weiter durchs Fenster.
»Anna glaubt, er will sie heiraten. Mir wär er als Schwiegersohn recht.«
»Du spinnst doch!« fluchte Karl. »Geld kommt immer zu Geld. Diese reichen Söhnchen, die amüsieren sich vielleicht eine Weile mit einem einfachen Mädchen und dann: ade! Unsere Anna ist mir für so etwas zu schade!«
Er blickte wieder durchs Fenster und sah, wie Ottfried versuchte, Anna einen neckischen Kuß zu geben. Anna wehrte ihn spielerisch ab. Am liebsten wäre er rausgegangen und hätte diesen Dreckskerl vom Hof geprügelt.

»Nicht, Ottfried«, murmelte Anna, »mein Vater beobachtet uns.«

Ottfried seufzte. »Wird Zeit, daß ich mit dem mal ein ernstes Wort rede.«
»Wenn ihr einen Trauzeugen braucht ...« Nick grinste anzüglich, doch Anna schenkte ihm ein strahlendes Lächeln für seinen Kommentar.
Da preschte Katharina mit Halunke über den Hof; sie würdigte ihre Freunde auf der Veranda keines Blicks. Sie drosch mit der Gerte auf den Hengst ein und galoppierte wie eine Wilde durch die Ausfahrt und verschwand.
Anna richtete sich erschrocken auf. Katharina schlug Halunke mit der Reitpeitsche! Das hatte sie noch nie getan. Nie! Mein Gott, muß die wütend sein, dachte Anna. Sie stand auf, um Limonade aus der Küche zu holen. Das dauerte etwas länger, als ein Mensch gewöhnlich für eine solche Tätigkeit braucht, und Ottfried sah sie fragend an, als sie mit dem Tablett erschien.
»Du wolltest doch mit meinem Vater sprechen. Das trifft sich gut. Er meint nämlich, er müsse mal ein ernstes Wort mit dir reden.«
Ottfried schaute mit einem Mal gar nicht mehr so unternehmungslustig. So eilig hatte er es nun wieder nicht. »Nichts als Probleme«, seufzte er, »und da kommt deins.« Er grinste seinen Freund an und deutete auf das Schloß.
Lissy kam herüber, und Nick überprüfte schnell, ob an ihm alles in Ordnung war. Er hatte es immer noch nicht aufgegeben.
»Habt ihr Katharina gesehen?«
»Die ist vorhin vom Hof galoppiert«, antwortete Nick

mit seinem strahlendsten Lächeln und rückte den Stuhl neben sich einladend zurecht. »Wie John Wayne in seinen besten Tagen.«

»Mit Halunke?«

Alle drei nickten.

»Jetzt reicht's mir aber!« fauchte Lissy. »Jetzt ist der Ofen aus! Ich werde meiner kleinen …« Sie unterbrach sich, als sie die Gesichter ihrer Freunde sah, und drehte sich um.

Halunke trabte in den Hof. Der Sattel war verrutscht, und die Zügel hingen herunter.

Anna sprang auf. »Mein Gott, hoffentlich ist Katharina nichts passiert!«

»Ach was«, wiegelte Nick ab, »in fünf Minuten kommt sie zu Fuß angelatscht.«

Lissy, die ihrer kleinen Schwester eben am liebsten noch ein paar Ohrfeigen verabreicht hätte, reagierte energisch, sachlich und präzise. »Anna, du kümmerst dich um das Pferd! Nick, Ottfried! Ihr beide fahrt die Straße ab! Ich hole Mama. Los, bewegt euch!«

Als Charlotte mit ihrer Arzttasche aus dem Schloß stürmte, hatte Lissy schon den Geländewagen vorgefahren. »Ich glaube, ich weiß, wo es passiert sein könnte.«

Sie fanden Katharina exakt an der Stelle, die Lissy vermutet hatte. An einem Trainingshindernis, an dem sie ihr gestern demonstriert hatte, wie gut Halunke sprang.

Lissy stand unter Schock. Sie hörte die Vögel singen, sah ein paar Schmetterlinge durch die Luft gaukeln und roch den Duft des gemähten Grases. Sie starrte auf ihre Schwester hinunter, die wie leblos vor dem Hindernis lag. Ein paar dicke, schillernde Fliegen krochen schwarz und eklig über ihr Gesicht. Lissy war unfähig, sich zu bewegen, und konnte nur einen einzigen Gedanken denken: Sie ist tot. Tot. Weil ich ihr das Pferd wegnehmen wollte.

Dr. Massenbach schaute angestrengt auf den Herzmonitor. Charlotte kontrollierte die Tropfgeschwindigkeit der Infusion. Der Pulsfrequenzmesser piepste entnervend, aber sie hatte in ihrem ganzen Leben noch nie ein so wunderschönes Geräusch gehört. Ihre Tochter lebte! Die Atmung war stabil, der Herzrhythmus normal.
Katharina lag bewußtlos und mit wächsernem Gesicht auf der Intensivstation. Von ihrem Körper führten Kabel und Schläuche zu den Maschinen und den Infusionsgeräten.
Eine Krankenschwester kam herein und reichte dem Klinikchef ein Blatt Papier, das dieser kurz überprüfte und dann sinken ließ. »Die Computertomographie zeigt keine Veränderungen.«
Charlotte riß ihm das Blatt aus der Hand und überprüfte es selbst. Massenbach hatte recht. »Wenn sie in der nächsten Zeit nicht aufwacht, sollten wir unbedingt noch eine Tomographie machen.«
Der Chefarzt nickte. »Selbstverständlich.« Er legte ihr beruhigend die Hand auf den Arm. »Mehr können wir jetzt nicht machen, Frau Kollegin.«
Charlotte sah ihn erschöpft an. »Ja. Ich weiß. Warten. Warten. Wie oft hab ich das als Ärztin erlebt –

bei anderen. Aber beim eigenen Kind?« Die Ärztin von Frankenberg, die schon einiges in der Klinik erlebt hatte, bemühte sich, ihre Tränen zu unterdrücken.
Eine zweite Krankenschwester betrat den Raum. »Ihr Mann ist da, Frau Doktor.«
Charlotte nickte, überprüfte noch einmal sorgfältig alle Monitore und die Infusion, zog den Mantel, die Überschuhe und die Haube aus und ging dann mit Dr. Massenbach auf den Korridor. Ihr Mann lief draußen nervös auf und ab. Lissy lehnte totenbleich an einer Wand.
Christian stürzte sofort auf den Chefarzt los, doch der verwies ihn an Charlotte. Er müsse dringend in den OP, er werde dort schon von seinem Team erwartet. Frau Doktor werde ihm alles erläutern. Er nickte dem Baron zu und empfahl sich.
»Charlotte! Was hat sie?«
»Ein Schädelhirntrauma zweiten Grades, zum Glück keine Fraktur. Sie ist aber ohne Bewußtsein ...« Charlotte zögerte und verstummte.
»Und? So red doch schon!«
Charlotte sah ihm nicht ins Gesicht. »Sie muß innerhalb der nächsten Stunden aufwachen, sonst ...«
»Sonst was?« Christian erbleichte und trat einen Schritt zurück. »Mein Gott! Kann da was zurückbleiben?«
»Solange die Atmung stabil bleibt, ist das Risiko zumindest gering«, murmelte Charlotte und preßte die Lippen zusammen, weil ihr wieder die Tränen hochstiegen.

Lissy ging zu ihrer Mutter und nahm sie in den Arm.
»Es ist meine Schuld«, sagte sie niedergeschlagen.
»Niemand ist schuld, Lissy. Es war ein Unfall.«
»Ich hätte ihn aber verhindern können.«
Charlotte schüttelte wie abwesend den Kopf. »Nein, Lissy.«
Sie ging wieder in die Intensivstation. Christian und Lissy wollten ihr folgen, doch Charlotte schüttelte nur den Kopf, und sie gehorchten.

Zwei Stunden später schlug Katharina von Frankenberg die Augen auf. Sie hatte keinerlei Erinnerung an die Zeit unmittelbar vor dem Unfall, und Charlotte, die eben noch ein inbrünstiges Dankgebet zum Himmel geschickt hatte, durchzuckte ein eisiger Schreck. Ihre Tochter hatte das Gedächtnis verloren! Sie mußte sich aber doch an irgendwas erinnern! Katharina hatte doch sie, ihre Mutter, erkannt! Sie erzählte ihr von dem Unfall, doch Katharina sah sie nur verständnislos an. Plötzlich aber füllten sich ihre Augen mit Tränen. »Halunke«, stammelte sie, »ist ihm was passiert?«
Charlotte hätte die ganze Welt umarmen können, so glücklich war sie über diese Frage, ein sicheres Zeichen, daß Katharina nur eine retrograde Amnesie hatte, also sich nicht mehr an das erinnern konnte, was ihrer Bewußtlosigkeit unmittelbar vorausgegangen war. Das war nicht weiter schlimm, nur ein Zeichen für eine schwere Gehirnerschütterung.
Draußen auf dem Korridor standen Christian und Lissy, und sie hatten in den letzten zwei Stunden

kaum ein Wort miteinander gewechselt. Jeder hing seinen Gedanken nach. Christian wurde fast verrückt vor Sorge, und seine Tochter durchlebte die gnadenlose Hölle der Schuldgefühle. Sie spürte kaum die Tränen, die ihr übers Gesicht liefen.

Als sich endlich die Tür öffnete und Charlotte herauskam, stürzten beide auf sie zu und redeten durcheinander.

»Es wird alles wieder gut«, sagte Charlotte schlicht und legte den Kopf an die Schulter ihres Mannes. Ihre Anspannung löste sich in einem trockenen Schluchzen.

»Mama«, sagte Lissy leise, »kann ich reingehen? Ich möchte ihr nur sagen, daß Halunke ab heute ihr gehört.«

Charlotte hob ihren Kopf, sah ihre Tochter dankbar an und nickte.

17

Als Ludwig Geyer von Katharinas Unfall erfuhr, eilte er sofort in die Klinik. Er wollte den Frankenbergs beistehen. Doch als er ankam, fand er eine glückliche Familie vor. Also wechselte er nur ein paar Worte mit ihnen und ging gleich wieder.

Auf der Fahrt in seine Villa war er so nachdenklich, daß er beinahe einen Auffahrunfall verursacht hätte. So schnell kann das gehen, dachte er, so schnell kann man einen Menschen für immer verlieren! Gestern abend saß sie noch mit am Tisch und hat sich über ihre Schwester geärgert, und daß sie heute noch lebt, hatte sie nur einem aufmerksamen Schutzengel zu verdanken. Manche Leute brechen sich schon das Genick, wenn sie nur vom Stuhl fallen.

Als er in den Hof der Villa fuhr, stand ein roter Porsche vor der Garage. Eine Hitzewelle raste durch seinen Körper, und die Härchen an seinen Unterarmen stellten sich auf.

Karin Riedel stand am Fenster des Salons und rauchte. Als sie sich umdrehte, registrierte Geyer zuerst den atemberaubenden Ausschnitt ihres Kleids.

»Guten Abend, Ludwig.«

Geyer wollte sie impulsiv in die Arme nehmen, beherrschte sich aber, denn er wußte ja nicht, warum Karin da war. Er erwiderte ihren förmlichen Gruß, bot ihr einen Sessel an und holte Cognac. Sie hoben ihre Gläser, sahen sich in die Augen und tranken. Dann lastete für lange Sekunden ein Schweigen im Raum, in dem das Ticken der antiken Standuhr viel zu laut klang.

»Daß du den Ehevertrag nicht unterschrieben hast«, sagte Geyer schließlich ernst, »verstehe ich voll und ganz. Hätte ich auch nicht getan. Dieser Idiot von Rechtsanwalt wollte päpstlicher sein als der Papst.«

Karin lächelte. »Mit Papst meinst du wohl dich?«

Jetzt lächelte auch Geyer, und das Eis zwischen ihnen war geschmolzen.

»Daß Ottfried später mal die Firma übernehmen soll, das interessiert mich nicht. Das ist eure Sache. Worüber ich enttäuscht bin, Ludwig, ist etwas anderes.«

Karin erzählte ihm, wie sehr sie sein Mißtrauen getroffen hatte und daß man eine Ehe nicht auf einem solchen Verhältnis aufbauen könne. Und die Raffgier, die ihr zum Beispiel seine Schwester Sigrid vorwarf, das sei keine Raffgier, meinte Karin, sondern ein wegen ihrer bösen Vergangenheit verständlicherweise übersteigertes Sicherheitsbedürfnis. Das müsse er begreifen. Sie sei immer arm gewesen. So arm, daß sie und ihre Mutter manchmal nicht wußten, wovon sie die Miete bezahlen sollten. Und arm wollte sie nie wieder sein. Deswegen hätte sie sich vielleicht manchmal nicht richtig verhalten. Das müsse er verstehen.

Ludwig Geyer verstand sie sehr gut. Und er spürte schon wieder dieses Drängen, das ihn immer überfiel, wenn er seine Verlobte sah. Ottfried hatte ihn schon mal gefragt, ob ihm denn der Verstand in die Hose rutsche, wenn er mit Karin zusammen sei. Er hatte sich solche Äußerungen schärfstens verbeten, aber vor sich selbst war er nicht so sicher, ob sein Sohn nicht doch recht hatte.
Auch im Moment dachte Ludwig Geyer nicht darüber nach, daß ehemalige Armut kein triftiger Grund ist, an dieser Armut völlig schuldlose Menschen ruinieren zu wollen. Er starrte einen Moment auf ihr Dekolleté und schenkte dann Cognac nach. »Durch den neuen Ehevertrag ist bestens für dich gesorgt, falls mir etwas zustoßen sollte. Und das ist noch nicht alles, Karin.« Er machte eine Kunstpause, um sie ein wenig auf die Folter zu spannen. »Ich werde dir zur Hochzeit eine Immobilie schenken!«
Karin beugte sich gespannt vor. »Du meinst doch nicht – Frankenberg?«
Eigentlich hätte er jetzt enttäuscht sein müssen, denn Karin schien sich in diesem Punkt trotz ihrer vollmundigen Erklärungen nicht geändert zu haben, doch sein Verstand schien schon etwas tiefer gesackt zu sein. Also sah er sie nur einen kurzen Moment überrascht an und stand dann auf. »Moment, ich zeig dir was.« Er ging und holte eine Mappe von seinem Schreibtisch im Büro.
Karin biß sich einen Moment auf die Lippen. Mist! »Frankenberg« war ihr so rausgerutscht. Es wäre wohl besser gewesen, sie hätte geschwiegen.

Geyer kam zurück und zeigte ihr ein Foto. »Das ist das Haus von Doktor Hauser. Wenn ich mit ihm einig werde, gehört es dir. Wenn du willst.«

»Natürlich«, lächelte sie. »Danke, Ludwig. Ich freue mich riesig.« Sie beugte sich über den Tisch vor und gab ihm einen kleinen, wohldosierten Kuß. Geyer versuchte, ihr die Zunge in den Mund zu schieben, doch Karin verwehrte ihm das Eindringen und ließ sich wieder in ihren Sessel sinken.

Geyer räusperte sich und nahm einen großen Schluck Cognac. »Und was Frankenberg angeht – bleib mal auf dem Teppich, Karin. Christian hat mir in der letzten Zeit sehr viel geholfen. Menschlich, meine ich. Du mußt verstehen, daß ich ihm nicht auf irgendeine krumme Tour sein Schloß abluchsen werde. Aber ich verspreche dir: Wenn Christian pleite ist, und das ist sicher nur eine Frage der Zeit, ganz ohne mein Zutun, dann bin ich der erste, der zugreift. Und dann bauen wir dein Schloßhotel mit allem Drum und Dran.«

Karin Riedel war damit sehr zufrieden, und nun gewährte sie Ludwig Geyer, was sie ihm vor ein paar Minuten verweigert hatte. Sie stand auf und ging zu ihm hinüber auf die andere Seite des Tisches. Geyer erhob sich ebenfalls. Sie fielen sich in die Arme und küßten sich leidenschaftlich. Geyer hatte längst vergessen, was sein Sohn über den Aufenthaltsort seines Verstandes gesagt hatte. Er nestelte an Karins Kleid herum, hob sie dann hoch und trug sie ins Schlafzimmer.

Es war die wildeste und heißeste Nacht, die Geyer

mit seiner Verlobten bisher erlebt hatte. Karin war noch nie sonderlich verschämt im Bett, doch was sie in dieser Nacht tat, raubte Geyer in jeder Hinsicht den Atem.

Später, als sie schweißnaß und keuchend nebeneinander lagen, fragte er sich, wie er es überhaupt jemals eine Nacht ohne sie ausgehalten hatte. Nach einer Weile holte er Cognac und Zigaretten. Ludwig und Karin lagen noch lange nebeneinander und unterhielten sich.

»Du bist ganz schön raffiniert«, sagte Karin irgendwann gegen Morgen.

»Ich? Raffiniert? Wieso?«

»Weil du das Haus von Doktor Hauser kaufst.«

»Wieso?«

Karin richtete sich auf, setzte sich rittlings über ihren Verlobten und ließ die Spitzen ihrer prallen Brüste sanft über seinen Oberkörper gleiten. »Wenn Charlotte von Frankenberg tatsächlich die Praxis übernehmen sollte – dann wäre sie doch Mieterin bei mir.«

Bevor Ludwig Geyer antworten konnte, steckte sie ihm die Zunge in den Mund, und sie begannen wieder mit dem, was sie in dieser Nacht schon dreimal getan hatten.

18

Der junge Baron Justus von Frankenberg kehrte aus dem Schullandheim zurück und brachte nicht nur einen Haufen schmutziger Wäsche mit, sondern auch einen blauen Brief der Schuldirektion. Er hatte schlicht und ergreifend das Auto seines Sportlehrers »geklaut« und damit einige Runden gedreht. Ohne einen Unfall zu bauen. Er verteidigte sich vor seinen Eltern damit, daß ja der Schlüssel gesteckt habe und der Sportlehrer somit selbst schuld wäre, wenn ihm das Auto geklaut würde.

Charlotte war fassungslos, doch Christian mußte sich schon sehr bemühen, väterlich streng zu wirken. Wenn er ehrlich war, fand er die Sache einfach nur saukomisch, hütete sich aber, davon irgendwas merken zu lassen. Charlotte wäre ihm an die Gurgel gefahren, denn sie war ohnehin der Ansicht, daß er den Kindern viel zu viel durchgehen ließ. Am nächsten Vormittag sollten die Eltern in der Schule antanzen, um mit der Klassenlehrerin und dem Direktor über Justus' Verhalten zu reden. Christian bedauerte sehr, daß er nicht konnte, weil er einen ganz wichtigen Termin beim Steuerberater hatte. Das stimmte zwar, doch der Termin war bei weitem nicht so wichtig und zeitraubend, als daß er ihm keine Zeit für den Direktor gelassen hätte. Charlotte durchschaute sofort, daß ihr Mann sich drückte, und sie war darüber so wütend, daß sie aufstand und ohne ein weiteres Wort den Tisch im Speisezimmer verließ.

Das Gespräch in der Schule verlief so unerfreulich, wie zu erwarten war. Es gab sogar noch eine Zugabe. Der junge Herr von Frankenberg hatte im Ferienlager nicht nur das Auto seines Sportlehrers geklaut, er hatte auch noch mächtig Bier getrunken und danach sein ganzes Bett vollgekotzt. Als Charlotte die Schule verließ, hatte sie das Gefühl, die Mutter eines Monsters, aber durchaus nicht die eines netten zehnjährigen Jungen zu sein. Man hatte ihr sehr deutlich zu verstehen gegeben, daß der liebe Justus von der Schule fliege, wenn er sich in den nächsten drei Monaten nicht wie ein besonders sanftes Lämmchen benehmen würde.
Als sie ihre Freundin Sigrid Ebrach im Hotel Eisenhut besuchte, war sie ziemlich aufgelöst. Sigrid ließ Kaffee bringen, und die Damen setzten sich auf die Terrasse. Eigentlich hätte Charlotte heulen können, aber sie riß sich zusammen. Sie wußte nicht mehr, wo ihr der Kopf stand. Justus sei völlig »abgerutscht«, hatte man ihr gesagt. Katharina war in der Schule auch eine Katastrophe. Und ihr Traum von der eigenen Praxis – ob sie sich ihn wirklich jemals erfüllen könnte? Obwohl Dr. Hauser plötzlich um 60 000 Mark heruntergegangen sei – woher sollten sie denn das Geld nehmen? Sie hatte Hauser noch

nicht zugesagt, denn sie wollte erst mit Christian reden. Frankenberg stand nämlich wirtschaftlich immer noch auf ganz wackeligen Beinen. Christian hatte ihr vorgerechnet, daß sie unbedingt neue Anbauflächen bräuchten, wenn der Landbau sich rentieren sollte. Und das mußte er, sonst hätten sie im nächsten Jahr gleich wieder eine Rentabilitätsprüfung. Und dann könnte auch dieser Revisor Knechtel keine Arien mehr auf Frankenberg singen. Am liebsten wäre sie einfach davongelaufen, um sich für ein paar Tage im Wald zu verkriechen, dort, wo er am dichtesten war.

Sigrid Ebrach redete ihr gut zu, aber sie hatte nicht lange Zeit dafür, denn ihre zukünftige Schwägerin Karin Riedel tauchte auf, um etwas wegen des Hochzeitsmenüs zu besprechen. Als sie Charlotte sah, sprach sie sie sofort auf die Praxis von Dr. Hauser an und war schwer enttäuscht, als ihr die Baronin von Frankenberg mitteilte, daß aus der Praxis nichts werden würde.

»Es ist wohl ein finanzielles Problem«, meinte die Riedel spitzzüngig. »Ich werde mal mit Ludwig reden. Der wird seinem Freund Christian sicher unter die Arme greifen.« Sie verschwieg dabei wohlweislich, daß Ludwig Geyer schon von sich aus mit Dr. Hauser geredet hatte. Er hatte den Arzt auch dazu gebracht, um 60 000 Mark runterzugehen.

Charlotte lehnte das fragwürdige Angebot von Karin Riedel sehr entschieden ab. Frankenberg könne sich keine neuen Schulden leisten. Sie stand auf und verabschiedete sich.

Sigrid erhob sich ebenfalls und begleitete sie hinaus.
»Wir sehen uns doch morgen?« fragte sie.
»Wieso?« fragte Charlotte erstaunt. Sie konnte sich keinen Grund vorstellen, aus dem sie sich morgen sehen sollten. Und an eine früher getroffene Verabredung konnte sie sich auch nicht erinnern.
Sigrid lächelte und wartete, bis der Groschen fiel.
»Ach, so – mein Geburtstag.« Trotz ihrer miserablen Laune mußte sie lachen. Sigrid dachte jedes Jahr an ihren Geburtstag. Im Gegensatz zu manch anderen Leuten. »Versprochen«, sagte sie und verließ ihre beste Freundin wieder.

Anstatt sich im Wald zu verkriechen, fuhr sie zurück nach Frankenberg, denn das Leben ging nun mal weiter, und sich zu verstecken war eine recht untaugliche Strategie. Den Traum von der Praxis konnte sie wohl begraben, denn auch 320 000 Mark waren einfach zuviel Geld.
Auf der Landstraße zum Schloß sah sie schon von weitem den Mähdrescher des Gutes Frankenberg am Straßenrand stehen. Sie hielt den Geländewagen an und stieg aus. Nick lag unter der Maschine und bastelte daran herum, Christian reichte ihm die Werkzeuge, die er brauchte.
»Der verdammte Mähdrescher ist schon wieder kaputt«, sagte er anstelle einer Begrüßung.
»Ich denke, ihr habt das Ding erst neulich in der Werkstatt repariert?«
»Er wird schon gleich wieder laufen«, meinte Christian nicht gerade überzeugt. »Was, Nick?«

»Aber klar doch!« rief ihr Neffe unter der Maschine hervor.

Charlotte nahm ihren Mann zur Seite. »Ich habe eben noch einmal mit Dr. Hauser gesprochen, Christian. Stell dir vor: Er geht mit dem Preis um 60 000 runter.«

»Ach ja?« Mehr sagte ihr Mann nicht, und sie hatte irgendwie den Eindruck, als hätte sie etwas Scheinheiliges in seinem Tonfall gehört. Aber sie mußte sich wohl verhört haben, denn Christian konnte gar nicht wissen, daß Hauser mit dem Preis heruntergegangen war.

»Ich weiß gar nicht, was in den gefahren ist«, redete sie weiter. »Wenn ich jetzt nicht zugreife, bin ich blöd.« Der Traum meines Lebens, dachte sie und spürte plötzlich eine völlig irrationale Hoffnung in sich.

»320 000 Mark. Ist doch fast geschenkt.« Christian lächelte etwas gequält. »Dafür kriegt man gerade mal ’nen halben Rolls Royce.«

Nick kletterte unter der Maschine hervor. »Aber locker einen ganzen Mähdrescher.«

Christian warf seinem Neffen einen strafenden Blick zu, was Charlotte nicht verborgen blieb. Irgend etwas war hier faul.

»Brauchst du etwa einen neuen Mähdrescher?« Sie sah ihren Mann direkt an und fürchtete sich vor der Antwort. Ein neuer Mähdrescher bedeutete ganz klar und definitiv, daß sie sich die Praxis abschminken konnte.

»Ach was!« Christian hakte sich bei ihr ein, und sie

gingen zu Charlottes Auto. »Der Mechanikermeister Pürckhauer hat gesagt, dieses Jahr macht er es noch leicht.«
Nick blickte kopfschüttelnd hinüber. Von wegen. Pürckhauer hatte gesagt, daß die Karre ein einziger Schrotthaufen sei, der die Ernte nicht überleben würde. Wenn sie ihn überhaupt einsetzen könnten.
Christian gab seiner Frau einen sanften Kuß auf die Stirn. »Und wenn die Kiste auseinanderfällt, Charlotte, dann mähen wir eben wieder mit der Sense. Wie früher. Ist auch viel gesünder.«
Charlotte sah ihn nur skeptisch an und fuhr dann mit sehr gemischten Gefühlen zum Schloß. Sie konnte sich des Gefühls nicht erwehren, daß ihr Mann sie ganz einfach angelogen hatte.

Katharina und Justus lagen vor dem Fernseher, und Charlotte packte heiliger Zorn über ihre Teilnahmslosigkeit und Faulheit. Sie machte die Kiste aus und jagte den Nachwuchs unter wüsten Drohungen in seine jeweiligen Zimmer. Und wenn heute abend die Schularbeiten nicht fertig wären, dann gäbe es noch etwas ganz anderes zu hören!
Der Nachwuchs verzog sich augenblicklich und enthielt sich jeglicher maulender Kommentare, denn die Möglichkeit einiger drastischer Ohrfeigen war zu offensichtlich. So fuchsteufelswild hatten sie ihre liebe Mami noch nicht erlebt.
Nachdem sie das faule Pack verjagt hatte, ging Charlotte ins Musikzimmer und verriegelte die Tür hinter sich. Sie legte einmal wieder eine CD mit dem

Bariton Wildenstein ein, drehte die Lautstärke auf und ließ die Musik in rauschenden Wogen über sich zusammenschlagen. Im Moment wollte sie an nichts mehr denken. Sie hörte nur auf diese wunderbare Stimme, die durch den Gehörgang direkt ins Herz drang. Einmal, dachte sie, muß ich ihn im Konzert hören, und wenn ich dafür sonstwohin fahren müßte!
Als der letzte Ton verklungen war, hatte sie ihr Gleichgewicht wiedergefunden. Das Leben bestand aus Realitäten, und deshalb ging sie zum Telefon. Sie teilte Dr. Hauser mit, daß sie seine Praxis leider nicht kaufen könne. Definitiv.

Am Morgen ihres Geburtstages erwartete Charlotte nicht, daß die gesamte Familie sie mit Glückwünschen und Geschenken überhäufte, sie erwartete lediglich, daß sich vielleicht irgendwer daran erinnerte, daß auch sie an irgendeinem Tag des Jahres Geburtstag hatte. Doch selbst diese bescheidenen Erwartungen wurden enttäuscht. Nicht einmal ihr Mann schien zu wissen, daß heute ihr Geburtstag war.
Als sie zum Frühstück erschien, war alles wie immer. Justus las jedem sein Tageshoroskop vor und log dabei ganz fürchterlich. Und alle waren schon fertig mit dem Frühstück. Zugegeben, sie hatte heute etwas länger gebraucht, weil sie sich besonders hübsch zurechtgemacht hatte, aber niemand nahm davon Notiz. Als sie sich an den Tisch setzte, ging schon das allgemeine Verabschieden los. Justus mußte mit Hel-

mut die Schularbeiten vergleichen, Katharina hatte heute eine Physikarbeit und mußte sofort los, Nick fuhr in seine Werkstatt, und ihr Mann mußte auf der Stelle zur Bank. Er hatte einen Termin wegen eines neuen Mähdreschers. Das gab ihr den Rest, und sie hätte am liebsten aufgeheult. Als sie sich die erste Tasse Kaffee einschenkte, saß sie schon völlig allein am Tisch.
»Alles Gute zum Geburtstag, Charlotte«, murmelte sie deprimiert und warf das Hörnchen, das sie gerade genommen hatte, wieder auf den Tisch.
Hanne kam herein und räumte das Geschirr ab.
»Ich bin noch nicht fertig«, sagte Charlotte in einem Ton wie ein trotziges Kind.
»Der Doktor Hauser hat eben angerufen«, sagte Hanne desinteressiert. »Du sollst um eins bei ihm vorbeikonmmen.«
»Was will er denn? Ich hab doch alles mit ihm geklärt.«
»Er hat irgendwas von einem Bild gesagt.«
»Ach so. Dann weiß ich schon Bescheid.« Der alte Stich des Frankenbergschen Schlosses, der in seiner Praxis hing, erinnerte Charlotte sich. Dr. Hauser hatte sich erboten, ihr das Kunstwerk für einen günstigen Preis zu verkaufen. Den Stich wollte sie Christian zum Geburtstag schenken.
Hanne betrachtete sie kritisch. Sie schien heute nicht die allerbeste Laune zu haben. »Hübsches Kleid. Hast du irgendwas vor?«
»Ich schau nur bei Sigrid vorbei. Wir feiern ein bißchen.«

»Feiern? Einfach so? Oder hat die Geburtstag, oder was?«
»Nein, nein. Niemand hat Geburtstag«, murmelte Charlotte tonlos und beschloß in diesem Moment, sich bei Sigrid einen Rausch anzutrinken, nachdem sie bei Dr. Hauser gewesen war. Diese Familie konnte sie, zumindest heute, nicht anders ertragen. Niemand, aber wirklich niemand in dieser Familie wußte, wann sie Geburtstag hatte!

Der Arzt erwartete sie schon. Er nahm den Stich von der Wand und drückte ihn ihr in die Hand. »Herzlichen Glückwunsch zum Geburtstag, Frau Kollegin!«
Charlotte sah ihn konsterniert an. »Danke schön ... Aber woher wissen Sie denn, daß ich heute ...« Sie brach irritiert ab, denn Dr. Hauser grinste wie ein Schulbub, der seinem Lehrer einen nassen Schwamm auf den Stuhl gelegt hatte und nun darauf wartete, daß er sich setzte.
Er öffnete die Tür zu seinem Sprechzimmer, und Charlotte traf fast der Schlag. Die gesamte Familie war versammelt und stimmte ein lautes und ziemlich dissonantes Geburtstagsständchen an. Sogar Lissy war aus München angereist. Ludolf und Hanne waren auch da. Auf dem Schreibtisch des Dr. Hauser stand eine Torte mit brennenden Kerzen.
»Aber warum denn gerade hier?« stammelte Charlotte, nachdem sie alle Glückwünsche entgegengenommen hatte und die Champagnerkorken knallten. »Ja, wieso seid ihr denn hier? In der Praxis von Dr. Hauser?«

»Ach«, sagte Christian leichthin, »wir dachten, es wäre doch ganz lustig, wenn wir das erste Glas Champagner in deiner neuen Praxis trinken würden.«

Charlotte begriff ziemlich langsam. Und bevor sie noch viele Fragen stellen konnte, verschloß Christian ihren Mund mit einem zärtlichen Kuß.

Am Abend dieses Tages feierte ganz Frankenberg, und Christian erzählte seiner Frau endlich, wie es zu dem wundersamen Erwerb der Praxis gekommen war. Das war einzig und allein das Verdienst Ludwig Geyers. Es war nun mal eine Tatsache, daß sie keine 320 000 Mark aufbringen konnten. Und bei ihrer abendlichen Skatrunde im »Eisenhut« hatte der clevere Geschäftsmann Geyer den Arzt davon überzeugt, daß eine Anzahlung von 80 000 Mark und eine monatliche Rate von 3000 Mark steuerlich entschieden günstiger seien, als wenn er die Summe auf einmal kassiere. Der Fiskus hätte ihm da etwa die Hälfte wieder abgenommen. Das hatte Dr. Hauser letztlich überzeugt.

»Ludwig Geyer?« Charlotte konnte es kaum fassen.

»Mein Freund«, sagte Christian stolz. »Mein bester Freund.«

Anna Janda hatte sich von der Feier sehr früh verabschiedet. Ihr war nicht nach einer Party zumute. Sie ging in ihr Zimmer, nahm einen Taschenkalender aus einem Versteck und begann nachzurechnen. Ihre Regel war ausgeblieben, und allein der Gedanke, daß sie schwanger sein könnte, machte ihr soviel

Angst, daß ihre Hände zitterten, als sie die Kalenderseiten umblätterte. Aber sie war erst ein paar Tage überfällig, und so etwas konnte ja mal vorkommen, wenn sie sich auch sagen mußte, daß das bei ihr eigentlich nicht vorkam.

Am nächsten Mittag tönte die Fanfare von Ottfrieds Straßenkreuzer vor dem Verwalterhaus, und Anna ging hinaus, um ihren Geliebten zu begrüßen.

»Na, wie sieht's aus, Mädchen? Packen wir's?« Er freute sich, daß Anna die Spange im Haar trug, die er ihr geschenkt hatte. Ottfried liebte Annas wunderschönes schwarzes Haar.

»Ach, Ottfried, ich hab dir doch schon am Telefon gesagt, daß ich heute keine Lust habe, was zu unternehmen.«

»Wir könnten schick essen gehen. Und dann ins Autokino. Wir könnten auch einfach nur so durch die Gegend fahren und dann ein bißchen ...« Er grinste etwas anzüglich.

»Ein bißchen was?«

»Na ja, du weißt schon.«

»Du denkst auch immer nur daran.«

»Nicht immer«, grinste Ottfried, »aber immer öfter.«

Anna war weiß Gott nicht nach Blödeln zumute. »Ottfried«, sagte sie leise, denn sie hatte bemerkt, daß ihr Vater sie durch das Fenster beobachtete, »Ottfried, was ist, wenn ich ein Kind bekomme?«

Ottfrieds Grinsen verschwand. »Von mir nicht«, sagte er bestimmt. »Ich paß auf. Keine Angst.«

Von wem sollte ich denn sonst ein Kind bekommen können, dachte Anna für einen Moment bitter. Aber so hatte Ottfried das sicher nicht gemeint. Er war ein anständiger Kerl. »Ich hab heut zu gar nichts Lust, Ottfried. Solche Tage gibt es eben. Ich ruf dich morgen an.« Sie hauchte ihm einen Kuß auf die Wange und ging ins Haus zurück.

Ottfried Geyer zog verstimmt wieder ab. Mit den Frauen sollte sich einer auskennen! Einmal so, dann wieder so, und niemand konnte diese Launen eigentlich wirklich verstehen. Aber so waren sie nun mal, diese Weiber. Launisch und völlig unberechenbar.

Als Anna das Haus betrat, schien ihr Vater schon auf sie gewartet zu haben.

»Was wollte denn der junge Geyer schon wieder?« fragte er und sah sie mißbilligend an.

»Mit mir essen gehen«, antwortete Anna lapidar.

»Wenn ich das schon höre! Essen gehen!« Er schlurfte in Unterhemd und Hosentägern in der Küche auf und ab und schien sich immer mehr in Wut hineinzusteigern. »Ich war fast dreißig Jahre alt, als ich zum erstenmal in einem Restaurant war! Und was das kostet!«

»Aber Papa«, sagte Anna sanft. »Ottfried zahlt doch. Das ist normal.«

»Ich will nicht, daß meine Tochter sich kaufen läßt!« Das war laut, aber nicht gebrüllt.

Eva Janda, die noch am Eßtisch saß, blickte ihre Tochter beschwörend an, aber es nutzte nichts.

Anna musterte ihren Vater von oben bis unten, und es war kein freundlicher Blick. »Ich lasse mich von niemandem kaufen!« sagte sie kühl und ging.

»Mit diesem Kerl – das wird doch nichts! Das garantiere ich dir!« rief er ihr hinterher.
Anna blieb in der Küchentür stehen, drehte sich um, sagte aber nichts.
Eva stand auf und ging zu ihrem Mann. »Komm, Karl, reg dich nicht auf. Laß Anna doch auch ein bißchen Spaß.«
Karl Janda wand sich ungemütlich. »Ich hab einfach nur Angst, daß sie …«
»Was?« fragte Anna scharf, denn sie hatte die Nase voll von dieser Vorstellung ihres Vaters.
»Ach, nichts …«, sagte Karl Janda.
Anna ging wortlos.
Der Verwalter kämpfte noch ein paar Sekunden mit sich. Dann brach es aus ihm heraus. Er rannte Anna hinterher und erwischte sie am Fuß der Treppe. »Eins sag ich dir: Wenn da was passiert, brauchst du gar nicht mehr nach Hause zu kommen! Das sag ich dir! Dann schmeiß ich dich raus!«
Er brüllte so laut, daß Eva in der Küche zusammenzuckte und sich die Ohren zuhielt.
Anna sah ihren Vater nur an, sagte kein Wort und ging die Treppe zu ihrem Zimmer hinauf.

In den nächsten vierzehn Tagen hatte Ottfried Geyer kein Glück mehr bei Anna. Sie hatte einfach keine Zeit mehr für ihn. Sie war wie ausgewechselt. Seine schöne, fröhliche Anna mit dem wunderbaren schwarzen Haar lachte nicht mehr, und sie gestattete ihm keine auch noch so kleine Zärtlichkeit. Ottfried wurde allmählich sauer. Wollte sie ihn verarschen?

Erst erlebten sie den Himmel auf Erden – und nun plötzlich wimmelte sie ihn jedesmal ab!
Er fuhr mit seinem Amischlitten durch Rothenburg, als er seine Exgeliebte, wie er sie bei sich selbst inzwischen schon nannte, am Straßenrand stehen sah. Sie spähte angestrengt über die Fahrbahn auf die andere Seite und schien auf jemanden zu warten.
Ottfried hielt den Wagen direkt vor ihr an. »Na, Anna.«
Anna erschrak und wurde rot. »Hallo, Ottfried«, murmelte sie und schien ziemlich verwirrt.
»Endlich erwisch ich dich mal. Der Zufall muß uns zusammenführen. Unglaublich.«
Anna antwortete nicht und blickte wieder nervös zur Apotheke auf der anderen Straßenseite hinüber.
Ottfried stieg aus. »Warum weichst du mir aus?«
Anna schwieg, und es war offensichtlich, daß sie nicht wußte, was sie darauf antworten sollte.
»Komm, Anna, gehen wir einen Espresso trinken.«
»Ich habe wirklich keine Zeit, Ottfried. Ich … ich … warte auf meinen Vater. Fahr lieber weiter. Du weißt doch, der sieht uns nicht gern zusammen.«
»Das weiß ich verdammt gut. Eine gute Gelegenheit, mal von Mann zu Mann mit ihm zu reden.«
Anna wurde noch nervöser. »Doch nicht hier auf der Straße. Bitte, fahr weiter, Ottfried.«
»Versteh schon«, knurrte Ottfried und wußte, woran er war. »Ich bin für dich wohl nicht mehr interessant.« Er stieg wieder in seinen Wagen.
Anna wollte ihm widersprechen, wußte aber nicht, was sie sagen sollte, ohne zu lügen.

»Du kannst mich ja anrufen, wenn du dich wieder an mich erinnerst!« rief Ottfried wütend und fuhr mit quietschenden Reifen davon.
Anna biß sich auf die Lippen, sah dem Wagen nach und blickte dann wieder zur Apotheke hinüber. Endlich kam eine junge Frau mit Kopftuch und Sonnenbrille heraus und überquerte die Straße.
Auf der anderen Seite nahm Katharina das Kopftuch und die Brille ab. »Ich hab's«, sagte sie.
Sie hatte für ihre Freundin Anna, die sich nicht in die Apotheke getraut hatte, einen Schwangerschaftstest besorgt. Sie war die einzige, die von Annas Problem wußte.

Der Baron von Frankenberg ritt seine Felder ab und war sehr zwiespältiger Gefühle. Der Weizen stand prächtig, aber auf dem Halm stehen sollte er nicht mehr, und den Grund dafür konnte er schon von weitem sehen. Neben der großen Scheune stand sein alter Mähdrescher, und er hörte nicht das geringste Motorengeräusch. Als er die Scheune erreichte, kroch Karl Janda mit hochrotem Kopf unter der Maschine vor, spuckte wütend auf den Boden und fuchtelte mit einem großen Schraubenschlüssel herum. »Mit dem Schlüssel ist nichts mehr zu machen. Die ganze Hydraulik ist verklemmt.«
Wie zur Bestätigung krachte es plötzlich in der Maschine, und ein Teil der Hydraulik fiel herunter.
»So. Das war's dann wohl. Jetzt ist er endgültig hinüber.« Am liebsten hätte Christian das verdammte

Ding in die Luft gesprengt, wenn das irgendeinen Sinn ergeben hätte.
Der Verwalter warf den Schraubenschlüssel auf den Boden. »Na, Mahlzeit. Jetzt können wir tatsächlich mit der Sense ran.«
»Ich werde versuchen, einen Mähdrescher vom Maschinenring zu bekommen.«
Janda schüttelte den Kopf. »Ob die jetzt noch einen frei haben? Jedenfalls werde ich die Schrottmühle hier mit dem Trecker in die Scheune schleppen. – Moment! Was ist denn da los? Ja, das darf doch nicht wahr sein!«
Christian drehte sich um, und dann sah er es auch: Aus dem Wald stieg eine Rauchfahne auf.
Er ritt sofort hinüber, denn ein Waldbrand war so ungefähr das letzte, was er jetzt brauchen konnte. Da machte einer Feuer – und wenn das Justus war, dann setzte es aber wirklich mal eine gehörige Tracht Prügel. Er hatte ihm bestimmt schon tausendmal gesagt, daß er im Wald kein Feuer machen durfte.
Justus hatte Glück, denn er war es nicht. Neben dem Feuer lag ein Landstreicher und schlief unter einer Decke. Auf dem Boden waren Federn und die abgenagten Knochen eines Huhns verstreut. Ein kleiner Hund sprang auf und machte den kläglichen Versuch, den Reiter anzuknurren.
Christian ignorierte das, stieg ab und trat als erstes das Feuer aus. Dann zog er dem Mann die Decke weg. »He! Aufstehn!«
Der verwahrloste Mann schreckte hoch und sah ihn verschlafen an.

»Sind Sie verrückt, mitten im Wald Feuer zu machen?« herrschte Christian ihn an.
»Nun mach hier mal nicht den Lauten, Meister. Was ich mache, kann dir doch wurscht sein«, erwiderte der Penner unbeeindruckt.
Christian wurde wütend. »Der Wald gehört mir! Und Sie verschwinden sofort! Ist das klar?! – Sonst mach ich Ihnen Beine!«
»Das wird dir noch leid tun«, knurrte der Mann, packte fluchend sein Zeug zusammen, warf Christian noch einen tückischen Blick zu und verschwand samt Hund in Richtung Landstraße.
»Und laß dich hier nie wieder sehen!« brüllte der Baron dem Penner hinterher.
Als er am Abend von dem Vorfall erzählte, zeigte ihm sein Sohn eine Zeichnung, die er mit seinem Freund Helmut gemacht hatte. Mit einigem guten Willen konnte Christian das Gesicht des Mannes erkennen, der beinahe seinen Wald abgefackelt hätte. Ein Windstoß, und das ganze ausgetrocknete Holz hätte gebrannt wie Zunder.
Es stellte sich heraus, daß der Landstreicher ein Huhn vom Gutshof geklaut hatte und von den beiden Jungen verscheucht worden war. Das paßte. Neben dem Feuer waren die Reste eines Huhns gelegen, und gekauft hatte dieser Typ das bestimmt nicht.
Charlotte sprach augenblicklich unter scharfer Strafandrohung ein Waldverbot für alle Kinder aus.

Ottfried Geyer war über Annas Verhalten nicht nur verärgert, er war in seinem Stolz verletzt. Er hatte sich weiß Gott alle Mühe um sie gegeben, und sie ließ ihn auf einmal einfach ins Leere laufen. Ohne jegliche Erklärung hatte sie den Kontakt abgebrochen. Zumindest hatte sie schon eine ganze Weile keine Zeit mehr für ihn.

Nachdem sie ihn in Rothenburg auf der Straße abgewiesen hatte, fuhr der junge Geyer ziellos durchs Taubertal. Am Rand einer Landstraße, ziemlich weit von jeder Tankstelle entfernt, stand ein VW-Cabrio mit geöffneter Motorhaube, und eine Frau winkte, als sie seinen Wagen kommen sah. Ottfried hielt hinter dem Auto mit Hamburger Kennzeichen an und stieß ganz unbewußt einen leisen Pfiff aus, als er die junge Frau aus der Nähe sah. Das Mädel war ungeheuer hübsch: eine wilde, blonde Löwenmähne, Beine bis zum Hals und jede Kurve an der richtigen Stelle.

Ottfried stieg aus und sah sich den Motor fachmännisch an, obwohl er nicht die geringste Ahnung vom Innenleben eines Autos hatte. Da er natürlich nichts fand, bot er sich an, den Wagen in die Werkstatt nach Rothenburg zu schleppen.

Nachdem sie den Wagen abgestellt hatten, lud ihn Jessica Schiller zum Dank noch auf einen Kaffee zu sich ein. Sie hatte für ein paar Wochen eine leerstehende Wohnung in Rothenburg gemietet. Sie war Fotografin und machte einen Bildband für einen amerikanischen Verlag. Den Auftrag hatte sie bei ihrem letzten Amerikabesuch an Land gezogen, und sie fotografierte nicht nur die Kirchen und Kunstschätze dieser Gegend, sie textete den Band auch noch.

Der junge Geyer, der noch nicht weit über den Landkreis Rothenburg hinausgekommen war und dessen Berufsleben sich auf den Verkauf von Viehfutter und Düngemitteln beschränkte, war von soviel intellektueller und kosmopolitischer Eleganz gehörig beeindruckt. Diese Frau war in der Welt zu Hause! Das hatte er sofort gesehen, man spürte es in jedem Wort, das sie sagte, und sah es an jeder Bewegung.

Ottfried Geyer war weit entfernt davon, einen Vergleich zwischen ihr und Anna Janda ziehen zu wollen, doch sein Unterbewußtsein tat das durchaus, und ohne daß er es wußte, hatte er sich ein ziemliches Stück von seiner Geliebten entfernt, als er sich von Jessica Schiller verabschiedete. Als Kenner der Gegend, wenn auch nicht unbedingt ihrer Kunstschätze, hatte er versprochen, ihr verschiedenes zu zeigen. Da ihr Auto kaputt war, hatte Jessica das Angebot dankend angenommen.

Der Schwangerschaftstest war positiv. Anna lag in Tränen aufgelöst auf ihrem Bett, und Katharina versuchte, ihre Verzweiflung zu lindern, versuchte, ihr Mut zu machen, aber viel Positives wußte auch sie nicht zu sagen. Das sei doch wunderbar, sagte sie schließlich, als ihr gar nichts anderes mehr einfiel, Ottfried werde sich sicher wahnsinnig freuen.

»Und wenn nicht?« fragte Anna schluchzend.

»Tja, dann kannst du ja immer noch ...«
Anna Janda richtete sich auf und wischte sich die Tränen aus dem Gesicht. »Nein! Niemals! Ich werde nicht abtreiben lassen! Das kann ich einfach nicht!«
Sie verbrachte eine weitgehend schlaflose Nacht, und die Gedanken rasten wie auf einer Achterbahn durch ihren Kopf. Ihr Vater würde sie entweder totschlagen oder rausschmeißen. Es sei denn, Ottfried würde sie heiraten. Aber würde er? Würde er zu seinem Kind stehen? Zu ihrer großen Liebe?
Am nächsten Tag machte sie sich hübsch zurecht, bürstete lange ihr schwarzes Haar und steckte die Spange hinein, die Ottfried ihr geschenkt hatte. Sie pflückte ein Körbchen Brombeeren, setzte sich auf ihr Moped und fuhr zur Futtermittelfabrik Geyer.
Ottfried stand mit seinem Vater im Hof, und sie sprachen über eine Lieferung an einen ihrer Großkunden. »Du bekommst Besuch«, wendete Ludwig Geyer das Gespräch, deutete mit dem Kopf auf Anna, die in den Hof fuhr, und ging wieder in sein Büro.
Anna stellte ihr Moped ab, und Ottfried ging hinüber. »Na, Anna, bist du wieder besser auf mich zu sprechen?« Er gab ihr einen flüchtigen Kuß auf den Mund.
Anna reichte ihm die Brombeeren. »Ich dachte, du freust dich darüber. Hab ich für dich gepflückt.«
»Danke. Lieb von dir.« Er legte den Arm um Anna und freute sich, daß sie sich ihm diesmal nicht entzog.
»Ich muß mit dir reden, Ottfried.«

»Darauf warte ich schon eine ganze Weile. Komm, wir gehen in mein Büro«

»Herr Geyer! Kommen Sie bitte schnell!« Ein Angestellter lief über den Hof auf sie zu. »Der Brinkmann hat mit dem Gabelstapler die Wasserleitung abgerissen. Das neue Saatgut wird bald unter Wasser stehen.«

»Ja, arbeiten denn hier nur Idioten?!« fluchte der Juniorchef. »Sorry, Anna, ich muß jetzt in der Halle retten, was zu retten ist.«

»Soll ich warten?« Das kam fast bittend, doch der junge Geyer bemerkte das nicht, denn er dachte im Moment nur an das Saatgut. Wenn er es nicht vor dem Wasser retten konnte, war es hinüber, und ob die Versicherung diesen Schaden bezahlen würde, war mehr als unklar.

»Lieber nicht. Wer weiß, wie lange das dauert. Ich ruf dich an. Und danke für die Beeren.« Er gab ihr einen flüchtigen Kuß und hastete mit dem Angestellten davon.

Anna ging langsam zu ihrem Moped und fuhr wieder nach Hause. Das war jetzt einfach Pech. Zwischen Tür und Angel konnte sie nicht mit Ottfried darüber reden. Aber er würde sie ja anrufen.

Sie wartete den ganzen Nachmittag auf seinen Anruf, doch das Telefon blieb stumm. Wahrscheinlich hat er noch alle Hände voll zu tun, dachte sie. Er wird schon anrufen.

Ottfried Geyer hatte den Anruf vergessen, denn er

hatte tatsächlich viel zu tun. Nachdem das Saatgut vor dem Wasser gerettet war, holte er Jessica ab und fuhr sie zur Autowerkstatt, damit sie sich um die Reparatur ihres Autos kümmern konnte.
Als er mit der blonden Schönheit in den Hof der Werkstatt fuhr, machte Nick von Frankenberg große Augen. Ottfried stellte sie einander vor, und als der junge Frankenberg Jessica die Hand schüttelte, war da auf einmal ein ganz komisches Gefühl. Auch Jessica Schiller spürte etwas, und die beiden hielten ihre Hände länger als nötig fest, ohne es jedoch zu merken. Dann grinste sie ihn an. »Sie haben da einen Ölfleck im Gesicht.« Sie zog ein blütenweißes Seidentuch aus der Tasche und wischte Nick damit den Ölfleck ab.
Ottfried machte ein reichlich skeptisches Gesicht. Irgendwie gefiel ihm das nicht.
Nachdem Nick sich bereit erklärt hatte, sich um ihr Auto zu kümmern, fuhr Ottfried mit der Fotografin zu einer kleinen Kapelle außerhalb von Rothenburg. Es sei eine sehr alte, wunderschöne Kapelle, die sie unbedingt fotografieren müsse.

Anna Janda wartete noch immer auf Ottfrieds Anruf, als Katharina auftauchte und sie bat, das Pferd Queenie ein wenig zu bewegen. Sie selbst müsse leider Mathematik büffeln. Ihre Mutter sei in dieser Hinsicht ziemlich unangenehm geworden.
Anna nickte. Vielleicht war es gut, ein wenig auszureiten. Vielleicht brachte es sie auf andere Gedanken. »Ottfried wollte anrufen«, sagte sie dann aber doch

zu ihrer Freundin. »Ich warte schon den ganzen Nachmittag. Nichts.«

Katharina beruhigte sie. »Der hat wirklich viel Streß zur Zeit. Sein Vater muß sich um seine Hochzeit kümmern. Und da hat Ottfried in der Firma alle Hände voll zu tun.«

So wird es wohl sein, dachte Anna und ging in den Stall, um Queenie zu satteln.

Das Reiten tat ihr gut. Die frische Luft, die schöne Landschaft, der Gesang der Vögel, all das hellte ihre Seele auf, ließ sie durchatmen und milderte ihre Angst. Ottfried war ein anständiger Kerl. Er würde sie nicht sitzenlassen.

Anna glaubte an Gott, und auch das gab ihr Kraft. Während sie mit Queenie an den Wiesen und Feldern vorbeiritt, wurde ihr immer leichter und fröhlicher, und sie beschloß, in der kleinen, alten Kapelle auf dem Hügel ein Gebet zu sprechen. Für ihr Kind, für Ottfried, für sich und für alle guten Menschen auf dieser Welt.

»Ho! Queenie!« rief sie laut und galoppierte durch den letzten Wald vor der Kapelle.

Als sie noch etwa zweihundert Meter von der Kapelle entfernt war, sah sie Ottfrieds Straßenkreuzer davor stehen. Sie hielt an und blickte zur Kapelle hinauf. Das war ein Zeichen des Himmels. Gott hatte Ottfried und sie hierhin geführt. Es war wirklich der beste Ort für das, was sie ihm zu sagen hatte. Sie wollte gerade ihr Pferd wieder antreiben, als Ottfried mit einer Frau aus der Kapelle kam. Die Haare der Frau leuchteten golden in der Sonne, und jetzt blie-

ben sie stehen und küßten sich. Kein Küßchen, es war ein langer Kuß, und dann noch einer.
Anna zügelte das Pferd und sah ungläubig zur Kapelle hinüber. Sie blinzelte, schloß die Augen, machte sie wieder auf, doch das Bild ging nicht weg. Da oben stand Ottfried und küßte eine Frau. Sie wendete das Pferd, verhängte die Zügel und ließ Queenie den Weg gehen, den das Tier sich aussuchte. Es war egal, wohin es lief. Anna spürte überhaupt keinen Schmerz. Sie konnte auch nichts denken. Es war, als hätte ihr jemand eine Spritze Novocain in die Seele gegeben.

Als Ottfried am nächsten Vormittag auf Frankenberg auftauchte, gutgelaunt, mit einem Strauß Blumen in der Hand, war Anna sehr unzugänglich und ging nicht im geringsten auf Ottfrieds Flirterei ein. Sie saß mit ihrer Mutter auf der Veranda und half ihr, das Mittagessen vorzubereiten.
Schließlich legte sie das Messer aus der Hand und ging ein Stück mit ihm zur Seite.
»Wer ist denn das blonde Mädchen?« fragte sie ihn leise und direkt.
Ottfried fühlte sich ertappt und machte das, was alle Männer in einem solchen Fall tun: Er redete um den heißen Brei herum. Er erzählte, daß das blonde Mädchen eine Werbefotografin sei, die unter anderem auch Werbefotos für die Firma Geyer mache. Das entsprach zwar inzwischen den Tatsachen, aber daß sie die Fotos von der Hochzeit seines Vaters machen sollte, das war schlicht und einfach gelogen.

Die Wahrheit wäre gewesen, daß er ganz einfach scharf auf die heiße Blondine war. Und daß diese Liebelei seine Beziehung zu Anna, aus seiner Sicht, nicht im geringsten beeinflußte. Die Wahrheit wäre im weiteren gewesen, daß Jessica Schiller ihm schon zu verstehen gegeben hatte, daß sie weitaus mehr Interesse an Nick von Frankenberg hatte. Und die Wahrheit wäre gewesen, daß er gottverdammt frustriert war, weil ihn Jessica nicht in ihr Bettchen ließ, und er es immer noch nicht aufgegeben hatte, sie irgendwie rumzukriegen. Und bei all dem war er sich völlig sicher, daß er Anna liebte. Nur konnte er das nicht so erzählen, denn mit der Annahme, daß sie das nicht so sehen würde wie er, hatte er völlig recht.

Als Anna ihn direkt auf die Knutscherei vor der Kapelle ansprach, wäre ihm beinah der Blumenstrauß aus der Hand gefallen, und er stotterte was von einem Freundschaftskuß, weil sie sich das Du angeboten hätten.

»Freundschaftskuß?« sagte Anna bitter. »Eine Minute lang? Ich will wissen, woran ich bin, Ottfried!«

»Wie meinst du das?«

Das wäre vielleicht der Moment gewesen, ihm zu sagen, was sie bedrückte, aber ihre Mutter schaute aufmerksam herüber, und zu allem Überfluß kam gerade ihr Vater mit dem Trecker auf den Hof gefahren und rief lautstark nach ihr.

Anna lief sofort hinüber, ohne sich von Ottfried zu verabschieden, und der junge Geyer fuhr frustriert vom Hof.

Eva Janda ließ nachdenklich die Karotte sinken, die sie gerade schabte. Da stimmte etwas nicht zwischen den jungen Leuten. Anna war schon seit vierzehn Tagen irgendwie verändert. Sie lachte nicht mehr.

19

Die Scheune, in der Karl Janda den kaputten Mähdrescher abgestellt hatte, war nur noch ein schwelender Aschehaufen und die Maschine ein schwarzes Stahlgerippe.
Der Hauptwachtmeister Berling, ein feister, grober Typ, hielt eine verkohlte Petroleumlampe hoch und fixierte Christian mit einem unangenehmen Blick. Diesen Baron hatte er noch nie leiden können, und das ganze hier roch verdammt nach Brandstiftung. Wäre bei seiner Wirtschaftslage auch kein Wunder. »Das ist die Brandursache, Herr von Frankenberg, und solche Lampen entzünden sich nicht von selbst. – War ihr Mähdrescher eigentlich in gutem Zustand?« Er wußte natürlich inzwischen schon genau, daß die Maschine schrottreif war, und mit ein bißchen Glück hatte er diesen Adeligen jetzt am Wickel.
»Soll das ein Verhör sein?« Christian hatte schon von diesem Berling gehört, und was er da gehört hatte, war nichts Gutes.
»Wie man's nimmt«, grinste Berling schmierig und trat näher an ihn heran. »Rein zufällig geht gestern Ihre Maschine hier kaputt, und rein zufällig brennt gestern die Scheune samt Maschine ab. Und rein zu-

fällig brauchen Sie dringend einen neuen Mähdrescher. Ziemlich viele Zufälle, was? Ob die Versicherung das wohl glaubt? Bei Ihrer wirtschaftlichen Lage?«
Christian mußte sich beherrschen. Dieser Berling war bekanntermaßen ein Schwein. Einer, der seine Uniform dazu benutzte, um andere zu terrorisieren. Er trat dicht an ihn heran und blickte kalt auf den feisten Kerl hinunter. »Bei meiner Wirtschaftslage, Herr Hauptwachtmeister Berling, hätte ich besser daran getan, meinen ganzen Hof anzuzünden. Denken Sie mal darüber nach, Sherlock Holmes.«
Berling ließ sich nicht beeindrucken. »Es hat so mancher klein angefangen. Aber ich bin noch jedem auf die Schliche gekommen. Sie hören noch von mir. Verlassen Sie sich drauf.«

Charlottes Sprechstundenhilfe Marion rümpfte die Nase, als der abgerissene und schmutzige Mann sich vor ihrem Tresen aufbaute. Dieser Mensch roch nicht besonders gut. Genaugenommen roch er nach Schnaps. Und einen Hund hatte er auch noch dabei. Als er ihr erklärte, daß er keinen Krankenschein hätte, hatte sie genug. »Ohne Krankenschein geht gar nichts! Raus!«
»Ich dachte, Ärzte müßten jedem helfen. Hab mich wohl getäuscht. Hier auf dem Land ist es wie überall. Es geht nur um Kohle.«
Charlotte hatte das gehört und kam aus ihrem Sprechzimmer. Sie erkannte den Mann sofort. »Na, dann kommen Sie mal rein.«

Der Mann grinste die Sprechstundenhilfe unverschämt an und folgte der Frau Doktor.
Er hatte ziemlich schlimme Brandwunden. »Was haben Sie denn angestellt?«
Der Mann beäugte sie mißtrauisch. »Als Ärztin müssen Sie doch die Klappe halten, ich meine Schweigepflicht und so. Mir ist nämlich was Dummes passiert.«
Charlotte war sicher, daß sie wußte, was dem Mann passiert war, und sie hatte recht. Hugo Maus, freiberuflicher Stadtstreicher aus Frankfurt, hatte das stressige Stadtleben satt und wollte sich aufs Land zurückziehen. Und weil er sich mit dem Land nicht so gut auskannte und überhaupt, war ihm das Mißgeschick passiert, eine Scheune abzubrennen.
Charlotte sagte ihm direkt ins Gesicht, wo die Scheune stand, daß ein Mähdrescher darin gestanden hatte und daß die Scheune ihrem Mann gehörte, den man jetzt wegen Brandstiftung verdächtigte.
Der Landstreicher brauchte einen Moment, um das zu verdauen.
»Sie können meinen Mann nicht nur vor Verdächtigungen bewahren, Herr Maus, sondern buchstäblich vor dem Ruin.«
Hugo Maus war entsetzt. »Das geht nicht. Die stecken mich sofort in den Knast. Und meinen Hund nehmen sie mir auch weg. Und ohne den will ich nicht leben.«
Charlotte versprach ihm, daß niemand eine Anzeige gegen ihn erstatten würde, und sie konnte ihn nach zähem Ringen überzeugen.

Hauptwachtmeister Berling war zutiefst verärgert und versuchte, auf irgendeine Weise irgend jemand dranzukriegen. Wenn er schon diesem Baron keine Brandstiftung mehr nachweisen konnte, dann wollte er wenigstens diesen Penner einlochen, und wenn er ihn erstmal in den Fingern hätte, dann würde er dafür büßen, daß er ihm den Spaß verdorben hatte. Aber der adelige Scheißkerl wollte ihn nicht anzeigen.

»Der Mann hat keinen festen Wohnsitz! Und der Hund keine Steuermarke!« Berling fielen wirklich immer die stichhaltigsten Argumente ein.

»Jetzt reicht's!« schnauzte Christian und spürte, wie seine Beherrschung immer mehr schwand. »Die Hundesteuer bezahle ich! Schluß jetzt, Herr Hauptwachtmeister Berling! Oder soll ich erst mit ihrem Vorgesetzten reden?« Er haßte Typen wie diesen Berling.

Berling begriff, daß er verloren hatte. Und vor seinem Vorgesetzten hatte er Angst, denn er war ein mieser, kleiner Feigling, der nur dann zuschlug, wenn er glaubte, einen Wehrlosen vor sich zu haben.

»Ich habe mit meiner Mutter gesprochen«, sagte Katharina zu ihrer Freundin. »Um drei Uhr sollst du bei ihr in der Praxis sein.«

Anna Janda fütterte mit völlig reglosem Gesicht das Federvieh. »Ich weiß nicht, ob ich kann. Ich muß meinem Vater helfen. Und du weißt, was er für ein Geschrei macht, wenn ich die Arbeit vernachlässige.«

»Dann laß ihn schreien. Du mußt dich jetzt untersuchen lassen.« Katharina war heilfroh, daß sie nicht so einen wie den Janda zum Vater hatte. Wenn's nach dem ginge, dann müßte Anna den ganzen Tag hart arbeiten, und abends dürfte sie dann zur Belohnung mit ihm zusammen eine dämliche Gameshow im Fernsehen glotzen.
Anna wollte nicht so recht, doch Katharina ließ nicht locker. »Und du mußt endlich mit Ottfried reden. Der läßt dich bestimmt nicht im Stich.«
Anna fuhr herum. »Du weißt doch selbst, daß er mit dieser blonden Ziege rumknutscht! Das weiß doch inzwischen jeder!«
»Das klärt sich alles auf, Anna. Du gehst heute zu meiner Mutter. Versprochen?«
»Versprochen.«

Charlotte konnte der jungen Frau auch nichts anderes sagen, als das, was sie ohnehin schon wußte: Anna war schwanger. Charlotte erinnerte sich daran, wie es war, als sie erfuhr, daß sie mit Lissy schwanger war. Vor über zwanzig Jahren, ohne verheiratet zu sein.
Anna legte ganz einfach den Kopf auf ihren Schreibtisch und weinte. Charlotte ging um den Tisch herum, setzte sich neben sie, legte den Arm auf ihre Schulter und ließ sie erst einmal weinen. Dann begann sie vorsichtig mit ihr zu reden, tröstete sie und erbot sich, mit ihren Eltern zu sprechen.
»Um Gottes willen!« Anna richtete sich auf und sah sie voller Angst an. »Nein! Bitte nicht! Sie wissen

doch, wie katholisch meine Eltern sind. Frau von Frankenberg, ich hab solche Angst!« Sie schluchzte laut auf, riß sich dann aber zusammen und wischte sich die Tränen aus dem Gesicht.

»Du mußt jetzt mit Ottfried reden. Schließlich hat er ja seinen Teil dazu beigetragen. Und man muß auch nicht gleich heiraten, Anna. Das wichtigste ist, daß Ottfried zu seinem Kind steht. Wenn es erstmal da ist, geht alles von allein. Ganz bestimmt. Ich weiß, wovon ich rede.«

Charlotte wußte, daß sie teilweise fragwürdiges Zeug redete. Von allein ging gar nichts auf dieser Welt. Und der alte Janda war ein Klotzkopf, dumm und stur. Der hatte auch seinen Sohn Helmut verprügelt, obwohl der damals überhaupt nicht ausgerissen war. Die Tochter eines solchen Vaters hatte es, sogar heute noch, durchaus schwerer, als sie es damals hatte. Charlotte war sich nicht sicher, ob sie damals gewagt hätte, mit ihrem Vater zu reden, wenn er ein solcher Sturkopf wie Janda gewesen wäre. Doch sie war gar nicht in die Verlegenheit gekommen. Christian und sie hatten einfach geheiratet, weil sie das sowieso wollten. Aber jetzt, hier und heute, ging es darum, daß das Mädel langsam anfing, nach vorne zu denken. Sonst könnte wer weiß was passieren.

Ottfried hatte sich nicht mehr gemeldet, und Anna lebte wie in einem dumpfen Traum. Sie tat ihre Arbeit, ertrug ihren Vater, half ihrer Mutter, und das Leben lastete wie Blei auf ihr. Sie war keine Fotogra-

fin, die Kunstschätze fotografierte, Bücher schrieb und in Amerika war. Sie war nur ein Bauernmädel, das die Tiere fütterte und mit ihrem Geliebten auf einer Wiese geschlafen hatte, unter den Sternen. Und alles war so wahr gewesen und so wunderbar. Sie hatte Ottfried alles gegeben, aber er knutschte jetzt mit dieser Blondine herum – und sie bekam ein Kind von ihm.
Während in Ludwig Geyers Villa die Hochzeitsparty schon auf vollen Touren lief, stand Anna in der Küche des Verwalterhauses und legte schweigend die Wäsche zusammen, die ihre Mutter bügelte.

Eva Janda hatte ein ebenso einfaches Naturell wie ihr Mann Karl. In zwei Eigenschaften unterschieden sie sich jedoch: Im Gegensatz zu ihm war Eva ein weichherziger und gutmütiger Mensch. Doch sie war auf genauso strenge Weise katholisch wie er, und die richtige Moral, die gutbürgerliche Wohlanständigkeit, die Meinung der Leute, all das war ihr sehr wichtig. Sie würde ihre Tochter zwar nicht aus dem Haus jagen, aber eine Welt wäre für sie zusammengebrochen, wenn Anna ein uneheliches Kind auf die Welt gebracht hätte. Ein Kind ohne Vater. Diese Schande hätte sie krank gemacht.
»Sag mal, willst du dich nicht langsam fertig machen, Anna? Du solltest nicht zu spät zu der Hochzeitsfeier kommen. Ich meine, es wäre doch wichtig, daß du einen guten Eindruck machst.«
»Auf wen?«
»Na, auf Herrn Geyer und seine Frau. Du weißt

doch, ich mag Ottfried. Ich finde, er ist ein anständiger, wohlerzogener junger Mann. Und ich weiß auch, daß ihr ein bißchen Streit habt.« Ihre Mutter stellte das Bügeleisen ab, lächelte und legte den Arm um Anna. »Das mit Ottfried wird sich wieder einrenken. Hier!« Sie zog eine Brosche aus der Tasche ihrer Schürze. »Die hat mir Frau von Frankenberg zum Geburtstag geschenkt. Die paßt ganz toll zu deinem Kleid.«

»Mutti, ich bin schwanger«, sagte Anna leise.

Es traf Eva Janda wie ein Keulenschlag. »Nein!« schrie sie und schlug die Hände vors Gesicht.

»Doch.«

Ihre Mutter wendete sich ab, und ihre Schultern waren plötzlich so gebeugt, als sei sie im Moment um Jahre gealtert. »Um Gottes willen, Anna«, flüsterte sie. »Du bekommst ein Kind. Von Ottfried?«

Anna beantwortete die überflüssige Frage nicht.

»Bitte, Mutti, sag Papa nichts. Ich rede erstmal mit Ottfried.«

Eva fuhr herum und sah ihre Tochter fassungslos an. »Du hast noch nicht mit ihm geredet?« Sie war völlig hysterisch. »Ottfried muß dich heiraten! Er muß dich heiraten! Denk bitte auch mal an uns! Wir sind eine anständige Familie!«

Helmut kam in die Küche. »Mutti, hast du Papa gesehen, ich will …«

»Laß uns bitte allein«, sagte Eva entnervt.

»Ich will doch nur …«

»Raus jetzt!« kreischte seine Mutter, und ihre Stimme überschlug sich.

Der Junge verschwand augenblicklich.
Eva Janda begann zu weinen, erst leise, dann immer heftiger. »Diese Schande!« stieß sie unter Schluchzen hervor. »Wie stehen wir denn jetzt da? Was sollen die Frankenbergs von uns denken? Konntet ihr denn nicht warten damit? Konntet ihr euch denn nicht beherrschen?!« Sie sank auf einen Stuhl und war nur ein Haufen heulendes und zuckendes Elend. »O, mein Gott! Diese Schande! Diese Schande!«
Anna legte ihrer Mutter die Hand auf den Rücken und wollte sie trösten, aber es war sinnlos. Eva Janda war nicht mehr ansprechbar. »Diese Schande!« schluchzte sie immer wieder vor sich hin.
Als Anna die Küche verließ, wurde ihr Weinen immer lauter und hemmungsloser. Eva Janda war am Ende. Ihre Welt war zusammengebrochen.

Anna konnte die Musik und das Lachen schon im Hof der Villa hören, und sie zögerte lange Minuten, bevor sie auf den Klingelknopf drückte.
Ein Dienstmädchen ließ sie ein, und Anna ging langsam zum Salon. Es nahm kaum jemand Notiz von ihr, denn niemand hatte sie vermißt oder auf sie gewartet. Sie blieb an der Tür stehen und blickte sich um. Einige Leute tanzten, andere lachten und unterhielten sich lautstark. Und Ottfried saß mit dieser Jessica auf einer Couch, hatte den Arm um sie gelegt und redete lächelnd auf sie ein. Freundschaftskuß, dachte Anna bitter und ging langsam auf die beiden zu.

Ottfried hatte es immer noch nicht aufgegeben, bei der Fotografin landen zu wollen, und versuchte gerade, sie zu einem Picknick zu zweit zu überreden.
Ottfried erschrak leicht, als er Anna sah, fing sich aber sofort wieder, stand auf, stellte sein Glas ab und ging ihr entgegen. »Hallo, Anna«, sagte er locker, »schön, daß du noch kommst.« Es gab keine Umarmung, keinen Kuß, nichts.
Anna antwortete nicht, sondern blickte zu Jessica hinüber, die sie zum erstenmal aus der Nähe sah.
»Ach ja«, sagte Ottfried laut und verlegen, »ihr kennt euch ja noch gar nicht.«
Die beiden sagten sich über die Distanz hinweg Hallo. Jessica gefiel diese Anna sehr gut. Ottfried hatte einen guten Geschmack.
»Soll ich dir was zu trinken holen?« Ottfried sah seine Geliebte etwas hilflos an.
»Danke, nein«, murmelte Anna. »Ich muß mit dir reden, Ottfried.«
»Was ist denn?«
»Nicht hier, Ottfried. Bitte.«
»Wir sind gleich zurück!« rief Ottfried Jessica zu und ging mit Anna aus dem Salon.
Nick von Frankenberg, der die Szene beobachtet hatte, trat zu der Fotografin.
»Nettes Mädchen«, sagte Jessica. »Ottfrieds Freundin, nicht wahr? Da kann man ihm nur gratulieren. Hoffentlich weiß er sie zu schätzen.«
»Wenn ihn niemand auf andere Gedanken bringt…«, erwiderte Nick ernst.

Jessica hatte sehr gut verstanden, was er meinte, und schüttelte nur den Kopf. Sie hatte tatsächlich kein Interesse an Ottfried. Und die Knutscherei vor der Kapelle hatte für sie keinerlei Bedeutung. Sie hatte zu diesem Zeitpunkt gar nicht gewußt, daß Ottfried eine Freundin hatte.

Ottfried und Anna standen sich im Arbeitszimmer seines Vaters gegenüber.
»Willst du mir jetzt vorwerfen, daß Jessica auf der Hochzeit ist?« fragte er genervt.
Anna antwortete nicht, sondern sah ihn ruhig und beherrscht an.
»Das kannst du auch nicht«, fügte Ottfried hilflos an. »Die macht nämlich hier nur Fotos.«
»Ich bekomme ein Kind von dir.«
Das kam so unvermittelt und so schlicht, daß es Ottfried für einen Moment die Sprache raubte. »Das ist doch nicht wahr!« sagte er nach einer langen Pause.
»Doch«, antwortete Anna leise.
»O, verdammt! Ganz sicher?«
Anna nickte. »Ganz sicher.«
Ottfried Geyer war sprachlos. Er hob die Hände in einer hilflos unbestimmten Geste, ließ sie wieder sinken und wußte nicht, was er sagen sollte.
Anna schwieg und sah ihn erwartungsvoll an.
»Ja, und jetzt?« fragte er schließlich. »Was soll ich denn auf die Schnelle darauf sagen?«
In Annas Gesicht begann es zu zucken, doch sie beherrschte sich, so gut sie konnte. »Vielleicht, daß du dich freust«, sagte sie bitter. »Vielleicht, daß du mich

liebst. Daß du mich nicht sitzenläßt. Daß wir heiraten.«
Ottfried hielt es nicht mehr an seinem Platz. Er lief nervös und gestikulierend durch das Büro, erklärte laut, daß das alles zu plötzlich käme, daß er sich noch viel zu jung zum Heiraten fühle und daß er doch sein ganzes Leben noch vor sich hätte.
Anna beobachtete ihn reglos. »Ich habe mein Leben auch noch vor mir, Ottfried«, sagte sie ruhig, denn sie fühlte schon, worauf das alles hier hinauslief.
Ottfried blieb wieder vor ihr stehen. »Für das Kind sorge ich. Ist doch klar.«
Anna spürte, wie ihr die Kälte das Rückgrat hochkroch. Sie nickte nur mechanisch zu Ottfrieds weiteren Beteuerungen, daß es dem Kind an nichts fehlen solle und so weiter. Eigentlich war sie nur noch körperlich vorhanden, denn seelisch war sie in diesem Moment schon weit von Ottfried entfernt. Das war nicht mehr der Mann, mit dem sie unter den funkelnden Sternen geschlafen, dem sie alles gegeben und dem sie vertraut hatte.
»Im wievielten Monat bist du denn?« fragte Ottfried plötzlich interessiert.
Anna drehte sich um, bevor er sie zu einer Abtreibung auffordern konnte.
Ottfried hielt sie fest. »Anna! Du mußt das doch verstehen!«
Sie sah ihn kalt an. »Ich verstehe, Ottfried. Ich verstehe alles.« Sie drehte sich um und ging ohne ein weiteres Wort hinaus.
Als sie wieder auf Frankenberg war, erzählte sie ihrer

Mutter, daß alles in Ordnung sei. Ottfried würde morgen um ihre Hand anhalten.
Eva Janda war so glücklich, wie sie es seit vielen Jahren nicht mehr war.

20

Anna ging in ihr Zimmer und verriegelte die Tür hinter sich. Sie stellte die Flasche Wodka, die sie sich in Rothenburg gekauft hatte, auf den Tisch und legte die Packungen mit Schlaftabletten daneben. Dann zog sie sich ihren Stuhl heran und setzte sich. Sie schraubte die Flasche auf, goß sich das Wasserglas halbvoll und stürzte den Schnaps hinunter. Sie würgte, rang keuchend nach Luft und stellte das Glas krachend auf die Tischplatte zurück. Als sich ihre Atmung wieder beruhigt hatte, goß sie das Glas erneut halbvoll und trank es diesmal in kleinen Schlucken aus. Der Alkohol schoß ihr sofort ins Blut und hüllte sie für einen Moment in einen warmen Mantel.

Sie nahm eine Tablettenpackung, öffnete sie, zog die Pillen halb heraus und betrachtete die kleinen weißen Dinger.

Doch in ihrem Zimmer, zwischen all den Sachen, die ihr gehörten, zwischen all den kleinen Dingen, die sie an etwas in ihrem jungen Leben erinnerten, verließ Anna Janda der Mut. Ich bin doch erst achtzehn, dachte sie verzweifelt, ich bin doch so jung.

Dann dachte sie wieder daran, daß sie ein Kind be-

kommen würde und daß Ottfried sie verlassen hatte. Ihr Vater würde sie aus dem Haus prügeln. Und Ottfried! Wie sehr hatte sie ihn geliebt. Sie trug sein Kind unter dem Herzen. Und er wollte sie nicht heiraten. Was hatte er zu ihr gesagt? Ich werde dich nie im Stich lassen, Anna, hatte er gesagt. Damals, in dieser wunderbaren Nacht unter den Sternen. Und jetzt? Das tat so weh, so unendlich weh.
Anna schluchzte auf und schlug die Hände vors Gesicht. Ihre Schultern zuckten, und sie wimmerte leise wie ein verwundetes Tier.
Der Alkohol hatte ihr Hirn erreicht, und Anna fühlte sich auf einmal leicht und schwer zugleich. Ich bin ja eine Stallmagd, fiel ihr plötzlich ein, und da sterb ich auch am besten in einem Stall. Oder in einer Scheune. Sie wischte sich die Tränen aus dem Gesicht, verstaute den Schnaps und die Tabletten wieder in der Tüte und stand auf.
Sie schaffte es die Treppe hinunter, ohne zu stürzen. Im Wohnzimmer lief der Fernseher. Ihre Eltern sahen sich wohl gerade eine Gameshow an. Anna ging schwankend durch den Korridor, und obwohl sie anfangs ein paarmal gegen die Wände taumelte und ihr die Tüte beinahe aus der Hand gefallen wäre, gelang es ihr, das Haus zu verlassen, ohne durch ihren Lärm die Eltern aufzuschrecken.
Sie ging in den Stall, setzte sich ins Stroh und lehnte sich mit dem Rücken an die Wand. Ihre Finger spielten mit dem goldenen Anhänger, den Ottfried ihr geschenkt hatte, und Tränen rannen über ihre Wangen. Dann nahm sie die Tabletten aus den Packungen,

schluckte sie in kleinen Häufchen und spülte jedesmal mit einem kräftigen Schluck aus der Flasche nach.
Nach kurzer Zeit wurde auf einmal alles so schwer, so warm und weich. Die Flasche fiel ihr aus der Hand, und ihre Arme sanken herunter. Ottfried, sieh mal meine schönen Haare, mein wunderschönes schwarzes Haar! Sie spürte noch einmal den Fahrtwind jener Nacht in ihrem Haar und Ottfrieds Hand, die sanft durch ihre Locken strich. Mein schönes Haar, Ottfried, dachte sie noch einmal verschwommen, und dann wurde alles dunkel.
Anna Janda rutschte schräg an der Stallwand herunter, der Oberkörper fiel seitlich ins Stroh, und einige Haarsträhnen legten sich wie ein zarter, schwarzer Schleier über ihr Gesicht.

Ottfried Geyers Straßenkreuzer raste über die Landstraße nach Frankenberg. Nick hatte seinem Freund den Kopf gewaschen, als der ihm auf der Hochzeitsparty von Annas Schwangerschaft erzählt hatte. Er hatte ihn einen gottverdammten Idioten genannt, der eine Frau wie Anna überhaupt nicht verdient hätte. Und Jessica solle er sich aus dem Kopf schlagen. Die hatte nicht das geringste Interesse an ihm.
Ottfried hielt vor dem Verwalterhaus und stieg aus, zwei Blumensträuße in der Hand.
Eva öffnete ihm die Tür und war überglücklich, den jungen Geyer zu sehen. Anna habe sich hingelegt, sagte sie, aber sie werde sie sofort holen.
Ottfried gab ihr einen Strauß. Der andere war für

Anna. Ich werde sie auf der Stelle fragen, ob sie meine Frau werden will, dachte Ottfried und freute sich auf Annas glückliches Gesicht.
Anna war nicht in ihrem Zimmer, und Ottfried geriet in Panik. Er rannte zum Schloß hinüber, doch bei den Frankenbergs, die inzwischen auch schon zu Hause waren, war sie auch nicht.
Alle schwärmten aus, um sie zu suchen. Katharina fand ihre Freundin schließlich und schrie weinend nach ihrer Mutter. Charlotte untersuchte den Körper im Stroh. Anna Jandas Herz schlug noch schwach, und sie rasten mit ihr in die Klinik nach Rothenburg.

21

Anna überlebte. Das Kind unter ihrem Herzen starb. Als sie aus der Klinik entlassen wurde und wieder in das Haus ihrer Eltern einzog, war sie ein anderer Mensch. Sie war stiller geworden, ernster, und sie dachte viel über ihr Leben, ihr zweites Leben, nach. Bisher war sie nur eine Magd gewesen, ein Bauernmädel, das die Tiere fütterte und den Eltern bei den allfälligen Arbeiten zur Hand ging. Jetzt dachte sie daran, die Landwirtschaftsschule zu besuchen und sich etwas aufzubauen. Aus dem Teenager Anna war Frau Anna Janda geworden, und das, was hinter ihr lag, wollte sie vergessen. Doch das war weniger einfach, als sie glaubte.

Sie war nicht der einzige Mensch, den dieser Vorfall verändert hatte. Ihr Vater war rührend um sie bemüht, der alte Sturkopf kaufte sogar eine Bluse und schenkte sie ihr. Früher wäre er nie auf die Idee gekommen, seiner Tochter, außer am Geburtstag, irgend etwas zu schenken.

Anna nahm die Bemühungen ihrer Eltern freundlich zur Kenntnis, doch selbst der äußerst simple Karl Janda spürte, daß seine Tochter sich von ihm entfernt hatte, daß ihr freundliches Lächeln nicht mehr aus

dem Herzen kam, und die Panzerung seiner Seele bekam einige Risse.
Ottfried Geyer kam fast jeden Tag nach Frankenberg, bemühte sich mit unendlicher Geduld um seine ehemalige Geliebte, doch er hatte kein Glück. Anna war freundlich und nett zu ihm, aber sonst gar nichts. Das Band, das einmal zwischen ihnen bestanden hatte, war zerschnitten, und es war ihm unmöglich, die losen Enden wieder zu verknüpfen. Denn dazu hätte Anna ihm ihren Teil des Bandes hinhalten müssen, und das tat sie nicht. Sie hatte ihm verziehen, aber sie hatte nicht vergessen.
Der ehemalige Sonnyboy vergrub sich in die Arbeit und kam mit der Zeit immer seltener nach Frankenberg. Er vermied auch jeden Kontakt mit der Fotografin Jessica Schiller und traf sie nur, wenn Nick mit ihr bei ihm auftauchte. Als sein Vater ihm erzählte, daß ihre kanadischen Partner ihnen das Angebot gemacht hätten, in Kanada gemeinsam eine neue Geschäftsstelle zu eröffnen, überlegte er ernsthaft, nach Kanada zu gehen und dort die Filiale aufzubauen. Kanada war weit. Kanada war so gut wie ein neues Leben.

22

Auf Frankenberg war Erntezeit. Christian hatte doch noch einen Mähdrescher vom Maschinenring ergattert, und sie ernteten von Sonnenaufgang bis Sonnenuntergang Weizen. Bis die Versicherung das Geld für die verbrannte Maschine rausrücken würde, dauerte es sicher noch eine ganze Weile.

Justus und Helmut setzten alles daran, den Hecht Methusalem an den Haken zu kriegen, doch der schlaue alte Bursche war auch mit einer professionellen Angel nicht zu überlisten. Tagelang saßen sie am Schloßteich, probierten alle Arten von Ködern, doch das Ergebnis war gleich Null. Der alte Hecht zog seine Kreise, fraß die Karpfenbrut, wie er es seit vielen Jahren gewohnt war, und ignorierte die schlauen Jungs mit ihrer Sportangel. Schließlich wurde es ihnen zu blöd, und die Kinder beschlossen, den Hecht zu einer anderen Zeit zu fangen, nämlich dann, wenn er überhaupt nicht damit rechnete, gefangen zu werden. Und bis es soweit war, wollten sie erstmal eine Vogelscheuche bauen, denn die gefiederten Freunde hausten im Obstgarten wie die Vandalen.

Für die Vogelscheuche brauchten sie möglichst abschreckende Klamotten, und deshalb wühlten sie im

Dachboden des Schlosses herum. Sie fanden genügend altes Zeug, um eine ganze Armee von Vogelscheuchen auszurüsten, und sie entdeckten eine riesige alte Kiste, auf der der Name Konstanze von Frankenberg stand. Das sei Papas Schwester, erklärte Justus seinem Freund, die Mutter von Nick, die schon lange tot war. Sie brachen die Kiste auf und fanden zwischen Dokumenten, Büchern, altem Geschirr und Kleidungsstücken eine alte Taschenuhr, die sogar noch tickte, als Justus sie aufzog. Er kassierte die Uhr sofort ein und steckte sie sich in die Jackentasche.

Christian kam gerade vom Gutshof herüber, als die Jungs mit einigen alten Schrottklamotten, wie sie glaubten, zum Gemüsegarten unterwegs waren.

»Was macht ihr denn da?« Er betrachtete verwundert das Zeug, das die Kinder schleppten.

»Das sind nur alte Klamotten für unsere Vogelscheuche.«

»Klamotten? Ja, ihr spinnt wohl! Das da ist ein napoleonischer Helm, und das ist ein kostbares altes Spitzenkleid! Das sind keine Klamotten, das sind wertvolle Antiquitäten. Marsch, zurück auf den Speicher damit! – Und was ist das da für eine goldene Kette?«

Justus zog widerwillig die Uhr aus der Jackentasche. »Die haben wir aus einer Kiste. ›Konstanze von Frankenberg‹ stand da drauf.«

Christian nahm seinem Filius die wertvolle goldene Uhr wieder ab und scheuchte die Lümmel mit dem übrigen Zeug auf den Dachboden zurück.

Die Uhr gefiel ihm sehr gut. Als er den Deckel öffnete, stieß er ganz unwillkürlich einen leisen Pfiff aus. »Das ist ja ’n Ding«, murmelte er, als er die Gravur betrachtete: »Für Nick. Von deinem Vater. 22. 9. 1986.« Der Baron von Frankenberg war einigermaßen erstaunt. Das Datum war exakt Nicks achtzehnter Geburtstag. Konstanze hatte ihrem Sohn die Uhr also nie gegeben. Und niemand wußte bis heute, wer Nicks Vater war.

Nach dem Abendessen nahm Christian seinen Neffen zur Seite und ging mit ihm in sein Arbeitszimmer.

Nick hatte kein Interesse an der Uhr. »Das ist mir egal. Fünfundzwanzig Jahre hat mein Vater nichts von sich hören lassen. Jetzt kann er bleiben, wo er ist. Ich bin auch ohne ihn klargekommen. Ich will diese Uhr nicht.«

Christian hörte den Trotz in seiner Stimme, der eigentlich Schmerz war. Aber das konnte der Junge nicht zugeben.

Der Baron von Frankenberg lud seinen Butler auf ein Bier ein und spannte ihn vor seinen Karren. Ludolf und Nick hatten seit der unseligen Geschichte mit dem Bahnhofskellner, die Ludolf kurz vom Schloß vertrieben hatte, ein ganz spezielles Vertrauensverhältnis. Irgend etwas verband sie, wenn auch keiner außer den beiden wußte, was sie denn verband.

Das Bindeglied zwischen den beiden war der fehlende Vater, denn auch Ludolf hatte den seinen nie kennengelernt. Als der Butler Nick die Taschenuhr

hinhielt und von einem Wink des Schicksals sprach, begriff der junge Frankenberg, daß er hier die einmalige Chance hatte herauszufinden, wer sein Vater war.
Er ging mit der Uhr zu einem Uhrmacher, und der Experte stellte fest, daß es eine kostbare, handgefertigte Beaumont war; bei solchen Stücken wurde oft festgehalten, erklärte er, an wen sie geliefert wurden. Der Hersteller in Genf existierte allerdings nicht mehr, und die einzige Chance zu erfahren, wer die Uhr gekauft hatte, war die Firma Weißenborn in München, der Alleinimporteur dieser Chronometer in Deutschland.
Nick beschloß, das Nützliche mit dem Angenehmen zu verbinden, und fuhr mit Jessica nach München. Bisher hatten sie nur einen kleinen Flirt miteinander, doch der junge Frankenberg hoffte, auf diesem Ausflug näher an die Fotografin heranzukommen.

Charlotte war am frühen Abend noch in eine Krankenakte vertieft, als ihr ehrenwerter Gemahl in der Praxis auftauchte. Das war ungewöhnlich, denn er hatte sie noch nie abgeholt. Außerdem roch der Baron von Frankenberg leicht nach Wein, war strahlender Laune, hatte einen prächtigen Blumenstrauß und eine Plastiktüte in der Hand, die wer weiß was enthielt. Alles in allem ein recht verdächtiger Auftritt.
»Gibt's was zu feiern?« Sie sah ihren grinsenden Gatten skeptisch an.
»Und ob, mein Schatz! Der Pachtvertrag mit Ertl ist nur noch eine reine Formsache!«

»Du kriegst die Felder?«
»Alles klar!« lachte Christian. »Pacht auf zehn Jahre plus Kaufoption! Wenn das kein Grund zum Feiern ist! Sigrid hat uns einen Tisch im ›Eisenhut‹ reserviert!«
Das war wirklich ein Grund zum Feiern. Charlotte zog ihren Arztkittel aus. »Da muß ich mich aber vorher noch umziehen.«
»Alles da!« lachte Christian und zog ein neues Kleid aus der Einkaufstüte.
Es wurde ein wunderbarer Abend, denn sie hatten wirklich allen Grund zur Freude. Es ging endlich aufwärts mit Frankenberg. Der Bauer Ertl, einer ihrer Nachbarn, wollte sich zur Ruhe setzen und hatte Christian per Handschlag seine gesamten Felder verpachtet. Das war genau das Land, das er brauchte, um seinen ökologischen Landbau rentabel zu machen. Übermorgen würden sie dann den schriftlichen Vertrag unterzeichnen. Eigentlich wollte der alte Ertl lieber verkaufen als verpachten, aber da der Baron das Geld für einen Kauf nicht hatte, war er mit einer Verpachtung einverstanden. Schließlich waren sie immer gute Nachbarn gewesen. Und der Baron hatte ihm versprochen, die Felder zu kaufen, sobald er dazu in der Lage war.
Christian von Frankenberg war nicht nur wegen der neuen Ländereien bester Stimmung, er hatte auch noch sein Getreide an die Vereinigung Biomühle verkauft, eine Firma, die nur ökologische Produkte vertrieb. Natürlich hatte er den Scheck noch nicht in der Hand, aber in diesem Fall hatte er schon den Ver-

kaufsvertrag. Als er das erzählte, fiel Charlotte ihm um den Hals und küßte ihn trotz aller Gäste im Restaurant, denen die Frankenbergs in dem kleinen Rothenburg durchaus bekannt waren.
Sigrid Ebrach bestellte eine Flasche Champagner auf Kosten des Hauses, und sie stießen auf die Zukunft an, auf Christians Erfolg und die besseren Zeiten für Frankenberg.
Christian redete viel an diesem Abend, doch eins traute er sich noch nicht zu sagen: Er hatte zwar von all seinen zukünftigen Erfolgen noch keine Mark in der Tasche, aber er hatte sich heute für zehntausend Mark einen alten Schrotthaufen gekauft: einen Morgan Plus Eight, einen Oldtimer, den er vergammelt und verfallen an einer Tankstelle gefunden hatte. Eine echte automobile Antiquität. Nick hatte versprochen, den Schrotthaufen aufzumöbeln. In dem würde Christian dann mit Charlotte nach Portugal fahren.

Der alte Ertl saß in der Küche seines Hofs und musterte den Baron ungemütlich. Was sollte er denn machen? Er war ein alter Mann, und er wollte seine Ruhe haben. Er hatte ein Leben lang den Hof bewirtschaftet, und jetzt wollte er sich zurücklehnen und seinen Lebensabend genießen. Und Bargeld war Bargeld.
»Nee, nee, so geht das nicht!« fauchte Christian aufgebracht. »Handschlag ist Handschlag!«
»Sie müssen mich verstehen, Herr von Frankenberg. So eine Chance krieg ich auf meine alten Tage nie wieder.«

Das verstand Christian zwar, aber trotzdem. Wenn er die Felder nicht kriegte, war seine Zukunftsplanung im Eimer. »Wer ist denn überhaupt der Interessent, der da gleich das Geld über den Tisch schiebt?«

»Den kennen Sie nicht, Herr Baron«, sagte Ertl müde. »Der kommt aus München. Er war gestern hier.«

»Ich will es aber trotzdem wissen!«

Der Bauer Ertl stand langsam auf, ging zum Küchenschrank und holte eine Visitenkarte aus einer Schublade. »Hier.«

Christian warf einen Blick auf die Karte und konnte sich ein bitteres Lachen nicht verkneifen. Er hatte das alles eigentlich schon vergessen und abgehakt, aber auf der Visitenkarte stand ein Name, an den er sich gut erinnerte: Bissinger. Und auf der Rückseite war eine Telefonnummer notiert, unter der Ertl den Käufer aus München erreichen konnte. Es war die Nummer des Hotels Eisenhut.

23

Im kleinen Salon des Hotels Eisenhut saßen Ludwig Geyer, Frau Karin und der Rechtsanwalt Bissinger an einem Tisch, auf dem eine Landkarte von Rothenburg und Umgebung ausgebreitet war. Bissinger erklärte dem schweigenden Geyer, daß durch die Ländereien des Bauern Ertl die Sache mit dem Golfhotel dann wirklich perfekt wäre. Sie könnten dann großräumig nicht nur einen oder zwei Golfplätze anlegen, sondern sie könnten ein internationales Golfzentrum gründen, mit dem Schloß in der Mitte. So etwas gäbe es in ganz Europa nicht.

Ludwig Geyer saß nur da und starrte auf die Landkarte, ohne etwas zu sagen. Er wollte das alles nicht. Er fühlte sich hundsmiserabel. Er konnte das Rattengesicht Bissinger immer noch nicht ausstehen. Aber sein frisch angetrautes Eheweib hatte ihn auf ihre Weise davon überzeugt, daß der Baron von Frankenberg auf keinen Fall die Ländereien des Bauern Ertl bekommen durfte. Denn dann würde Frankenberg finanziell auf die Beine kommen, und wenn das geschähe, wäre ihr Traum vom Golfhotel schlicht und einfach geplatzt. Das war der wirkliche Grund, warum sie Ertls Ländereien kaufen mußten. Das mit dem internationalen Golfzentrum war nur Bissingers beschönigendes Geschwätz. Tatsache war, daß Karin Geyer es auch nicht eine Sekunde lang wirklich aufgegeben hatte, Frankenberg in die Finger zu bekommen. »Allmählich kommt es mir so vor, als wäre Frankenberg der einzige Ort auf dieser Welt, an dem man ein Golfhotel bauen könnte«, sagte Geyer verdrießlich. Aber diese Bemerkung war so dünn, so windelweich und schlappschwänzig, daß Geyer sich im Grunde vor sich selbst schämte. Wenn er ein Kerl wäre, dann würde er jetzt mit der Faust auf den Tisch hauen und der ganzen gottverdammten Angelegenheit ein Ende bereiten.

Christian stürmte in den Salon und blieb wie angewurzelt stehen. Er konnte schwerlich glauben, was, oder besser, wen er da sah. Mit diesem Bissinger an einem Tisch! Und auf dem Tisch lag eine Landkarte, auf der das Gut Frankenberg mit dicken Strichen umrahmt war! Er starrte Geyer lange Sekunden schweigend an. »Das darf doch nicht wahr sein«, murmelte er dann, drehte sich auf dem Absatz um und knallte die Tür hinter sich zu.
Geyer fühlte sich in seiner Haut zunehmend unwohl. Seine Frau und Bissinger blickten ihn erwartungsvoll an, doch Geyer wich ihren Blicken aus. Plötzlich sprang er auf und rannte hinaus.
Christian stürmte wütend zu seinem Wagen, und Geyer hechelte hinter seinem Freund her. »Christian! Laß dir doch erklären! Ich wollte noch heute mit dir reden!«

»Das kannst du dir sparen«, brüllte Christian, ohne stehenzubleiben. »Ich war bei Ertl! Was hast du mit dem Acker eigentlich vor?! Bist du unter die Landwirte gegangen?!« Er riß die Wagentür auf und stieg ein.

»Ist es verboten, Land zu kaufen?« Geyer stand händeringend neben dem Auto und sah seinen Freund beschwörend an. »Ich, das heißt Karin ... also, wir wollen einen Golfplatz bauen.«

»Einen was?!«

»Golf ist der Volkssport der Zukunft«, wiederholte Geyer das, was ihm Bissinger eingetrichtert hatte. »Wenn du willst, Christian, kannst du einsteigen.«

»Du bist doch nicht ganz bei Trost!« knurrte Christian und schlug die Wagentür krachend zu.

»Christian, bitte!« Geyer flehte ihn an. »Mit deiner Landwirtschaft kannst du dich auf Dauer nicht über Wasser halten. Wir wollen was Großes aufziehen. Hör dir doch meinen Plan erstmal an.« Geyer war nervös und durcheinander. Er vergaß, daß es überhaupt nicht sein Plan war und auch nie gewesen ist.

»Ach«, antwortete Christian ätzend, »einen Plan hast du also auch schon, wie du dir Frankenberg unter den Nagel reißen kannst? Das willst du doch, oder?« Er startete den Motor und sah seinen besten Freund Ludwig Geyer mit unendlicher Verachtung an.

Dieser schlug mit der Faust gegen die Wagentür und ging.

»Geyer!«

Ludwig Geyer blieb stehen und drehte sich um.

»Du bist ein skrupelloses Charakterschwein, Geyer.

Hiermit kündige ich dir die Freundschaft.« Das kam ganz ruhig und leise, doch es war eine moralische Hinrichtung. Christian trat aufs Gas, und der Wagen schoß mit quietschenden Reifen davon.

Karin Geyer machte ein verkniffenes Gesicht und knetete nervös ihre Finger. »Ich kenne meinen Mann. Er wird's nicht übers Herz bringen, diesem Frankenberg Paroli zu bieten. Der hängt mit einer Affenliebe an dem. Völlig irrational.«
Bissinger schüttelte geringschätzig den Kopf. »Dann sollte Ihr Mann in Zukunft besser keine Geschäfte machen, die ...«
Geyer trat ein und schloß die Tür hinter sich. »Jetzt mach ich ihn fertig«, sagte er leise.
»Wir können also attackieren?« Bissinger sah ihn erwartungsvoll an.
Geyer starrte mit bösem Gesicht ins Leere. »Aus vollen Rohren«, murmelte er. »Keine Rücksicht mehr!«
Seine Frau wäre ihm am liebsten um den Hals gefallen, aber das war jetzt wohl nicht der richtige Moment. Sie würde ihm heute nacht zeigen, daß er die richtige Entscheidung getroffen hatte.

Als Christian im Schloß ankam, bestand er nur noch aus achtzig Kilogramm geballter Wut und war explosiv wie eine Kiste Dynamit.
Charlotte hatte nicht die geringste Chance, ihn zu beruhigen. Als sie vorschlug, mit Geyers Schwester Sigrid zu reden, brüllte ihr Mann los. »Du redest mit

niemandem! Mit dem werde ich allein fertig! Jetzt soll mich dieser saubere Herr Geyer kennenlernen! Dem versalze ich die Suppe!«

Ludwig Geyer schmorte im eigenen Saft. Charlotte dachte überhaupt nicht daran, sich von ihrem Mann etwas verbieten zu lassen, und hatte Sigrid Ebrach angerufen. Sigrid nahm ihren Herrn Bruder ins Gebet, doch Geyer blieb stur. Sein Sohn behandelte ihn mit kühler Verachtung, doch Geyer blieb stur. Er hatte sich so lange eingeredet, daß Frankenberg ihn beleidigt hätte, bis er es selbst glaubte. Wer war er denn, daß er sich von dem adeligen Herrn beleidigen ließ? Jetzt war Krieg, und er würde ihn fertigmachen. Jawohl! Fertigmachen!

Christian hatte alle Bauern der Gegend zusammengetrommelt, und die Atmosphäre in der Dorfkneipe war alles andere als friedlich. Christian hielt eine flammende Rede und machte kräftig Stimmung. »Was hier vorgeht, das betrifft uns alle! Früher oder später! Wenn wir jetzt nicht zusammenhalten, können wir in zwei Jahren alle als Rasenpfleger auf dem Golfplatz arbeiten! Unsere Situation ist ohnehin schon dramatisch genug! Wer nicht von den EG-Normen dahingerafft wurde, soll nun das Opfer von skrupellosen Spekulanten werden!«
Die Bauern redeten erregt durcheinander, einige stimmten der Rede mit energischen Zwischenrufen zu. »Jawohl! Dagegen muß man sich wehren! Auch du, Ertl!«

»Ach, hört doch auf«, plärrte der alte Ertl, duckte sich dann aber am Tisch zusammen, als er die bösen Blicke seiner Nachbarn sah.
»Hört auf«, schrie Christian. »Für Ertls Situation muß man Verständnis haben. Aber ich möchte an seine Verantwortung appellieren, an die Verantwortung unserem Berufsstand und unserer Region gegenüber!«
»Verantwortung?« Die Stimme kam von der Tür her. Alle Köpfe ruckten herum.
Ludwig Geyer blickte ruhig über die Versammlung. »Verantwortung hat jeder erstmal für sich und seine Familie. Laßt euch doch hier nicht aufhetzen!«
Für einen Moment herrschte Stille im Saal. Der Baron von Frankenberg und der Futtermittelhändler fixierten sich mit eiskalten Blicken.
Dann redete Christian weiter, machte den Bauern klar, daß sie in dieser Gegend als Berufsstand untergehen würden, wenn sie sich jetzt nicht zur Wehr setzten. Er deutete mit dem Finger auf Geyer und schrie: »Diese verfluchten Spekulanten werden euch alle über kurz oder lang ruinieren.«
Geyer hörte ruhig zu. Die Bauern applaudierten lautstark, als Christian seine Rede beendete. »Los! Verschwinden Sie!« brüllten einige in Richtung Geyer. »Und du auch, Ertl!« Jemand gab dem alten Ertl einen groben Stoß.
»Ihr könnt mich mal«, brüllte Ertl, stand auf und verließ mit Geyer, begleitet von einem Pfeifkonzert, den Saal.
Er unterschrieb noch in der Schankstube den Kaufvertrag mit dem Futtermittelhändler.

Die Bauernversammlung hatte beschlossen, Geyer unter Druck zu setzen, und schon am nächsten Morgen gingen in seinem Büro vierzehn Stornierungen für Futtermittellieferungen ein. Der Chef war an diesem Tag zu Hause geblieben, beruhigte seine aufgeregte Sekretärin am Telefon und legte dann genervt auf. Die ganze Sache lief ihm aus dem Ruder, und eigentlich widerte sie ihn inzwischen an. Seine Wut auf Christian von Frankenberg war weitgehend verraucht, und insgeheim bewunderte er es, wie er sich gegen ihn zur Wehr setzte. Herrgott! Sie waren seit über vierzig Jahren die besten Freunde – und jetzt führten sie einen Krieg gegeneinander! Versuchten sich gegenseitig zu ruinieren! Es war alles falsch! Falsch, falsch, falsch!!! Und er, Ludwig Geyer, hatte mit diesem verfluchten Krieg angefangen!

Er saß immer noch grübelnd im Salon, als seine Frau, einen seidenen Morgenmantel lose über ihren schwarzen Dessous tragend, hereinkam und ihn erstaunt musterte. »Wieso bist du noch nicht im Büro? Es ist halb elf.«

Geyer blickte sie nicht an und knurrte gereizt, daß er heute schon vierzehn Stornierungen bekommen hätte.

Karin setzte sich auf die Lehne seines Sessels, ließ ihren Seidenmantel noch weiter aufklaffen, legte den Arm um ihn und drückte ihre prallen Brüste gegen seine Wange.

Geyer ignorierte sie und starrte grüblerisch vor sich hin.

»Vierzehn Kunden«, gurrte Karin. »Was ist das

schon, Ludwig? Du hast den Kaufvertrag für Ertls Land. Wir haben gewonnen, Ludwig.«
Geyer befreite sich aus der Umarmung, sah sie kalt an. »Nach deinen Maßstäben vielleicht.«
Karin wurde wütend, beherrschte sich aber noch. Sie stand auf, rückte ihren Büstenhalter zurecht, biß sich auf die Lippen, zögerte – und dann brach es aus ihr heraus. »Der Herr Baron und die Frau Doktor«, fauchte sie und verlor immer mehr die Beherrschung. »Ich habe dieses adelige Pack noch nie ausstehen können! Und weißt du was?! – Ohne Land keine Landwirtschaft! Ohne Landwirtschaft kein Geld! Ohne Geld kein Schloß! Ohne Schloß – weggeputzt, einfach weggeputzt! Vernichtet! So geht das!« Sie brach schwer atmend ab.
Geyer hatte ruhig zugehört, ohne sie anzusehen. Plötzlich sprang er wie von der Tarantel gebissen aus dem Sessel. »Du bist doch krank! Du hast doch nicht mehr alle Tassen im Schrank! Du gehörst doch in die Klapsmühle!«
»So redest du nicht mit mir«, schrie seine Frau, aber Geyer interessierte das nicht mehr. Er war frei. In diesem Augenblick hatte er sich von seiner sexuellen Hörigkeit befreit. Er fühlte sich plötzlich leicht und unbeschwert, und alles erschien ihm ganz einfach. Es war auch alles ganz klar und einfach, er hatte es nur falsch gesehen. Er ging wortlos aus dem Raum und schloß leise die Tür hinter sich.

24

Als Nick und Jessica aus München zurückkamen, hatten sich zwei Dinge im Leben des jungen Frankenberg grundlegend geändert. Er kannte den Namen seines Vaters, zumindest den Käufer der Uhr, und er hatte seine Liebe gefunden. Sein Gefühl für Jessica ließ ihn klar erkennen, daß seine Verehrung für Lissy nur eine Kinderei gewesen war, eine verkorkste Jugendliebe, die mit den echten, großen Gefühlen eigentlich gar nichts zu tun hatte.

Und ganz nebenbei hatte ihm der Uhrmacher erklärt, daß die alte Uhr leicht und locker fünfundzwanzigtausend Mark wert war. Eine Menge Geld für einen jungen Automechaniker.

Der Käufer der Uhr war ein gewisser H. Ebrach. Mehr konnte der Spezialist nicht herauskriegen, keinen Vornamen und keine Adresse. Genau genommen, dachte Nick, bringt mich das auch nicht weiter. In unserer Gegend heißt jeder zehnte Ebrach. Und er konnte ja nicht irgendwelche Ebrachs anrufen und fragen: Entschuldigen Sie bitte, sind Sie vielleicht mein Vater? Der einzige Mensch, der Ebrach hieß und den er persönlich kannte, war Sigrid

Ebrach vom Hotel Eisenhut. Und die kannte Gott und die Welt. Man kann ja mal nachfragen.

Sigrid kannte einen Hans, einen Hugo und einen Heinrich Ebrach persönlich. »Um was geht's denn«, fragte sie.
Nick zog die Uhr aus der Tasche und hielt sie ihr hin. »Diese Uhr gehörte einem H. Ebrach. Meinem Vater.«
Sigrid nahm die Uhr, wendete sie prüfend hin und her und wurde plötzlich blaß. »Woher haben Sie diese Uhr«, stieß sie hervor.
Nick erklärte es ihr.
Sigrid Ebrach schwieg eine lange Zeit und blickte versonnen von der Dachterrasse ihrer Wohnung über die Dächer von Rothenburg. Sie schien den jungen Frankenberg völlig vergessen zu haben.
Nick kam sich auf einmal sehr überflüssig vor, doch sein Instinkt riet ihm, zu schweigen und zu warten.
Plötzlich stand die Hotelbesitzerin auf, bedeutete Nick mit einer Geste zu warten und ging in die Wohnung. Nach einem kurzen Moment kam sie mit einem gerahmten Foto zurück und drückte es ihm in die Hand. »Das ist Ihr Vater«, sagte sie tonlos und setzte sich wieder.
Nick betrachtete das Foto, aber das Gesicht des Mannes rief keinerlei Erinnerung in ihm wach. »Wer ist das?«
»Harald Ebrach. Mein verstorbener Mann – Ihr Vater.«
Sigrid Ebrach und Nick von Frankenberg gingen an

diesem Nachmittag noch auf den Friedhof. Beide legten einen Blumenstrauß auf das Grab von Harald Ebrach, und beide hielte eine stumme Zwiesprache mit dem Toten, wenn sie ihm auch sehr verschiedene Dinge zu sagen hatten.
Danach gingen sie im Klostergarten von Rothenburg spazieren. Nick erzählte Frau Ebrach, wie sehr er sein Leben lang darunter gelitten hatte, keinen Vater zu haben, wie man ihn in der Schule gehänselt hatte und wie er sich verkrochen hatte, in sich selbst verkrochen.
Sigrid war ein wenig traurig. Sie war eine erfahrene Frau, die das Leben kannte und wußte, daß solche Dinge öfter vorkommen, als die meisten Menschen glauben mochten, aber es traf sie doch. Zwanzig Jahre war sie glücklich verheiratet, kinderlos zwar, aber glücklich, und jetzt erfuhr sie, daß ihr Mann ein Kind mit einer anderen hatte. Mit ihrer damaligen Freundin Konstanze. Das war hart. Aber lange her, und sie verzieh beiden mit der Großmütigkeit, die der wesentliche Teil ihres Charakters war.
»Wir können eigentlich Du zueinander sagen«, schlug sie plötzlich vor und brachte auch schon wieder ein schwaches Lächeln zustande. »Irgendwie sind wir jetzt miteinander verwandt.«
Nick war ziemlich durcheinander. Die ganze Welt erschien ihm im Moment wie ein gigantisches Irrenhaus, in dem die Wärter noch verrückter waren als die Patienten.
»In seinem Testament hat er dich nicht erwähnt«, sagte Sigrid und war schon wieder ziemlich sachlich.

»Vielleicht wollte er das später nachholen. Aber dann hatte er den Herzinfarkt. Du bist nicht anerkannt. Nicht erbberechtigt. Weißt du das?«

»Ja, Sie denken doch nicht, daß ich deswegen ...« Das Du kam ihm noch nicht über die Lippen, daran mußte er sich erst gewöhnen. »Bitte unterstellen Sie mir nicht, daß ...«

Sigrid Ebrach beruhigte den Sohn ihres Mannes. »So schätze ich dich wirklich nicht ein, Nick. Trotzdem, wenn du irgend etwas brauchst ... Charlotte hat mir erzählt, daß du später gerne Pürckhauers Werkstatt übernehmen möchtest.«

»O ja, das möchte ich«, sagte Nick spontan.

»Dann komm zu mir, wenn es soweit ist.« Sie sah den Sohn ihres Mannes an, schüttelte noch einmal ungläubig den Kopf und umarmte ihn.

25

Christian von Frankenberg lebte in einer ungeheuren Anspannung, denn schließlich war Krieg, und irgendwann mußte der nächste Angriff kommen. Kam aber nicht. Statt dessen erschien der feindliche Heerführer persönlich in seiner Burg.

»Der Geyer ist da und will dich sprechen.«

Der Baron, der gerade mit seinem Verwalter Schweine auf einen Transporter lud, sah die Haushälterin skeptisch an, aber Hanne hatte noch nie an Halluzinationen gelitten.

»Schmeiß ihn raus!« knurrte er nach kurzer Überlegung.

»Das mußt du schon selbst tun.« Hanne ging wieder in die Schloßküche. Sie war Haushälterin und Köchin und nicht der Rausschmeißer von Frankenberg.

Christian zog sich die Arbeitshandschuhe aus und ging zum Schloß hinüber. Im Zweifelsfall würde er ihn eigenhändig die Terrassentreppe hinunterwerfen.

Ludwig Geyer ging in der Halle auf und ab und wedelte dabei nervös mit einem Umschlag herum. Schließlich blieb er vor der Ritterrüstung stehen, zog das Schwert aus dem Holzsockel und wog es prüfend in der Hand.

Die Tür flog krachend auf, und der Hausherr erschien.
»Tag, Christian«, murmelte Geyer leise.
»Mach, daß du rauskommst!«
Geyer versuchte, das zu ignorieren, und blieb ganz ruhig. »Ich muß mit dir reden. Die ganze Sache hat Dimensionen angenommen, die …«
»Raus!«
Der Futtermittelhändler ließ sich nicht beirren und betrachtete melancholisch das Schwert in seiner Hand. »Das Schwert von Florian Geyer. Mein Gott, wie oft haben wir uns deswegen in die Haare bekommen.«
Christian stand immer noch im Türrahmen. »Das Schwert bekommst du nie«, sagte er ruhig und beherrscht. »Und bevor ich dir das Schloß verkaufe, zünde ich es lieber an. Also, bitte, verschwinde jetzt.«
Geyer steckte die Waffe wieder in den Holzsockel. »Eine Freundschaft wirft man nicht so einfach weg, Christian.«
»Das mußt *du* mir gerade sagen. – Raus!«
Ludwig Geyer warf ihm einen wehmütigen Blick zu, legte den Umschlag auf eine Kommode und ging.
Christian warf die Tür hinter ihm krachend ins Schloß und blieb grübelnd stehen. Eine traurige Sache, so ein Ende einer Freundschaft. Über vierzig Jahre die besten Freunde und jetzt Feinde. Todfeinde.
Er nahm den Umschlag von der Kommode und öffnete ihn. Er las die erste Seite der Papiere, ließ sie

kopfschüttelnd sinken, riß plötzlich das Schwert aus dem Sockel und rannte aus dem Schloß. »Ludwig! Ludwig! Warte! – Das Schwert! Du kannst es haben!« Doch er sah nur noch, wie Geyers BMW vom Hof brauste.

Dafür stand jetzt ein protziger Rolls Royce in der Auffahrt und ein Herr mittleren Alters ging ins Schloß. Christian nahm das gar nicht recht zur Kenntnis, denn er war zu aufgeregt und zu glücklich.

26

Hier, Ludolf! Geyer hat mir Ertls Grundstück verpachtet. Mit einer Kaufoption. Ist das nicht wahnsinnig, Ludolf?!«

Der Butler schob die Augenbrauen hoch und setzte sein englisches Gesicht auf. »Wahrscheinlich. Gratuliere, Herr Baron. Es gibt also doch noch Freundschaft.«

Erst jetzt nahm Christian den Rolls Royce richtig zur Kenntnis. »Wem gehört denn die Limousine da?«

»Einem Herrn Wildenstein. Wir haben Besuch. Aber am besten sehen Sie selbst.«

Herr Wildenstein ging im Salon umher, trällerte laut lalala und klatschte ab und zu in die Hände. Der Baron und sein Butler sahen dem merkwürdigen Fremden bei seiner noch merkwürdigeren Beschäftigung staunend zu. Der Mann bemerkte sie gar nicht. Er war ein gutaussehender, sehr gepflegt wirkender Mann.

»Kann ich Ihnen irgendwie behilflich sein«, fragte Christian vorsichtig.

»Ja«, antwortete der seltsame Vogel lapidar. »Machen Sie die Flügeltüren da auf.«

Christian rührte sich nicht, auch Ludolf glotzte nur konsterniert.
»Nein?« Der Fremde warf ihnen einen kurzen Blick zu und öffnete die Türen selbst, ging hinaus, ließ im Nebenraum einige Male sein Lalala ertönen und kam zurück. »Ist die Dame des Hauses nicht da?«
»Nein«, entgegnete Christian ruhig und wußte nicht, ob er lachen oder besser einen Irrenarzt rufen sollte.
»Und ihr Gemahl?«
»Steht vor Ihnen.«
Der Herr betrachtete mißbilligend Christians Kleidung und seine schmutzigen Stiefel. »Oh, ich dachte, Sie wären nur der ...« Er hielt ihm die Hand hin. »Wildenstein, Markus Wildenstein.« Das klang so, als müsse man einfach wissen, wer Markus Wildenstein ist.
Christian wußte es nicht, schüttelte ihm trotzdem die Hand, stellte sich ebenfalls vor und bat um Aufklärung.
»Ja, die Rothenburger Musiktage«, sagte Wildenstein leicht verwundert. »Ihre Gattin hat mir viermal geschrieben, um mich zu überreden, daran teilzunehmen.«
»Aha. Entschuldigen Sie, aber ich blicke immer noch nicht durch.«
Der Bariton Wildenstein war jetzt recht irritiert. Dieser Mensch hier kannte ihn einfach nicht! »Tja, aber mein Konzert soll doch hier stattfinden, wenn ich richtig verstanden habe.«
Christian glotzte ihn nur an. Wahrscheinlich war der Typ doch irgendwo entlaufen, hatte sich einen Rolls

Royce gemietet und glaubte, daß er irgendein Popstar sei.
Wildenstein wandte sich an Ludolf. »Wenn Sie mir jetzt vielleicht mein Zimmer zeigen würden?«
Es zeigte sich wieder, daß ein englischer Butler bei weitem nicht so leicht zu verwirren ist wie ein deutscher Baron. »Würden Sie mir bitte folgen«, sagte er mit sehr blasierter Miene und ging voraus.
Christian sah ihnen staunend hinterher.

Charlotte von Frankenberg war völlig aus dem Häuschen. Der große Wildenstein war gekommen, war sich nicht zu schade, auf ihrem schäbigen, kleinen Schloß mitten in der Provinz seine goldene Stimme erschallen zu lassen. Sie war aufgeregt wie ein Teenager, dem es gelungen war, seinem Idol im Gedränge den Kragen vom Hemd zu reißen.
Ihrem Mann gefiel das weniger.
Charlotte, besonders sorgfältig geschminkt und gekleidet, flanierte mit dem Bariton im Schloßpark und genoß jedes Kompliment, das aus seinem begnadeten Mund kam. Und da kamen einige. Er gab ihr Namen berühmter Heldinnen aus verschiedenen Opern, nannte sie »Göttliche« und holte sich bei den vielen Handküssen beinahe Blasen an den Lippen. Es war nicht zu übersehen, daß die Baronin von Frankenberg ihm außerordentlich gut gefiel – und er war ein sehr charmanter Mann ... Als sie ihm ihre Tochter Lissy vorstellte, die extra seinetwegen aus München angereist war, bestand er darauf, daß es sich um ihre jüngere Schwester handeln müsse.

Christian blickte genervt zur Decke. Was für ein entsetzlicher, aufgeblasener Idiot! Und Charlotte führte sich auf wie eine kleine dumme Gans. »Meine Frau, lieber Wildenstein«, knurrte er süffisant, »hat auch noch einen zehnjährigen Bruder und eine weitere, siebzehnjährige Schwester. Manchmal halte ich sie aber für unsere Kinder.«
Der Bariton verstand die Spitze und empfahl sich, um im Salon im ersten Stock noch ein wenig zu üben.
Charlotte ging in die Küche und bereitete für den Abend die Leibspeise des Sängerfürsten zu.
Als im ersten Stock die Stimme des Sängers ertönte, verließ Christian fluchtartig das Schloß. Diesem Schmalzheini würde er schon noch zeigen, was es hieß, seine Frau derartig zu beflirten.

Das Leibgericht des Sängerfürsten war eher schlicht: Kartoffeln, Linsen mit Speck und Würsten, zum Nachtisch Mousse au Chocolat. Christian wies Ludolf noch an, das Bier, das der Herr Wildenstein unbedingt zu den Linsen trinken wollte, nicht zu kalt zu servieren, wegen der kostbaren Stimme.
Der Sänger bedankte sich mit einem gnädigen Nikken für soviel Fürsorglichkeit.
Als die Linsenterrine auf dem Tisch stand, ließ es sich der Baron nicht nehmen, selbst abzuschmecken. Es fehle noch ein wenig Essig, meinte er. Doch Christian war heute so ungeschickt, daß er die halbe Flasche in die Terrine hineingoß.
Charlotte war entsetzt und brachte kein Wort hervor.

Der Bariton machte ein etwas säuerliches Gesicht, bewahrte aber Haltung.
Hanne kam verstört aus der Küche. »Ich kann die Würste nicht finden. Und der Nachtisch ist auch weg.« Das auch noch!
Christian grinste in sich hinein, machte aber ein völlig unbeteiligtes Gesicht. Er hatte die Würste genommen, das Schokoladenzeug darüber gekippt und es Erich angeboten. Erich war ein sehr zuverlässiger und äußerst praktischer Hund. Er fraß einfach alles. Auch Würstchen mit Schokoladenpudding.
Was blieb, waren die Kartoffeln, und Christian bot dem Sänger großzügig ein Stück Butter dazu an.
Charlotte hatte schon lange begriffen, was hier ablief, und Wildenstein dämmerte es. Er nahm ein Glas des viel zu warmen Biers und prostete dem Baron von Frankenberg zu. »Auf Ihr spezielles Wohl! Das war eine bühnenreife Leistung.«
Christian nickte ihm huldvoll zu und machte sich über eine Kartoffel her.
Als sich das Ehepaar Frankenberg am späten Abend in sein Schlafgemach zurückzog, gab es Krach. Charlotte war stocksauer. Er würde sich aufführen wie ein eifersüchtiger Schuljunge. Ihr Mann konterte lautstark, daß es unsäglich peinlich sei, wie sie um diesen Kerl herumscharwenzelte. Man müsse sich ja vor den eigenen Kindern schämen!
Schließlich flossen Tränen. Dann krachte eine Tür ins Schloß, und beide schliefen in getrennten Betten. Der Baron war tatsächlich eifersüchtig. Und das nicht zu knapp. Wie dieser aufgeblasene Gockel sei-

ne Frau angesehen hatte, als er erklärte, daß er nicht verheiratet sei, weil er noch nicht die richtige Frau getroffen hätte – das hatte ihn schon gewaltig auf die Palme gebracht.

Der Liederabend war ein großes gesellschaftliches Ereignis, und die ganze sogenannte feine Gesellschaft von Rothenburg und Umgebung erwies dem Sangeshelden die Ehre. Auch Ludwig Geyer samt Frau und Sohn waren erschienen, wobei es Ottfried nicht um den Kunstgenuß ging, sondern um Anna.

Karin Geyer fühlte sich etwas unwohl, wurde aber von den Frankenbergs freundlich begrüßt. Sie wußte, daß sie verloren hatte, und bevor sie auch noch ihren Mann verlor, hatte sie den Kontakt zu Bissinger abgebrochen und ihren Traum vom Golfhotel begraben.

Das Konzert begann. Charlotte trug ein atemberaubendes Abendkleid, das ihren Busen sehr gewagt umspielte, und hatte nur Augen für Wildenstein. Christian war über beides entsetzlich wütend, machte aber gute Miene zum bösen Spiel, schließlich eignete sich der festliche Rahmen nicht sehr als Bühne für einen Ehekrach.

Nach dem ersten Lied schien Wildenstein nur noch für Charlotte zu singen. Er stimmte ein berühmtes romantisches Liebeslied an und sah ihr unentwegt in die Augen. Es war so offensichtlich und direkt, daß es schon ein Skandal war. Die Leute wendeten die Köpfe, starrten den Baron von Frankenberg an, und manche begannen zu tuscheln. Das sah ja ganz nach einer pikanten Affäre aus, und das gab eine Menge

Gesprächsstoff für die feine Gesellschaft von Rothenburg.
Charlotte sah das nicht. Sie hing wie verzaubert an Wildensteins Lippen und bemerkte nichts, aber auch gar nichts mehr um sich herum. Als der Applaus aufbrandete, erwachte sie wie aus einem Traum.
Christians Gesicht war eine fahle, starre Maske. Er war angewidert, klatschte ein paarmal in die Hände und ließ sie dann sinken.
Das Publikum nahm auch das aufmerksam zur Kenntnis.
Dann kam der Teil der Veranstaltung, der in Wirklichkeit wohl die meisten Besucher angelockt hatte: Das Buffet wurde eröffnet! Man tratschte und tuschelte, und das Thema Nummer eins hinter vorgehaltener Hand war der wohl nicht zu übersehende Flirt zwischen der Baronin und dem Opernsänger.
Christian stand ziemlich hilflos unter all den Gästen und bedankte sich mit gezwungenem Lächeln für das eine und andere Kompliment über den gelungenen Abend. Er war aufgewühlt und verletzt, aber Charlotte hatte ihn bisher noch gar nicht zur Kenntnis genommen. Sie stand mit ihrer Freundin Sigrid und einer ganzen Schar anderer Damen um den Star des Abends herum und schien nur Augen für ihn zu haben. Und manche der Gäste, so glaubte Christian zumindest, warfen dem Baron aus den Augenwinkeln mitleidige bis spöttische Blicke zu.
Dann bot der Herr Wildenstein der Baronin von Frankenberg seinen Arm, sie verließen eingehakt den Salon und verschwanden im dunklen Schloßpark.

Christian wäre am liebsten hinterhergelaufen, doch das peinliche Schauspiel wollte er seinen Gästen nicht auch noch bieten. Und er hatte größte Mühe, sich nicht dauernd vorzustellen, was jetzt da draußen im Park geschah.

Sie saßen dicht nebeneinander im offenen Pavillon des Schloßparks. Wildenstein hatte am Nachmittag für die wunderbare und bezaubernde Charlotte ein Lied geschrieben und schenkte ihr das Blatt. Sie dankte ihm mit einem Küßchen, und beinahe wäre ein ganz großer Kuß daraus geworden. Die Faszination, die dieser Mann auf sie ausübte, war so stark, daß sie aufsprang. »Nein!« Aber es klang wie »Jein«. Sie bestand darauf, augenblicklich ins Schloß zurückzugehen. Da war sie sicherer vor sich selbst.

In dieser Nacht schlief der Baron in seinem Arbeitszimmer und verschloß die Tür hinter sich.

Der Sänger war am frühen Morgen abgereist, denn er hatte in München dringende Proben.

Charlotte und Sigrid saßen am Vormittag im Musikzimmer und spielten das Lied, das er für sie geschrieben hatte, auf dem Flügel.

»Ich brauch deinen Rat«, sagte Charlotte plötzlich und brach ab. »Markus ... ich meine, Wildenstein hat mich für heute nach München zu seinen Proben eingeladen.«

»Das würde ich mir nicht entgehen lassen«, antwortete Sigrid und sah sie wissend an.

»Christian wird im Dreieck springen.«

»Wieso? Du wolltest doch schon länger mit Lissy in

München einen Einkaufsbummel machen. Heute ist langer Samstag. Was ist denn dabei, wenn du deine Tochter zurückfährst.«
Charlotte war sehr nachdenklich. Sie hatte immer viel auf ihre Vernunft gehalten. Sie war Realistin. Mit beiden Beinen fest auf dem Boden.
Sigrid wußte, was sie dachte. »Du bist keine zwanzig mehr, Charlotte. Versäume es nicht. Man lebt nur einmal.«
»Nur einmal ...«, murmelte Charlotte. Dann klappte sie entschlossen den Deckel über die Tastatur des Flügels. »Du hast recht!«

Christian fühlte sich an diesem Morgen viel besser. Er hatte wohl Gespenster gesehen. Charlotte war eben in die Stimme dieses Heinis vernarrt. In die Stimme! Und nicht in den Sänger! Er hatte sich teilweise wirklich wie ein Idiot aufgeführt, und eigentlich sollte er sich bei Charlotte entschuldigen.
Als sie ihm erklärte, daß sie jetzt gleich mit Lissy zum Stadtbummel nach München fahren würde, stieg das Mißtrauen wieder in ihm hoch, und er vergaß seine Entschuldigung. »Das kommt ziemlich überraschend für mich. Gestern abend war davon noch nicht die Rede.«
»Willst du nicht mitkommen?« fragte Charlotte und fühlte sich miserabel dabei.
Christian winkte ab. »Du weißt doch, daß ich keine Boutiquen mag. Also, gute Fahrt! Ciao!«
Er sah dem Wagen mit seiner Frau und seiner Tochter grübelnd hinterher.

27

Ottfried Geyer war an dem Liederabend wieder mal bei Anna abgeblitzt. Und zwar endgültig. Selbst als er ihr erklärte, daß er nach Kanada ginge und sie doch nicht auf diese Weise auseinandergehen sollten, hatte Anna nur einen kalten Blick für ihn übrig. Er solle sich diese Spielchen sparen. Das ziehe nicht mehr bei ihr. Sie verbat sich, von ihm angequatscht zu werden, und ließ ihn einfach stehen.

Damit waren die Würfel gefallen: Er würde die Filiale in Kanada aufbauen. Vorher hatte er sich noch wochenlang Hoffnungen gemacht, daß sie ihre Meinung ändern würde, aber das war's jetzt wohl.

Er packte seinen Koffer in den BMW seines Vaters, verabschiedete sich von seiner Stiefmutter und von Nick, die beide recht traurig wirkten. Doch am traurigsten war er selbst.

»Ob du's glaubst oder nicht, Ottfried«, murmelte Karin, »du wirst mir fehlen. Ruf gleich an, wenn du drüben bist.«

Ottfried glaubte ihr, denn Karin hatte sich sehr verändert.

»Hier.« Er reichte Nick die Schlüssel für seinen Straßenkreuzer. »Fahr mir ja keine Beule in den Schlitten.«
Sie umarmten sich noch einmal, und Ottfried stieg zu seinem Vater ins Auto. Eigentlich wollten sie erst mittags losfahren, aber Ludwig Geyer wollte noch ein paar geschäftliche Dinge in München erledigen.

Während Geyers Wagen über die Autobahn raste, schob Anna Janda eine Schubkarre Mist aus dem Pferdestall und kippte sie auf einen großen Haufen. Die Tränen liefen ihr übers Gesicht, denn sie wußte jetzt definitiv, daß Ottfried kein Spielchen gemacht hatte. Er ging tatsächlich nach Kanada. Jetzt wollte sie, daß er gelogen hätte. Aber Nick hatte ihr gesagt, daß er heute mittag abfahren würde. Sie hatte es nicht glauben wollen. Und dann hatte er noch etwas gesagt: Wenn sie ihm auch nur die geringste Chance gegeben hätte, hatte er gesagt, dann würde er nicht nach Kanada abhauen.
Sie wendete die Karre, um wieder in den Stall zu fahren, ließ sie aber plötzlich fallen und rannte los.
Sie fuhr mit dem Moped in die Autowerkstatt und sah als erstes Ottfrieds Straßenkreuzer auf dem Stellplatz stehen. Den Sturzhelm warf sie achtlos zur Seite und rannte zu Nick. »Ottfried ist schon weg! Ich brauche sofort seinen Wagen! Bitte, Nick. Ich muß sofort nach München! Ich muß Ottfried noch einmal sehen. Ich muß mit ihm reden.«

Sie fuhren auf der Stelle los. Nick wollte schon immer wissen, was in dem Amischlitten so drin steckte, und er trat kräftig aufs Gaspedal. Gebremst wurde nur, um Unfälle zu vermeiden.
Ottfried hatte schon eingecheckt und ging noch einmal zu seinem Vater zurück.
Ludwig Geyer steckte seinem Sohn ein dickes Dollarbündel in die Jackentasche. »Hier, trink dort drüben einen auf mich. Und wenn's dir nicht gefällt – du weißt, wo du zu Hause bist.«
Ottfried umarmte seinen Vater und rang sich ein klägliches Lächeln ab. »Davon kann ich ein ganzes Jahr saufen, Vater.« Er hob noch einmal grüßend die Hand, als er in der Schlange stand, dann verschwand er durch die Sperre.

Anna rannte über die Laufbänder des Flughafens. Aber sie kam zu spät. Ottfried war schon im zollfreien Bereich. Sie konnte ihn nur noch durch die Glasscheibe sehen. Er wartete mit vielen anderen Passagieren darauf, das Flugzeug zu besteigen.
Sie hämmerte wie eine Wahnsinnige an die Scheibe, so daß die Passagiere auf der anderen Seite sie verdutzt anstarrten. Nur Ottfried blickte teilnahmslos ins Leere. Anna deutete auf ihn, und endlich stieß ihn ein anderer Reisender an. Ottfried schreckte hoch und blickte zur Glasscheibe hinüber.
Anna preßte ihre Hände gegen die Scheibe und rief etwas. Auch als er ihr direkt gegenüberstand und ihre Gesichter nur noch durch ein paar Millimeter Glas getrennt waren, konnte er nicht verstehen, was

sie sagte, doch er konnte es von ihren Lippen ablesen. »Bleib bei mir«, sagten sie.
»Ich laß dich nie mehr los«, antworteten Ottfrieds Lippen leise.

28

Lissy konnte zu Wildensteins Proben nicht mitgehen, denn sie hatte eine Verabredung mit ihrem neuen Freund. Eine große Party am Starnberger See. Da konnte sie schlecht absagen. »Es ist dir wohl auch lieber, wenn du ohne Anstandswauwau dahingehst, oder?«

»Erraten«, lächelte Charlotte.

»Ich bin bestimmt erst morgen früh zurück«, fügte Lissy ziemlich anzüglich hinzu. »Und du?«

»Ich bleib nicht lang«, antwortete ihre Mutter und war sich alles andere als sicher. Man lebt nur einmal, dachte sie.

Es wurde tatsächlich später. Wildenstein lud sie am Abend in ein Nobelrestaurant ein, und er ließ seinen Charme spielen, zog alle Register seiner Verführungskunst. Er hatte ja Stil. Und Eleganz. Und Esprit! Sie sprachen über die Musik, über die Liebe und über das Leben, und es war fast erschreckend, wie sehr sie in allem übereinstimmten. Wildenstein erzählte von Orpheus und Eurydike, dem großen Liebespaar der griechischen Antike. Mit seinem Gesang, erzählte er, hätte Orpheus die schöne Eurydike sogar aus dem Reich der Toten zurückholen können.

»Vor zwanzig Jahren«, sagte Charlotte verträumt, »wo waren Sie vor zwanzig Jahren, Orpheus? Eurydike wäre bereit gewesen, Orpheus und seinem Gesang zu folgen, vor zwanzig Jahren.«
»Warum haben wir uns nicht früher getroffen?« fragte Wildenstein leise, und die Frage war nicht an Charlotte gerichtet, sondern an das Schicksal.
Beide schwiegen und hingen ihren Gedanken nach, tranken ab und zu einen Schluck Champagner und lächelten sich dann verzweifelt an. Das einzige, was ihre gemeinsamen Träumereien störte, waren die eleganten und schönen Frauen, die alle Viertelstunde an ihren Tisch kamen, sie neidvoll ansahen und den Star um ein Autogramm baten.

Am frühen Nachmittag dieses Tages hatte Baron von Frankenberg eine tolle Idee. Er setzte sich in den blitzblank geputzten, von Nick komplett überholten Oldtimer und fuhr nach München. Er hatte immer davon geträumt, einmal so einen Wagen zu besitzen, aber es war immer ein Traum geblieben, denn so ein altes Stück war für ihn unbezahlbar. Aber jetzt hatte er ihn, und jetzt wollte er ihn ausprobieren. Und so eine Spritztour nach München war genau das richtige. Charlotte würde Augen machen.
Charlotte machte keine Augen, denn sie war nicht da. Lissy auch nicht. Er ging in der Wohnung seiner Tochter unruhig auf und ab und sagte sich, daß sie wohl beim Einkaufen wären. Als sie am Abend immer noch nicht da waren, überlegte er sich, daß sie wohl zum Essen gegangen seien. Es wurde immer

später, und irgendwann wußte er nicht mehr, was er noch vermuten sollte. Er stellte den Fernseher an, aber das half ihm auch nichts. Ein Name ging ihm durch den Kopf, ein einziger Name, setzte sich wie ein Echo in allen Gedanken fest, übertönte den Lärm des Fernsehers und ließ ihm keine Ruhe: Wildenstein.

Während Baron von Frankenberg wie ein gefangener Tiger in der Wohnung seiner Tochter auf und ab lief, befanden sich Orpheus und Eurydike in der Hotelsuite des Baritons, und er sang am Flügel das Lied, das er nur für sie geschrieben hatte. Charlotte hörte verträumt lächelnd zu, stand auf und ging zu dem kleinen Tisch, auf dem der Champagner stand. Orpheus beendete plötzlich seinen Gesang, ging zu ihr hinüber, nahm ihr das Glas aus der Hand und sah sie an.

Charlotte erwiderte den Blick. Sie fielen sich in die Arme, küßten sich mit einer Leidenschaft, als würde nach ihrem Kuß die ganze Welt untergehen.

Charlotte machte sich schließlich frei, und sie standen sich schwer atmend gegenüber.

»Ich liebe dich«, sagte Orpheus, nahm ihre Hand und wollte sie zum Schlafzimmer ziehen.

»Dann hilf mir!« Charlotte ließ sich nicht von der Stelle bewegen.

»Nein«, sagte Orpheus hart und riß sie an sich.

Während er seine Lippen auf ihren Mund preßte, griff Charlotte hinter sich und riß das Tischtuch samt Champagnerkübel und Gläsern vom Tisch.

Das laute Scheppern und Splittern verwandelte Orpheus wieder in Wildenstein. Er ließ Charlotte los, holte schweigend ihren Mantel und half ihr hinein.
»Danke«, murmelte Charlotte leise.
Wildenstein nickte traurig und küßte ihre Hand.

Der Fernseher zeigte nur noch graues Schneegestöber. Christian war in einen leichten, unruhigen Schlaf gefallen. Das harte Schlagen einer Autotür riß ihn hoch, und er lief zum Fenster.
Es war ein böses Erwachen: Draußen stand der Rolls Royce des Opernsängers – und daneben seine Frau mit diesem Kerl. Sie sprachen miteinander, dann küßte sie ihn zärtlich auf die Wange und ging ins Haus.
Als sie ihren Mann in Lissys Wohnzimmer sah, blieb sie wie angewurzelt stehen. »Ich erkläre dir alles. Es ist nichts gewesen … Ich werde ihn nie wiedersehen … ich bitte dich … Christian …«
Christian sagte nichts. Er nahm seine Jacke, nahm seine Tasche, ging an ihr vorbei, als sei sie überhaupt nicht vorhanden, und verließ die Wohnung.

Auf Frankenberg war die Eiszeit ausgebrochen. Der Baron aß allein in seinem Arbeitszimmer. Er war aus dem gemeinsamen Schlafzimmer ausgezogen und sprach nicht mehr mit seiner Frau, grüßte sie nicht einmal, wenn sie ihm über den Weg lief. Er sprach mit niemandem mehr. Er vernachlässigte sogar seine Arbeit.
Es war schon über eine Woche vergangen, als Baron

von Frankenberg plötzlich in der Tür des Salons stand, den er seit jenen Tagen nicht mehr betreten hatte. Er sah schweigend auf seine Frau, die gerade mit Justus Hausaufgaben machte, und wollte sich gerade wieder umdrehen.

»Bitte, bleib!« Charlotte schickte ihren Sohn hinaus, ging zu ihrem Mann und führte ihn am Arm wie einen Blinden zum Tisch. Christian ließ es willenlos geschehen.

»So geht es nicht weiter, Christian.«

»Das finde ich auch. Wir müssen eine Regelung finden. Schon wegen der Kinder.«

»Willst du dich vielleicht scheiden lassen, nur weil…«

Christian lachte bitter, stand auf, ging zum Fenster und sah in den Park hinaus. »Weil du mit diesem Wildenstein geschlafen hast, wolltest du sagen? – Nein. Weil mein Vertrauen in dich zerstört ist.«

»Ich habe nicht mit ihm geschlafen. Es ist nichts gewesen. Ich schwör's bei meinem Augenlicht.«

Das mußte er glauben, denn er wußte, daß sie jetzt die Wahrheit sagte. »Was war es dann?« knurrte er nach einer Weile und warf ihr einen ganz kleinen Blick zu.

»Es war ein Traum, Christian«, antwortete sie leise, fast mehr zu sich selbst. »Die Musik … Seine Stimme … Ich wurde bewundert, ich wurde begehrt … Ich war Zerlina, ich war die Gräfin, ich war Eurydike, ich war … ach, Christian, es war nur Theater, ein Traum, ich weiß. Es war wunderbar. Aber es ist vorbei. Ich bin aufgewacht. Ich bin Charlotte, deine Frau.«

Christian sagte lange Zeit nichts. Dann drehte er sich um und sah sie bitter an. »Ich sehe euch noch vor mir. Wie ihr euch angesehen habt. Das werde ich nie vergessen.«

»Es gibt eine Liebe im Leben, und es gibt eine Liebe im Traum, Christian. Das hier ist das Leben. Und ich liebe dich. Ich bin deine Frau.«

Am liebsten hätte er sie in die Arme genommen und alles vergessen. Aber das konnte er nicht, weil er nicht in der Lage war, über seinen großen, bösen Schatten zu springen, dieses Monstrum, das nur aus verletzter Eitelkeit bestand und ihn Tag und Nacht quälte.

Am nächsten Abend richteten die Kinder, Hanne und Ludolf ihnen ein wunderschönes, intimes Abendessen. Sie verließen sogar alle das Schloß, um bloß nicht zu stören. Doch die einzige, die an der festlichen Tafel erschien, war Charlotte. Sie rührte keinen Bissen an, saß allein im Licht der Kerzen, und schließlich begann sie leise zu weinen.

Während Charlotte einsam an der Tafel saß, trank Christian in der Küche des Verwalterhauses ein paar Schnäpse mit Karl Janda. Die Jandas waren glücklich. Anna und Ottfried hatten ein Telegramm aus Venedig geschickt, als Verlobte. Außerdem bat Ottfried in diesem Telegramm um Annas Hand. Anna ist über ihren Schatten gesprungen, dachte Christian. Die Kleine hat mehr Format als ich.

Als er das Schloß wieder betrat, war seine Frau schon zu Bett gegangen. Er setzte sich an die festliche Tafel, auf der die Kerzen schon fast heruntergebrannt waren, und stützte seinen schweren Kopf mit den Händen. Selbst der sture Karl Janda ist über seinen Schatten gesprungen, dachte er, er akzeptiert Ottfried als Schwiegersohn. Nach Annas Selbstmordversuch wollte er ihn totschlagen. Jetzt hatte er eingesehen, daß gerade er nicht unschuldig an dem Drama war.

»Guten Abend, Christian«, sagte eine Stimme aus der Dunkelheit, und der Baron schreckte hoch. Die alte Hanne trat an den Tisch und sah ernst auf ihn hinunter. »Du bist zu weit gegangen, Christian«, sagte sie sachlich.

»Ich weiß.«

»Wir sind alle mit unseren Nerven am Ende. Vor allem Katharina ist nur noch ein Nervenbündel. Sie hat morgen ihr Springturnier in Ansbach. Ja, willst du denn, daß sie vom Pferd stürzt und sich das Genick bricht?!«

Hanne ging und überließ den Baron von Frankenberg sich selbst.

Alle Frankenbergs waren ins Reitstadion gekommen, bis auf Charlotte und Christian. Katharina stand unten neben der Bahn und beobachtete den Reiter, der vor ihr über den schwierigen Parcours ritt. Sie blickte immer wieder nervös zu ihrer Familie hoch, aber ihre Eltern waren nicht da. Und gerade für sie wollte sie reiten. Sie wollte ihnen heute beweisen, daß sie eine Turnierreiterin war und daß es falsch war, sie in der Schule auf irgendein Studium vorzubereiten.

Der Konkurrent ritt fehlerlos, und er hatte eine verdammt gute Zeit vorgelegt. Ich bin besser, dachte sie, ich bin wirklich besser, aber mit meinen Nerven schaffe ich es nicht. Am liebsten wäre sie weggelaufen, aber das erlaubte ihr Stolz nicht. Lieber mit wehenden Fahnen untergehen.

Sie blickte wieder zur Tribüne hinauf, und da standen auf einmal ihre Eltern, küßten sich demonstrativ und winkten ihr zu.

Der Stadionsprecher kündigte sie an. Katharina wurde ganz ruhig. Sie lehnte für einen Moment das Gesicht an den Kopf ihres Pferdes und stieg auf.

Das einzige, was sie von diesem Moment an noch hörte, waren Halunkes Hufe und der Atem des Tieres. Sie nahm jedes Hindernis fehlerlos und hörte nichts von dem begeisterten Geschrei der Menge. Sie ritt mit Abstand die Bestzeit und gewann das Turnier.

Als der Stadionsprecher ihren Sieg ausrief, sah sie zu ihren Eltern hoch. Christian und Charlotte standen eng umschlungen auf der Tribüne und winkten ihr zu.

Vor dem Stadion hatten sich alle Frankenbergs bei Christians Oldtimer versammelt und beglückwünschten die Turnierreiterin Katharina immer noch. Das mußte gefeiert werden.

Der Baron und die Baronin von Frankenberg hatten aber im Moment etwas Besseres vor. Sie stiegen in den Wagen, und Christian ließ den Motor an.

»He! Wo wollt ihr denn jetzt hin?!« rief die ganze Familie durcheinander.

»Wir verschwinden übers Wochenende!« rief Charlotte.
»Und zwar dahin, wo uns keiner von euch finden kann«, fügte Christian lachend hinzu und brauste einfach los.

Als sie den Ort verlassen hatten und über die Landstraße fuhren, sah Charlotte ihren Mann von der Seite an. »Wo fahren wir denn jetzt eigentlich hin, Christian?«
»Nach Portugal«, lachte er.
»Schön wär's«, rief Charlotte und lachte ebenfalls. Es war ein wunderbarer Tag. Nicht nur, weil die Sonne schien, die Vögel sangen und Katharina das Turnier gewonnen hatte.
»Portugal! Schön wär's!« rief sie noch einmal gegen den Fahrtwind an und legte den Kopf an Christians Schulter.
»Ach, was«, lachte Christian und gab Gas. »Überall ist Portugal!«